十四闕 · 著

禍國

HUOGUO

來宜

巫這個字，人在天地之間，
通天達地，兩處相連。
既要聽取神諭，也要知曉鬼言。

詛咒入骨，相思無解。

禍國

目錄

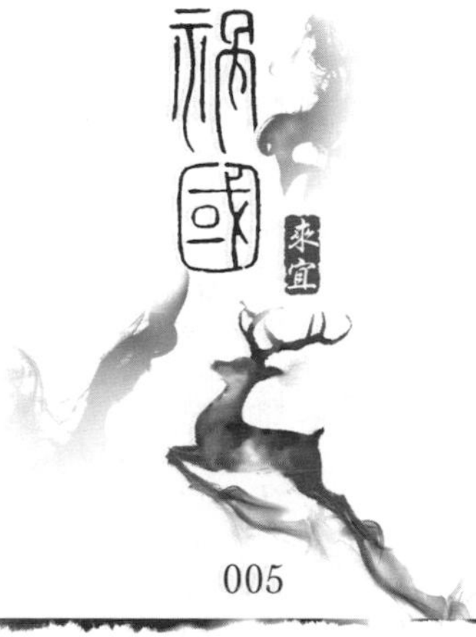

第三卷

入舊弦

醍醐灌頂，甘露灑心。

凡心兩扇門，善惡一念間。

第十三回 知己

那是時鹿鹿說的最後一句話。

自那後，無論眾人說什麼，他都再沒開過口。

自那後，姬善傷勢轉重，發起了高燒，在榻上昏沉沉地長睡不起。

吃吃連忙通知其他三人，喝喝、看看推著走走十分辛苦地登上聽神臺，一起照顧她。

江晚衣對此束手無策，他道：「這是心病，需要她自己醫治。妳們陪在左右，多多開解她。」

走走不明緣由，連忙問：「到底發生了什麼事？吃吃，妳說有了大小姐的線索，一走就是三天，這三天裡都發生了什麼？」

「我也不是很清楚。我都是跟著鶴公來的，時間緊迫，他也沒細說。我只知道善姊想用什麼法子逼出伏周，結果殺了鹿鹿……」

大家聽得雲裡霧裡，正在茫然，一個聲音道：「還是我來告訴妳們事情的經過吧。」

眾人扭頭一看，發現秋薑笑吟吟地站在木屋外。

看看上下打量秋薑道：「妳居然能自己爬上山來？」

「我很擅長爬山，尤其是寒冷的高山。」

看看只好不說話了。

秋薑走到榻旁，看著沉睡的姬善，然後又去推裡屋的門看了看時鹿鹿。

時鹿鹿沒有睡，睜著眼睛在發呆，對她的到來毫無反應。

秋薑「嗯」了一聲，轉身回案旁坐下。

喝喝連忙倒茶給她，走走卻將手一攔，神色嚴肅道：「姬大小姐，容我冒犯，請問——大小姐是還在為妳做事嗎？」

秋薑笑了笑道：「何出此言？」

「鶴公成親，跟她毫無關係，她卻眼巴巴地讓吃吃去通知妳，甚至還親自出馬，從茜色手中救下鶴公。」

「難道不是因為她喜歡風小雅？」

走走的眼神非常堅定，她道：「我最了解她，她如果喜歡一個人，絕不會讓給別人。」

秋薑挑了挑眉道：「繼續。」

「茜色把她擄來此地，鶴公帶著看看和吃吃找到她時，她卻怎麼也不肯離開，說有事沒做。然後現在她跟時鹿鹿兩敗俱傷，顯然沒有完成那件事，而妳又出現了……若說與妳無關，我不信。」

此言一出，其他三人的眼神也變得警惕和戒備起來。

「姬善確實身負任務，但不是為我。」

「那是為誰？」

「為了……」秋薑嘆了口氣，聲音裡充滿遺憾：「赫奕。」

「什麼？」走走、看看、吃吃、喝喝全都驚了。

赫奕坐在長案後，眼睛上依舊蒙著布條。

空曠的大廳中央，跪著一個人，烏髮紅裙，纖長豔麗。

「陛下，姬善沒能完成任務，還遭到了情蠱的反噬。」

赫奕把玩著托盤上的一枝新梨花，唏噓不已。「痴情人啊。」

「接下去該怎麼辦？」

赫奕起身，轉向推月窗，伸出手比了比，道：「朕這幾日，什麼也看不見，反而有所悟。」

那人一怔道：「還請陛下……指點？」

「獨聖賢之處時，時昏昧而道明。螢火之光，白日裡也好，燈光下也罷，都看不見。但在黑暗中，它就顯露出來了……人的情感亦如此。」

那人擰眉，似仍有疑惑。

「比如妳……」赫奕話題一轉，轉到她身上。「妳說妳喜歡伏周，願意為他做任何事。但妳喜歡的，真的是伏周嗎？」

她的睫毛不受控制地顫抖起來，抬眸，望向眼前的帝王。

「伏周本是赫奕的弟弟，宜先王跟巫女十月的私生子，這是巫和皇室最大的醜聞。為了保住這個祕密，也保住伏周，他從小不得不男扮女裝，然後又機緣巧合成了大司巫，輔佐赫奕登基。兄弟二人聯手，勵精圖治，令宜國迅速崛起。」

茶香沁脾，秋薑徐徐道來，四女圍坐案旁，一起聆聽。唯方大陸的燕、璧、程皆有祕密，而這一次，輪到了宜國。

「但三年前，宜王發現大司巫性情有變，話多了很多，還屢次陷害他。他心生警惕、按兵不動，觀察了整整三年，得出結論——不是替身，也不是野心暴露，而是，得了離魂症。」

若尋常人聽到這裡必定驚訝，但四女跟在姬善身邊多年，聽說最多、接觸最多的就是各種疑難雜症。因此，秋薑一說，吃吃就「啊」了一聲。

「也就是說，他體內有兩個人！兩個性格不同的人！」

「沒錯。伏周，還有，時鹿鹿。」

走走喃喃道：「伏周就是時鹿鹿，時鹿鹿就是伏周？天啊……」

「因為兒時的經歷太過痛苦，伏周封印了這部分記憶，但也失去了一些東西，比如，不記得巫毒的解藥配方。不過影響不大，因為巫神殿內的解藥有很多。而自他成為大司巫後，再也沒有濫用巫毒。」

吃吃點頭道：「我在《朝海暮梧錄》裡看到過，伏周是歷任司巫裡救人最多、殺人最少的一位。現在想想，好像他開始殺人，就是這三年才有的事情……」

「沒錯。一個暴雨夜，雷電劈中了他的木屋，他被電暈，醒來後，就變成了時鹿鹿。而時鹿鹿，記得巫毒的解藥，還有很多駭人聽聞的蠱術。所以，時鹿鹿成為大司巫後，就開始有巫女受罰而死。」

吃吃顫聲道：「對對對，他能用巫咒殺死背叛的巫女，她們死的時候，耳朵上的圖騰都會變黑……他還會變繭！」

「時鹿鹿於今年八月告訴宜王，神諭說了，頤殊沒到時候死，讓宜王出手相救。宜王同意了，頤殊就這樣被帶回宜國。而這時，有趣的事情發生了……」秋薑說到這裡，不知是好氣好笑還是悲憫。「頤殊發現自己落入他手，故技重施，決定色誘之。她不知道，巫族的大司巫須終身守貞，不近女色。時鹿鹿驚慌失措之際，壓不住體內的伏周，被他重新掌控了身體。」

看看嗤笑一聲道：「女王還是做了點兒好事的。」

「伏周奪回身體後，立刻同赫奕商議對策。赫奕請來江晚衣為他看病，江晚衣認為，這是心病。而當今世上，治療心病最好的大夫是……」

「大小姐。」

「善姊。」

四人異口同聲。

「於是宜王四處尋找姬善，發現她就在東陽關。但此事關係重大，他並不信任姬善，決定先考考她。一切準備就緒後，伏周催動體內的蠱王，命牠吐絲成繭，將自己包裹。然後，赫奕派人把繭塞入魚腹，讓魚出現在妳們面前。」

四人聽到這裡，彼此對視一眼，想起那一天的情形，歷歷在目。

「宜王膽子真大，善姊差點把時鹿鹿吃了！」

「是啊，萬一我們當時不救他，他不就死了嗎？」

「宜王雖不信任姬善，對妳們四個卻是十分讚賞。尤其是走走。」秋薑的目光落到走走的腿上，道：「妳為救喝喝斷腿無悔，這樣的妳，怎會見死不救？」

走走的臉紅了起來，吶吶道：「我、我……我是因為大小姐。她的名字叫『善』，我便想著，肯定是大小姐的娘親對她的期盼與祝福，那麼，我要好好幫著大小姐一起守住這個『善』字。大小姐其實挺懶的，很多事懶得做；還有點兒冷，除了醫術，其他都不在乎……我、我……」

「我知道……」秋薑伸出手，輕輕搭在她的肩膀上道：「妳做得很好。大劉天上有知，必為妳驕傲。」

走走哽咽起來。

看看見狀，轉移話題道：「我們救了時鹿鹿，善姊說要找伏周，帶著我們一起入京，發現風小雅要娶老婆。善姊就讓吃吃通知妳。她能第一時間知道妳在哪裡，也是宜王給的訊息？」

「沒錯，妳們入京時用的假過所，是姬善找人弄的。那個人是宜王的人，借他之口，透露我抵達宜國的時間地點給姬善。」

「難怪善姊的消息總是那麼靈通，原來背後是宜王。」

「與此同時，姬善幫助時鹿鹿恢復了行動力，時鹿鹿不告而別。」

「他回聽神臺了。」

「對。當他聽說風小雅要娶的人居然是茜色時，意識到了茜色的背叛。因此，重回聽神臺的第一件事，就是親自追殺茜色，絕不能讓她跟著風小雅離開宜國。」

「可茜色捅了風小雅一刀！」

「這就涉及茜色真正的主人了。」

「誰？妳？」

秋薑搖頭。

「她不是江江嗎？江江不是你們如意門的嗎？」

「她是如意門的，但她背叛了。」

眾人震驚。

茜色抬眸望著眼前的帝王——

他剛二十七歲，身長玉立，比少年時更加俊美，當今天下，沒有人穿紅衣會比他更好看；他放蕩不羈，富甲天下，大權在握，自信從容；他睿智英明，自登基以來看似聲色犬馬，但始終保持著清醒的頭腦。他比彰華灑脫，比昭尹通達，更比頤殊仁厚……

他是唯方大陸上最強大的王。

這樣的人，才堪配她的臣服。

茜色匍匐在地，深深一拜，帶著無限虔誠和愛慕道：「奴喜歡的，一直是您。陛下。」

「茜色是如意門分給阿月協助她實施奏春計畫的下屬，但阿月用蠱術控制她，讓她輔佐伏周。沒想到茜色居然跟她一樣，也患有失痛症。赫奕看中了這一點，從伏周處要走她，然後，潛移默化地改變了她，讓她成了巫神殿和胡家兩者間的一枚暗棋。當發現伏周開始不對勁後，赫奕讓她主動接觸時鹿鹿，投誠獲取了時鹿鹿的信任，但實際上，她真正效忠的對象，只有赫奕。」

吃吃張大嘴巴，驚道：「茜色居然是宜王的人……」

秋薑道：「不止，《宜國譜》裡的如意門弟子改的改、換的換、策反的策反，全成了他的人。」

屋裡響起一片抽氣聲。

秋薑想，確實很聳人聽聞。以老師之智、阿嬰之志、彰華之毅，都多多少少被姑姑的計畫牽制，難有作為，赫奕卻做到了悄無聲息地釜底抽薪。這固然是因為姑姑拿宜試驗，有些輕慢，也得利於宜獨有的巫教文化，但最重要的原因是——赫奕和伏周這對兄弟，他們沒有不和，這太難得。多少人死在手足相殘上，阿嬰、彰華、頤非……但命運最終還是沒有放過赫奕和伏周，讓時鹿鹿出現了。

「所以，是宜王下令給茜色殺鶴公？」吃吃念念不忘地糾結於此事。她的鶴公，可是在大婚之日被新娘捅了一刀啊！

「那是演給時鹿鹿看的一場戲。當然，傷口是真的。」

「目的何在？」

「伏周在把自己變成繭之前，毀去了聽神臺的一些東西，只留下一朵鐵線牡丹、一套大司巫衣袍，以及一瓶巫毒的解藥。」

看看腦子動得最快，一下子想到了，她道：「他是為了讓時鹿鹿相信——巫毒的解藥，真的只剩下了一瓶！」

「什麼意思啊？」吃吃仍是一頭霧水。

「妳想啊，當時鹿鹿重新回到聽神臺發現花啊衣服啊解藥啊，都只剩一份，再加上他去殺茜色時，茜色當眾說出解藥只有一瓶，那麼，他自然而然也會認為解藥確實只剩下了一瓶。」

「然後呢？」

「然後解藥當然不只一瓶啊笨蛋！解藥根本沒毀，全在宜王手裡。宜王可以用它做很多事情，給時鹿鹿下套啊！」

秋薑欣賞地看著看看道：「妳猜得一點兒都沒錯。」

「那、那宜王都下了什麼套？」

秋薑微微一笑。

赫奕注視著跪在面前的茜色，腦海中，浮現出很久很久前的一幕——

那時他還是少年，作為閒散皇子，過著熬鷹獵鹿、歌舞昇平的好日子，偶爾投錢給胡九仙一起合計賺錢的營生，好繼續大手大腳。突然有一天，被告知——父王去聽神臺求問大司巫，皇位該傳給誰，大司巫居然說是他。

在那之前他看不上巫族那一套，素來敬而遠之。沒想到對方竟主動招惹，氣得他連夜爬上聽神臺，準備見一見這位了不得的祖宗。

到得木屋門外，聽見裡面傳出人聲——

「可以嗎？」一個有點低沉、雌雄難辨的聲音問。

然後是少女柔柔嬌嬌的一聲「嗯」。

赫奕的耳朵一下子豎起來，停下腳步。

「疼嗎？」

「不。」

「疼告訴我。」

「嗯。」

其間夾雜了一連串紊亂的氣息聲、床榻輕顫聲、絲物摩擦聲……赫奕越聽越不對勁，然後喜上眉頭。伏周在跟人偷情？那個男人是誰？

機不可失、時不再來，他立刻踢門衝進去道：「大司巫……」

屋內二人，一人趴躺在榻上，半身赤裸，上面扎了好多銀針；一人坐在榻旁，高冠羽衣，正在施針。

赫奕「啊」了一聲，頓知自己想歪了。

趴躺著的少女抬起頭，他覺得她有點眼熟，似在哪裡見過，但一時間又想不起來。

施針之人卻沒回頭，繼續手裡的動作，問：「如何？」

少女搖頭。

施針之人想了想，將所有的針都拔了，起身道：「一月後再來。」

少女連忙穿衣坐起，行了一禮道：「是。」

從頭到尾，兩人都當赫奕不存在。赫奕不樂意了，當即把手一伸，攔住少女去路問：「妳是誰？」

少女袖中突然飛出一把匕首，直戳他雙目。赫奕反手一夾，夾住匕刃，嘖嘖道：「好惡毒的小丫頭，一言不合就殺人？」

少女手腕一抖，匕首如魚般從他指間滑走，再次戳向他的心臟。

赫奕順勢側身，用胳膊夾住她的右手，就在這時，一絲紅線從她身上飛出，緊跟著，是第二條、第三條、無數條……

紅線不是線，而是血！

少女背上被針灸過的地方，全在噴血。可她半點不受影響，將匕首拋給左手，然後左手持匕，刺向他的咽喉。

赫奕只好把她的左手也夾住，急聲道：「妳在流血啊，小丫頭！」

少女拚命掙扎，越掙扎，身上噴的血越多。

赫奕只好向伏周求助：「大司巫，妳管管啊！」

高冠羽衣之人慢條斯理地收拾好銀針，這才回轉身來。赫奕一怔——伏周竟也長著一張似曾相識的臉。

伏周一揮衣袖，少女渾身一僵，直挺挺地向後栽倒。伏周再平空一抓，將她抓回榻上，重新伏臥。

少女盯著赫奕，滿眼憤怒道：「此人偷聽我們議事，還看到了我的臉！主人，必須殺人滅口！」

赫奕忙道：「冤枉，我什麼也沒聽見。」

伏周伸出食指在少女的隱白穴上輕輕一點，少女的血便止住了，然後她拿出一盒膏藥，為她療傷。

赫奕嘖嘖稱奇道：「妳學藝不精？替她針灸反倒害她流血？」

少女道：「你懂個屁！」

「對啊，我就挺懂妳的。」赫奕嘻嘻一笑道。

少女大怒道：「你！」

「妳叫什麼什麼紅，反正就是紅色的一種，對吧？是胡倩娘的貼身丫鬟，對吧？我的記性真不錯，這麼不重要的人也能想起來……」

少女一怔，道：「你是誰？」

「妳的記性就不行，居然認不出我。我可是去過胡府好幾次的。」

少女上下打量著他，最終「啊」了一聲。

「想起來了？」

「主人！快殺了他！」少女大急道：「他是澄王！」

「喲呵，知道是本殿下居然還敢殺人滅口？妳這個小丫頭，膽子很大嘛！」

一直面無表情地看著二人爭執的伏周聽到這裡，終於開口：「你們繼續。我走了。」

「等等，妳去哪裡？我是來找妳的！」赫奕飛身攔在門口道。

伏周皺了皺眉。

「為何選我當太子？」眼看伏周嘴脣微動似要回答，赫奕立刻打斷她的話道：「可別說不是妳選的，是神選的這種鬼話。我不會信的。妳到底看上我哪點？說出來，我這就改了。」

伏周眼中閃過一抹異色，這種似笑非笑的小表情，讓赫奕覺得他更熟悉了，可絞盡腦汁，也沒想起究竟是在哪裡見過。

「妳聽好了，趕緊跟我父王改口，說澤生比我適合一千倍、一萬倍，他才是最合適的太子人選……」

「不。」

「為什麼？」

「他要死了。」

雲淡風輕的聲音，說出最驚世駭俗的內容。赫奕如被雷劈。

許是他的表情太過滑稽，榻上的少女嗤笑出聲。

赫奕卻沒有笑，沉下臉道：「妳說什麼？澤生為什麼要死？」

伏周淡定地說了兩個字：「神諭。」

「放屁！」赫奕怒道：「別人不知道，本王可是一清二楚，妳們這些人最會裝神弄鬼，說什麼神諭、天意，其實都是妳們自己瞎編的！只不過是仿效三國時的諸葛，居草堂而知天下，順著時運說而已。我皇兄正值壯年，無病無災的，為何要死？是妳要對他下手吧？」

說到這裡，他伸手去揪對方衣領——別看澄王從小吊兒郎當，看似不學無術，但其實，他的功課學得很好，琴棋書畫都拿得出手，尤其武學上頗有天賦。

這一擒，用了七分力度，本以為手到擒來，沒想到玉光一閃，一個冰涼的東西敲在他的手腕上，他的手頓時失去知覺垂了下去。

那個冰涼的東西，正是大司巫的神杖。

赫奕不甘心，用另一隻手攻擊，玉杖在那隻手上點了點，那隻手也廢了。他咬牙，不服輸地飛起雙腳，然後整個人被羽袖擊飛，不偏不倚地摔到榻上，躺在少女身旁。

兩人大眼瞪小眼地對視了一會兒。

赫奕想要爬起來，卻手腳失力、無法動彈，當即破口大罵：「好妳個伏周，竟敢對本王動手！本王一定要告訴父王！」

伏周走到榻前，盤腿坐下，靜靜地看著他。

「妳看什麼？在琢磨用什麼噁心的手段對付我？聽說巫蠱之術最能蠱惑人心，來啊，試啊！」

伏周想了想，道：「茜色。」

「奴在。」少女回應。

赫奕想起，對了，她的名字叫茜色。

「照顧澄王。」說罷，伏周就起身走了。

「不是，妳去哪裡？妳想做什麼？妳就這麼把我丟在這裡？還讓一個渾身噴血的丫頭照顧我？」

伏周沒有回應，走出了赫奕的視線。

赫奕扭頭，看著近在咫尺的茜色，忽然咧嘴一笑道：「我餓了。」

「什麼？」

「照顧我不是？去，給本王弄點消夜來。唉，這都沒顧得上吃晚膳，還爬了半天山，餓啊……」

茜色冷哼一聲道：「不去。」

「妳膽子挺大啊，不但不聽本王的命令，也不聽大司巫的命令？難不成非要請出胡家的小丫頭才行？」

茜色微微變色，當即恨恨起身，步履蹣跚地出門了。

「別忘了帶酒。本王無酒不歡。」他在她身後放聲大笑……

茜色真的去找了食物，連同一壺酒帶回來。

他跟她在木屋一起躺了三天。三天後，伏周才再次出現，帶來一封密函。密函上寫了九個字：鎮南王回京途中病逝。

赫奕一躍而起，抓著信函的手抖個不停，問：「是妳幹的？」

伏周搖了搖頭，淡淡道：「是命。」

赫奕厲聲叫：「我不信命！」

「很好。我也不信。」晨光中，穿著大司巫袍、手持巫神杖、臉繪巫圖騰的伏周如是道。

一旁的茜色看看伏周，再看看赫奕，突然插話：「奴也不信。」

三個不信命的人，聚在一起。歷史的車輪從那一天起，發生了不為人知卻至關重要的變化……

赫奕看向茜色，緩緩道：「這些年，確實委屈妳了。」十年，茜色表面上是胡倩娘的婢女，又是伏周派去監視胡九仙的細作，還是時鹿鹿的心腹，但其實，一直聽命於他。

「為了陛下，赴湯蹈火，在所不辭。」

茜色說得非常虔誠。

於是，赫奕的頭就不受控制地疼了起來。

「時鹿鹿命茜色跟隨胡九仙一起前往程國，眾人都去參加選夫宴了，胡九仙提前察覺出蘆灣有異，裝病不去，私下則埋伏暗處，跟著白澤暗衛找到頤殊，最終從薛采手裡偷走頤殊。」

「看姊！咱們當初猜對了欸！」吃吃得意道：「妳說女王是伏周派人救走的，果然是他！」

看看糾正道：「是時鹿鹿。」

「時鹿鹿不就是伏周嘛！他們畢竟是一個人。」

走走疑惑道：「那茜色為何要殺胡九仙？」

「假的。赫奕已察覺到時鹿鹿在布局，決定先下手為強，命胡九仙化明為暗蟄伏起來。然後，由茜色背鍋，讓時鹿鹿以為胡九仙是被茜色所殺。時鹿鹿絕不允許這種背叛，而巫咒有一個距離限制，也就是說，茜色要距離他三丈以內，才能予以懲戒。所以，他不得不親自下山。」

「茜色在婚宴上捅了風小雅一刀，這樣做有三個目的：一，結束這門婚事；二，讓時鹿鹿以為她有隱情；三，趁機說出解藥只剩一瓶的話，讓他信以為真。」

吃吃嘆了口氣道：「我聽說宜王的棋下得很好，走一步看十步，沒想到他現實裡也這樣……」

看看的視線落到姬善身上，沉吟道：「茜色是在為善姊鋪路吧？」

「對。」秋薑想，姬善身邊的四個丫頭，走走善良，吃吃單純，喝喝溫順，而看看，真的是很聰明。但不知為何，看看對她頗有敵意，有機會要好好了解一下。

「然後，茜色將姬善送到聽神臺，一來，她把時鹿鹿最想要的人送到了他身邊，時鹿鹿更加相信她的忠誠；二來，姬善可以趁機了解時鹿鹿，為他治病。」

「善姊知道一切都是宜王在背後操縱嗎？」

「時鹿鹿人如其名，像鹿一樣機警，又有蠱王在身，除了茜色那樣的，沒人能在他面前說謊。所以，赫奕一直沒有告訴她真相。但以她的聰明，她後來自己猜到了。」

「什麼時候？」

「茜色帶著我上山，被時鹿鹿所擒之時。」

那段時間裡，時鹿鹿命她為姬善做飯，命茜色為姬善療傷。然後，當他慢慢放下戒心離開聽神臺時，姬善終於找到機會跟茜色對峙。

茜色按照赫奕的命令一開始並不回應，只在後來，給了她一瓶解藥。

「姬善看到那瓶解藥，再加上我在飯菜上做了手腳，告訴她伏周就是時鹿鹿，她就什麼都明白了。」

吃吃又嘆了口氣道：「也就是善姊，要是我，肯定還是什麼不明白。事實上，我到現在也不明白，那瓶解藥到底怎麼了？」

「解藥到手，就可以騙出配方了。」

吃吃恍然大悟道：「啊！對啊，只有時鹿鹿知道巫毒的解藥，伏周不知道！」

秋薑心中唏噓：換了別人，時鹿鹿必定不會如此輕易上當，但偏偏，宣稱研製出解藥的人是姬善。時鹿鹿知道姬善在醫學上的天賦，又知道姬善不能對他說謊，再加上姬善確實發現了解藥裡的前六種藥材……

就那樣，騙出了時鹿鹿的答案。

「這一步非常巧又非常險，還需要一點點幸運。所以，姬善推薦了妳。」秋薑看向吃吃道。

吃吃一怔道：「我？」

「她說，妳們四個裡，妳的運氣總是特別好。」

「難怪當時我跟鶴公上山，勸說善姊跟我們一起下山時，她不肯走。結果等我都走到山腳下時，茜色突然冒出來說讓我再上去勸一勸，我沒多想就回來了……」吃吃「啊」了一聲道：「現在想想，當時善姊好像正是在跟鹿鹿對藥方……天啊，被我撞了一下，藥方弄汙了呀！」

「沒錯。姬善說妳肯定會哭著抱住她求她走，她可以趁機收尾。而且，最重要的是——時鹿鹿也認識妳，對妳，最沒戒備。」

看看嘲笑道：「那是，天底下這麼蠢的人也不多。」

「我、我、我蠢怎麼了？最後善姊的計畫能成功，還不是靠我？」吃吃驕傲地扠腰道。

走走道：「拿到解藥配方後，伏周就可以回來了吧？」

「對。但無人知道，怎麼讓伏周回來。而且，此時時鹿鹿對赫奕的謀殺計畫已開始了。」

使臣宴，借衛玉衡之手，殺了赫奕。

看看道：「但宜王肯定早有對策。」

秋薑點頭道：「我在北宮住時，就已跟赫奕達成協議：他給頤殊解藥，讓我順利帶她回程。我幫他，搞定時鹿鹿。所以，衛玉衡這個人選，是我和薛采，刻意挑出來的。」

因為衛玉衡和姬善有微妙的關係；因為衛玉衡曾經殺死過姬嬰，是個大眾眼裡能夠創造「奇蹟」的人；更因為，薛采不喜歡衛玉衡。

看看咬著下唇，神色複雜。她也不喜歡她哥，但聽到他落得這般下場，還是有點難受。

吃吃好奇道：「我想問問，為什麼程國要派王予恆來呀？」

「因為雲閃閃。」

「哎？跟雲二公子又有什麼關係？」

「他去求頤非，說要見頤殊一面，向她問一些很重要的事。而他不想等，他願意為尋找頤殊出一份力。」

看看警覺道：「他哥死了，他不會因此遷怒頤殊，做出什麼不好的事吧？」

「所以我讓王予恆同來，看住他。這年頭，找個可靠公子哥也不容易啊。」秋薑輕輕一嘆道：「總之，事情的經過就是這樣。時鹿鹿布局要殺赫奕，赫奕準備好了一切等著他殺。沒想到……」

走走嘆道：「他還是心軟了，只毒瞎了宣王，沒有要他的命。」

赫奕沉默許久後，對茜色道：「朕不需要妳死。妳自由了。」

茜色一僵，揚起的睫毛抖如蝶翼，道：「陛下？」

「如今，朕跟小鹿已撕破了臉，無須再偽裝。妳也不用再做四面細作這般辛苦，從今往後，妳自由了。」

茜色聽了這話，卻是沉默許久，最終悽然一笑道：「陛下，奴的體內有蠱蟲啊。不能因為奴不會疼，就覺得……對奴沒有影響吧？」

赫奕一怔。

「奴記得第一次正式見到陛下時，您跟大司巫說——不信命。奴當時斗膽，也跟著說了一句——不信命。」茜色的眼睛亮晶晶地看著赫奕，可惜他看不見。「您總說您不想當皇帝，您還說您想借衛玉衡之手，假死遁世。」

「朕是認真的。」

「奴不信！」茜色往前走了幾步，站在赫奕面前道：「陛下，奴是燕雀，卻也知陛下心中的鴻鵠之志。假死也好，退位也罷，都有前提，那就是——滅了巫族！」

「巫——怎樣才死？」
「我要巫死。」
「治好我。」
一句句話語，像漂在水上的浮萍，而她沉在水裡，看得見，搆不著。
這些浮萍擋住了光，水下的世界黑極了。
船呢？船去哪裡了？為什麼，那艘從來都會貼在她背上、讓她浮不起來卻也沉不下去的船，不見了？
姬善拚命地游啊游，想游到有光的地方，可這三句話如影隨形地跟著她，烏泱泱地壓在上方，不肯消散。
煩死了煩死了煩死了！巫跟我有什麼關係？宜跟我有什麼關係？而你……你也只不過是一個兒時認識的人。就算救過我，又怎樣？就算讓我好奇，又怎樣？就算哭得讓我心疼，又怎樣？我受夠了，我不要繼續留在這裡，跟你，還有那個瘋魔化的你糾纏不清，我要繼續飛！
我的船，我的船在哪裡？
「雖然我沒有兒時的記憶，但以我對自己的了解，能做到出手相救，必定是因為……

喜歡妳。」

「那個人——那個住在連洞觀、男扮女裝、忍受孤獨、看似冷漠卻會出手救妳的阿十，真的是伏周嗎？」

「只有我是少年啊……阿善。」

姬善發現自己的身體動不了了，上面的浮萍也變了，從伏周的聲音變成了時鹿鹿的聲音。

她一點點地繼續往下沉。

她想她快要被吞噬了，馬上就要被下方的深淵吞噬了。就在這時，一個柔軟的嘴唇平空出現，貼在她的耳朵上。

秋薑的聲音既熟悉又清晰，像是一束光，穿透浮萍，落入她耳中——

她在喊她的名字。

對，她喊的是她的名字，真正的名字。

姬善突然睜開眼睛！

然後她就看到了秋薑在對她微笑。

「睡太久了，起來，繼續幹活吧。」

姬善坐著轎子，跟著秋薑來到巫神殿。

時鹿鹿倒下後，赫奕便派人抓了他的八名貼身巫女，將她們暫時關押。而失去蠱王的指令，她們就跟失去主人操控的提線木偶一般，變得又木又呆。相比之下，神殿的巫女們此刻雖然惶恐不安，卻還有幾分人氣。

秋薑帶著姬善一間間屋子走過去，看著那些人，緩緩道：「巫族的三大法寶：一，巫咒，說是咒語，其實是蠱蟲，用來控人心智；二，巫毒，用以震懾；三，巫醫，用以施恩。如此恩威並施再加上神祕之力，令尋常百姓深信不疑。」

姬善看著牢房中的八名貼身巫女，她們都是中年婦人。她問：「這幾人都是伏極種的蠱吧？」

「對。伏極體內的蠱王被伏周體內的蠱吃掉了，所以，伏周成了她們的新主人。蠱在體內越久，越受其害。每任大司巫都號稱飛昇，實則蠱蟲爆發而亡，而且晚年都瘋癲失常，十分痛苦。妳要盡快想辦法把妳體內的情蠱取出來。」

「伏周接任大司巫後，給多少人種過蠱？」

「記錄在冊的有一百二十六人。」

「看來是真的好用。既如此好用，為何伏周卻要滅巫？」

「這是個好問題，但只有伏周自己能回答妳。」秋薑說著，帶她走到走廊盡頭。走廊盡頭有一個房間，她沒有推門而入，而是進了隔壁的房間。

這裡是個普通的休息室，牆上懸掛著伏怡的畫像。秋薑伸手在畫的毒蛇部位按了一下，一旁牆上的木板移開，露出幾個小洞。

秋薑示意姬善跟她一起看。

洞的那一頭，正是最後一個房間，一個女子背對她們坐在梳妝檯前梳頭。姬善一眼認出來，正是頤殊。

許是中毒太久的緣故，雖然服了解藥，但頤殊還是精神委靡，手腳不怎麼靈活，梳得很費力，梳子上扯下了不少頭髮。若是宮女梳成這樣，她早怒了，如今卻只能默默忍受。

姬善道：「她，我醫不了。」

「妳沒試試，怎麼知道？」

「我試過。」

秋薑一怔。

「麟素在世時，曾邀請善娘赴程醫治妹妹。我在麟素府住了九天，告訴他——此地人人有病，光治妹妹一個無用，而想醫治所有人，不可能。麟素聽了沒說什麼，送我登船離開了。他是個很大方的人，雖然沒看好病，卻也送了我一大筆診金，所以後來聽說他死了，我還挺惋惜。」

「此一時彼一時，當年銘弓和如意夫人都未死。」

「對頤殊這樣的人來說，天底下人人對不起她。銘弓和如意夫人雖然死了，頤非卻沒有。所以，她會繼續憎恨。就算頤非死了，她也能找到新的人、新的理由憎恨……憎恨令她美麗和強大。她不會放棄，也無法放棄。」

秋薑沉默了一會兒，轉頭看向一旁的沙漏，道：「差不多該來了。」

幾乎是她話音剛落，隔壁房間的門便開了，一個人走進來。頤殊梳頭的手，就那麼僵住了。

來人正是雲閃閃。

頤殊從鏡子裡看著他，他則看著鏡子裡的她，兩人對視了很長一段時間後，雲閃閃走上前，接過她手裡的梳子，開始為她梳頭。

秋薑輕笑道：「雲二公子竟也會伺候人，不容易啊。」

姬善看著這一幕，卻情不自禁地想起了時鹿鹿。

他也曾如此為她梳頭，神情跟此刻的雲閃閃很像：那是一種忐忑期待卻又化解不開的悲傷。

頤殊沉默片刻後，咧了咧唇角，發出一聲嗤笑道：「你是來找我報仇的？找錯人了，你哥是被薛采的手下殺死的。」

雲閃閃垂下眼瞼，睫毛的陰影蓋住了臉，道：「我不是來報仇的。」

「那就是來幫我的？」頤殊挑了挑眉道：「好弟弟，你確實應該幫我。你哥哥生前，就一直在幫我。」

雲閃閃輕輕地、有些艱難地問：「我哥他……臨死前，有沒有……提過我？」

「臨死前沒有說。但別忘了，我跟他被一起關押了很久，他可是說了不少你的事。」

「真的？他都說什麼了？」

「想知道？那你幫我離開這個鬼地方。」

雲閃閃抿了抿脣，露出一個苦笑道：「陛下太高看臣了。」

「是你小覷了自己。」頤殊轉過身，握住他拿梳子的手，道：「你有錢，就已經比世上的大部分人有用得多。」

「陛下想要錢？」

「對。」

「想要多少？」

「你能給我多少？」

「哥哥有的，我都可以給妳。只要陛下告訴我，我哥的遺言。」雲閃閃說著，從懷中取出一塊金光閃閃的令牌，上面刻著一個「雲」字。「這是我的金令，拿它去有金葉子標誌的錢莊，就能提取雲家存在裡面的所有現錢。其他的，等我回去變現後再存進去。我這邊存，妳那邊即可取。如何？」

頤殊怔了怔，接過令牌，眼神有些複雜。

雲閃閃道：「陛下現在可以相信臣的誠心了嗎？」

「你為何如此執著於你哥的遺言？」

雲閃閃的眼眶紅了起來，半晌才道：「因為我不知道該幹什麼……我本是個無憂無慮的小孩，在哥的庇護下長大，向來都是他說什麼我做什麼。他那麼厲害、那麼優秀，我從沒想過有一天他會不在了……就留下我一個人。我、我真的不知道該怎麼辦。我就想著，也許能從陛下口中聽到一點點指引，好讓我知道，接下去的路怎麼走……」

頤殊的目光閃了閃，忽然伸出手，輕放在雲閃閃肩頭，道：「你跟我一起走吧。」

雲閃閃驚訝抬頭。

「你哥就是生死追隨我的。如今他走了，你來接替他，跟我一起走，如何？」

雲閃閃遲疑了很久，才似下了決定，深吸一口氣道：「那麼，陛下……妳接下去，想要做什麼？」

姬善看到這裡，扭頭問秋薑：「妳安排的？」

「妳是這麼認為的？」

「雲二公子出了名的人傻錢多，又素來崇拜雲笛，唯兄命是從。女王自然也十分清楚，再沒有比他更適合套話的人了。」

秋薑微微一笑道：「妳想得很合理，但不正確。」

姬善一怔。

「我沒對雲閃閃做出任何干涉和暗示，他現在所說，皆是真心。妳久觀人心、看慣世情，當知一個道理……」

「什麼？」

秋薑注視著她，眼神溫柔道：「真心，是要用真心換取的。」

姬善心中「咯登」了一聲，似有一場大雪，落在了如宜國氣候般永遠宜人的心房上，冷意灌入，驅散假象，從而有了四季，有了最真實的反應。

「我現在不能告訴你。總之一句話，你跟不跟我？」頤殊緊盯著雲閃閃的眼睛道。

雲閃閃搖了搖頭。

頤殊一急道：「為什麼？你不是不知道該幹什麼嗎？我提供了一條最好的路給你。」

「可那真的是一條好路嗎？」

頤殊的臉沉了下去，片刻後，冷笑起來道：「你不看好我？你覺得，我已窮途末路，再無翻身之日了，是嗎？」

「我只知道，我哥在妳這條路上，死了。我雖然無聊，但還不想死。」

頤殊將令牌扔在他身上道：「那你滾吧！我不需要你的人，更不需要你的錢！」

令牌砸中雲閃閃的臉，劃出了一道細痕，看起來像是眼淚。

「陛下，妳曾經以為妳當了皇帝後就能幸福；後來，妳當了皇帝了，又覺得沉了蘆灣就能幸福；現在，妳認為重回程國奪回皇位，就是幸福嗎？麟素死了，我哥也死了，但袁宿，還活著。」

頤殊重重一怔。

「我以為，妳會要我陪妳一起去找他的。」雲閃閃說完，彎腰撿起地上的令牌，走了出去。

頤殊盯著他的背影，直到房門合上，然後她將梳妝檯上的胭脂水粉全部掃落於地，伏案大哭了起來。

頤殊的哭聲穿過小孔，傳至隔壁。

秋薑看到這裡，握住姬善的手，拉著她也走了。

「妳為何安排雲閃閃見頤殊這一面？」

「雲閃閃想見她，我同意了，並沒有抱著讓他感化頤殊或者試探頤殊的目的。」

「妳做事會沒有目的？」

「換了以前我也不可想像。但最近我發現，可以。我可以沒有功利心、不求回報、僅憑自己的喜惡去做一些事情……」

「因為如意門已解散，頤殊已擒回，而《宜國譜》，赫奕想必也還給妳了。」

秋薑側過頭，深深地看著姬善道：「因為我快死了。」

姬善的心似被誰悶捶了一記。

「奔月只是飲鴆止渴，妳早知道的，不是嗎？」

走廊點著燭火，燭光被穿堂而入的風吹得搖擺不定，秋薑的臉，在光影中忽明忽暗，分明近在咫尺，卻又異常遙遠。

姬善定定地看了她半天，才乾巴巴地憋出一句話：「妳什麼時候死？」

秋薑哈哈一笑道：「還不知道。我還有事沒做呢。」

「妳要押送頤殊回程？」

「對。我還要途經圖壁，去看一看弟弟。」

「他被下了毒，現在只是一具活死人。」

「那更要看看，也許他看到我，會活過來。」

「那薛采肯定很頭疼。」

「就讓他頭疼……」

兩人並肩踩著燭光的影子前行。通道很長，但還是走到了盡頭，盡頭處，就是大殿。

兩人不約而同地停下腳步。

姬善忽然問：「妳安排我來看雲閃閃和頤殊的這次見面，也沒有什麼目的嗎？」

「哦，這個有。」

「就是跟我講真心換真心？」

秋薑笑了起來，牽著她的手搖了搖道：「十五年前，我臨行前問妳，可有什麼心願。妳說沒有。於是我擅自作主，跟娘說讓妳繼續學醫。現在，我又要走了，想再問問妳，可有什麼心願？」

姬善看著秋薑的手，她自己是個瘦小的姑娘，因此手很小，手指很細；秋薑的身形高䠷纖長，手卻比她還要細，幾乎是皮包骨頭。這樣一個病重之人的手，卻像貓的腹部一樣柔軟暖和，誰能想得到？

姬善沉默。

秋薑等了一會兒，揚眉道：「還是沒有？那我再擅自作主——……」

「我想再見妳一面！」

秋薑愣了愣。

「做完妳想做的事情後，若還活著，我們再見一面。」

「若是死了呢？」

「那留句話給我，告訴我妳未了的心願。」姬善凝視著秋薑的眼睛，一字一字道：「這一次，換我來滿足妳的需求。」

十五年。

時光如輪，光陰合輕。

海內知己，天涯比鄰。

不是朋友，卻勝似密友。

是替身，卻又不僅僅是替身。

她和她，站在命運的天秤上，遙遙相望，保持著一個微妙的平衡。

如果其中一個沒了的話，另一個……雖然就此自由，可以從天秤上落地離開，但，也會孤單的吧？

姬善凝視著秋薑離去的背影，如是想。

第十四回

前塵

永寧八年三月初一，秋薑帶著白澤的下屬和璧的使臣，以及最重要的頤殊離開了。這一次，她們沒有再保密行蹤，而是光明正大走了官道，沿途官員全要恭迎相送。

不得不說，這是很妙的一步棋。

很多陰謀詭計，之所以能成，是因為藏於暗處，一旦暴露在眾目睽睽下，自然消止。

秋薑走的第二天早上，姬善根據她留下來的食譜，嘗試著做了一碗茯神粥，親自捧到時鹿鹿面前。

時鹿鹿吃了，但依舊隻字不言。

自那後，姬善便天天為他做飯、針灸、餵藥……就像初見時一樣照顧他。然而，同樣的境地、同樣的人，卻是截然不同的回應。

曾經的時鹿鹿，非常喜歡笑，睜著溼漉漉的大眼睛，好奇地看來看去，再情意綿綿地注視著她，寫滿親暱和討好。

如今的他，面無表情，眼神空洞，因為身體無法自癒，傷口始終不好，每天都在滲血，肉眼可見地消瘦下去。

但姬善知道，他沒有垮。

他都這樣了，伏周也沒能重新得到身體，可見，時鹿鹿的心志依舊很堅定。他是故意的。

他在故意反虐她，想讓她愧疚、後悔、悲傷。

姬善洞悉了這一點，沒有拆穿也沒有迎合。她只是耐心地照顧他和治療他，就像大夫對待病人那樣。

一切尚未結束，她和時鹿鹿進入了漫長的拉鋸戰。

不久，她收到了秋薑的來信。她坐在草蓆旁，把信讀給時鹿鹿聽。

秋薑真的是跟她不一樣的人，竟然喜歡寫信，還寫得很長。

「出了鶴城，一路北行。沿途城市都很繁華，但是，巫的痕跡在逐漸變少。在鶴城，家家戶戶都供奉神像；到睢洲，十戶有七；到忘城，十戶有五；到了隨安，就只有零星一、兩家了。反而醫館、學堂隨之增多。路遇一七、八歲孩童談起巫神，語多不敬，拿泥巴砸神像，被祖父赤足追打了三條街……」

「我幫他躲過祖父，請他喝茶，問他不怕巫神報復？他反問我：『神如此小氣？若這點小事就睚眥必報，祂得挺忙的吧？一個成日裡只忙著報復懲罰信徒的神，渾身充滿了戾氣，長此以往會被戾氣吞噬的吧……』我很驚訝，萬萬沒想到一個孩童會說出這樣的話。這一路行來，所遇所見的孩童腦子都很靈活，不拘泥、愛思考，大概跟他們的父輩人人經商有關吧……」

「從宜境最北的紅婆村走過一座橋就是璧國，這座橋叫黃金橋，橋旁有一個很大很大的書店，裡面大概有幾萬本書之多，基本都是舊的。每個過橋的宜人，都可以免費從那裡拿走一本書。管理書店的是個白髮蒼蒼的老奶奶，自稱錢夫人，掛在嘴上的話是『帶書上路，帶錢回家』。」

「我很好奇，問她每天都有這麼多人帶書離開，為何不見書少？她回答，雖然有些宜商離開了沒再回來，但回來的宜商，不僅會歸還當初帶走的書，還會多出很多書。我問她，為何鼓勵商人帶書遠行。她說，錢是世界上最好的東西，想要那樣的好物，必須要有與之匹配的智慧，而書就是智慧。我問她在那裡多久了。她說，快有十年了。我很驚訝，看她白髮蒼蒼，我還以為她起碼在那守了五十年呢。」

「於是我又問她十年前在做什麼。她回答，那時候，也是這麼大的屋子，但裝的不是書，而是巫的神像、神符和神器。我問她為何改變，難道不怕巫神生氣嗎？她回答那是神諭，神諭告訴她把那些東西換成書，會令巫神更高興。果然，自她那麼做以後，發生了很多很多好事，比賣神像時賺得多了……」

姬善讀到這裡，有些明瞭——這大概是赫奕登基後做的某些改革，用以削弱巫的影響力。

鶴城做不到，就從邊遠城鎮做起；國內暫時做不到，就先從出國那批人做起……

「我冒充宜人，也進去選書，結果在一個隱祕的角落裡竟然發現了一本曠世奇書！等我看完了寄去給妳。不寫了，我要去看書了……」

這封信讓姬善非常好奇。能被秋薑認定為曠世奇書，得是多了不起的書啊。

三日後，秋薑的信又到了，附帶了那本書。

姬善無比期待地拆開外包的布袋，一看標題《神女傾成》，她隱約有不好的預感，果然，隨手翻到一頁，上面寫著：成王抱伊哭曰：「孤心悅卿，山無陵、天地合，乃敢與卿絕……」神女聞言，亦淚流滿面：「巫神在上，此情難容。殿下，你就忘了我吧！」兩人相望而泣，情到濃時，寬衣解帶……

在旁圍觀的吃吃放聲大笑道：「哈哈哈哈哈！果然曠世奇書也！這是誰寫的？不要命了！成通澄，這不就是在編排宜王和大司巫嗎……」

「妳拿進去讀給他聽。」

「我不！這可是本淫書，我讀了，今後怎麼嫁人？」吃吃把書推回給姬善。

姬善轉了轉眼珠，最終自己拿著書進了時鹿鹿的房間。

「蓋南境有國，名怡也。怡太子，封號成，世人稱之成王也。成王修八尺有餘，而形貌昳麗，為世人所慕。一日，成王獵鹿，入神樓山，見一女子，上古既無，世所未見，瑋態瑰姿，不可勝贊。成王一見傾心，褰余帷而請御。女子羞惱，曰：『吾乃通天神女，汝生猖獗，安敢瀆神乎？』……」

時鹿鹿一開始沒有反應，聽到這裡，聽出了這是一本影射伏周跟赫奕偷情的書，面色微滯。

「兩人攜手進得木屋，飲酒談心，互訴衷腸，共赴蘭臺……」

耳聞劇情越來越不像話，而姬善絲毫沒有停止之意，時鹿鹿終於一把抓住她的手。

姬善的視線從書移到他的手，再挪至他的眼。

這一次，時鹿鹿的眼裡終於有了她。

「不想聽？」她笑了笑道：「那你想聽什麼？我換給你。」

「我要見赫奕。」他看著她，平靜地說。

姬善先一怔，繼而歡喜。

兩個時辰後，赫奕坐著軟轎，被抬上了聽神臺。令人震驚的是，他的眼睛上還蒙著布條，手裡竟然拿著一根新雕的玉杖——看起來，跟大司巫那把一模一樣。

姬善抓住玉杖的一端，領著他走進時鹿鹿的房間。

時鹿鹿看到這個樣子的赫奕，眸光微動。

「妳出去。」

姬善抿了抿脣，還是退了出去。

吃吃、喝喝、走走、看看圍上來，大家的神色都很興奮。

「鹿鹿肯跟善姊說話，又主動要見宜王，這是想通了？」

走走道：「就算沒想通，也比之前不死不活的好一些。人啊，只要肯說話，能溝通，凡事有得談。」

看看道：「宜王的眼睛還不好？是真的弄不到解藥，還是苦肉計？」

吃吃故態復萌，將耳朵貼在門板上，並招呼喝喝跟她一起聽。

在她們的忙碌中，姬善逕自走出木屋，看著田裡的那些鐵線牡丹。它們已經長出了藤蔓，綠葉翠濃，再過一陣子就能開花，即將恢復原樣。

一切看起來都有所好轉。

但不知為何，她的心沉甸甸的，完全舒暢不起來。

一炷香後，她知道了原因。

赫奕從裡間走出來，找到她，第一句話是：「大司巫跟朕做了個交易——他願意為朕治好眼睛，繼續輔佐朕，但他不會放伏周出來。」

「他想通了？不報仇了？」

「算是吧。」赫奕嘆了口氣道：「還有個附加條件。」

姬善心中一緊，問：「跟我有關？」

「他要朕，把妳逐出宜國，永遠不得入境。」

山崖的風吹透姬善的衣衫和長髮，她臉上的表情有些難看。

赫奕等了一會兒，見沒有回應，便道：「朕絕非過河拆橋，只是當務之急是讓他能好起來，伏周的事咱們再慢慢謀劃——」

姬善打斷他的話，道：「我要一輛走屋，四匹最好的馬，通關文牒。另外，木屋內的毒物、解藥等任我帶走。」

「行。」

走走、看看、喝喝開始收拾行李，聽說能離開這個鬼地方，大家都很開心。只有吃吃有些難過，她在這裡跟他們一起生活了好幾天，親眼見過時鹿鹿和姬善相處時的情形。

「我趴在門上，什麼也沒聽見。」她靠近姬善，小聲道：「也不知宜王跟鹿鹿是怎麼交流的，竟然不出聲，連喝喝都沒聽見。」

「無所謂。」姬善一邊收拾銀針，一邊淡淡道：「無論他們談論什麼，結果都一樣。」

「可咱們……就這麼走嗎？妳，不救伏周了？」
姬善咬著下唇，神色複雜。
吃吃連忙安慰她。「其實他們倆是同一個人，如今鹿鹿又變好了，只要他是真心改過，咱們得給他一個機會對吧？所以，也算是功德圓滿。啊，我好想去燕國啊，善姊，咱們接下來去燕好不好？」
看看附和：「我同意！我也喜歡玉京！」
「我想回圖璧。」走走目露哀求道：「想回去看看娘。」
「那就先圖璧再玉京，反正順路！」吃吃說罷，徵求姬善意見：「善姊，妳覺得呢？」
姬善的目光閃了閃，點點頭。
大家歡呼起來，加快了動作。
姬善則想了想，推開裡間的門走進去。
屋裡，時鹿鹿竟坐了起來，正在試圖給自己換藥。赫奕留下那根新的玉杖，看來兩人是真的談妥了。
見姬善進來，時鹿鹿瞥了她一眼，沒說話，繼續清創。
「我來。」姬善從懷中取出銀針，走了過去。
時鹿鹿的手臂下意識地擺出一個拒絕的姿勢。
姬善道：「就當我臨行前為你做的最後一件事吧。」
時鹿鹿手臂一僵，然後慢慢地放下了。
姬善用銀針扎住他心口的幾處穴位，然後上藥、重新包紮，每一步都做得比平時更細緻，也更慢。

時鹿鹿意識到這一點，情不自禁地看向她。她烏黑的長髮與馬車上初見時一樣，一綹垂在耳畔，一綹探入領中，來自她的勾引，百試百靈……

神諭說他必死於此女之手。

他曾以為能夠改變神諭，但最終證明了是奢念一場。

那麼，想要避免神諭應驗的辦法只剩下一種——離開她。

此生再不相見。

然而餘生漫漫，還有那麼那麼多年，聽神臺的孤寂，伏周忍得，他忍得嗎？

他把木屋改裝成花團錦簇的模樣，他日日看深淵，盤算著如何復仇來打發時間……他本不覺得那樣的日子有什麼問題。

直到她來到。

她讓床榻溫香，讓銅鏡明亮，讓深淵變成了探險，讓靜室有了聲音，她讓這裡的一切都不再一樣……

時鹿鹿的手情不自禁地伸向她，卻又硬生生停下。

姬善看著那隻僵在半空中的手，突然一把抓住，壓在自己臉上。

時鹿鹿一驚，聲音戰慄：「妳……」

「宜王答應了，此地的毒物、解藥任我帶走。所以……」

那雙在他眼中被定義為美極了的手，拂向他的眼睛。

「我要帶你走。」

時鹿鹿震驚，然而已來不及，那些扎在心口上的銀針，止住血的同時，也麻痺了他的身體。而隨著她的手落下，他的視線驟然一黑。

緊跟著，一個大布口袋從頭罩下，將他整個人包了起來。

他重傷躺了好幾個月，剛剛解除了對蠱王的限制，身體還沒恢復，正是最虛弱之際，萬萬沒想到，姬善竟會來這招。偏偏聲音也發不出，留給他的，只剩一片黑暗。

「我決定也關你十五年。所以……」

黑暗中，那個能輕易撩撥起他種種情緒的聲音緩緩道：「恨我吧。時鹿鹿。」

馬車飛快地離開了鶴城。

看著似曾相識的官道，和奔跑如飛的梅花鹿，趕車的走走無限感慨：「不知不覺，在鶴城竟待了半年。這真是個神奇的地方，都看不出四季變化。草還是那麼綠，天還是那麼藍……」

「對呀對呀，還有一隻你、兩隻你，好多好多隻你在跳！」吃吃雀躍地告訴時鹿鹿。

看看「噗哧」一笑。「妳想氣死他嗎？」

罩在時鹿鹿身上的大布口袋被拿掉了，但眼睛上蒙了黑布條，他躺在榻上動彈不得，氣得臉色鐵青，忍不住說了一句：「卑鄙！」

太卑鄙了！阿善！

看看道：「虧你還說喜歡善姊，真是一點兒都不了解她。她可是初見到你就要把你吃了的主。做出這等卑鄙的事，多正常。」

「是啊，你把她當小白兔，純找死。」

他想他哪裡把她當小白兔，他是把她當成了超凡脫俗的閒雲野鶴，覺得她生性疏懶、為人淡漠、醉心醫道、遠離紅塵，從頭到腳清清白白。

這樣的人，會跟赫奕那種沾滿銅臭的俗物攪和在一起嗎？想想都是褻瀆。

沒想到，她竟真的跟赫奕聯手坑他。

更沒想到，她膽大包天到從宜的領土上偷走宜的大司巫。

偏偏，她還弄到了赫奕親手頒發的通關文牒，一路暢通無阻，無人敢查。聽神臺的巫女們還被關在巫神殿內，就算赫奕想起來放了她們，沒有蠱王的指令，她們也不會自主行動。而巫神殿的巫女們都是一幫廢物，沒有命令不得上山。如此下去，等眾人發現他不見了，恐怕他都已被帶出宜境了！

看看嘖嘖道：「看我哥就知道，下場多慘。」

走走好奇道：「之前沒來得及問，妳哥最終怎麼處置了？」

「宜王可不要臉了，把我哥留下，然後寫信給姜皇后，問她想要怎麼處理。」

「這怎麼就不要臉了？」

「妳想啊，姜皇后肯定想要我哥死，但她身為皇后又不能這麼做，便尋個機會送出國。宜王抓了我哥，不殺也不放，反問姜皇后怎麼辦。不管姜皇后說殺還是放，都等於欠了宜王一個天大的人情；最妙的是，這事少不得一來二往地通幾封信吧？沒準還要見個面？」

吃吃恍然大悟道：「宜王在釣魚啊？」

走走惋惜道：「薛相這次真是失誤了，怎麼會把妳哥這麼大一個把柄主動送去給宜王呢？」

一直默默聽著眾人聊天的姬善忽然開口道：「不是失誤。他是故意給赫奕跟姜沉魚通信的機會。」

「為什麼？」

「之前赫奕借了姜沉魚一大筆錢，後來姜沉魚想還，赫奕沒要。薛采覺得時間拖得越久越不好，打算今年怎麼也要還了。衛玉衡是個由頭，有了來往，才有下一步細談的可能。」

看看道：「就像釣魚，一直拉線繃緊，線會斷，所以宜王要鬆一鬆力，讓魚以為安全，然後伺機收竿。而薛相，等的就是他鬆力之時，好徹底逃脫。」

吃吃茫然道：「我還是聽不懂。」

「不懂就不懂吧。神仙打架，跟咱們凡夫俗子沒關係。但是善姊……」看看瞥了時鹿鹿一眼，嚴肅地提醒：「帶著這個禍害，我們也不得安生。」

「妳怕麻煩？」

看看哈哈一笑道：「也對，咱們自己都是麻煩，還怕什麼麻煩？」

趕車的走走沒有說話，她看著前方的道路，雙眉微蹙，卻是心事重重。

以她對大小姐的了解，遇到疑難雜症廢寢忘食是有的，屢試屢敗不肯服輸也是有的；為了一個患者寧願招惹大人物的追殺，卻是不可能的！當年連被區區十幾個村民追殺都要放棄喝喝，現在面對的可是整個宜國啊！本質上，大小姐是個不怕「醫學麻煩」卻怕「人世麻煩」的人，好不容易擺脫了姬貴嬪的身分逍遙在外，怎肯又被捲入權勢紛爭中？

難道……大小姐真的在跟時鹿鹿的接觸中對他動了真情？所以，無論如何都要治好他？可是要治好時鹿鹿，就要讓時鹿鹿去「死」，讓伏周「活下來」。怎麼想都是不可能做到的事情吧？

大小姐心裡到底在盤算什麼？她對時鹿鹿到底是什麼感情？

看看有時候說得真對，大小姐身上的祕密，真是比猴子身上的虱子還要多啊……細想起來，即使關係親密如她，所知道的，也僅僅是十歲以後的大小姐，十歲之前的大小姐，是個什麼樣的人、經歷過什麼樣的事，卻是完全不知的……

官道寬敞，四馬神駿，車身平穩，氣候宜人。

然而，走走從這一趟旅程上，看到了某種不祥。

車行六日，沿途沒有投宿，都只做了短暫停留，用於補給、小憩。

第七日的黃昏時分，馬車終於在一處農舍前停下。農舍不大，三、四間茅屋帶一個菜園，荒蕪多年，看起來破敗不堪。

吃吃跳下車，打量四周道：「走姊，走錯路了？為什麼在這裡停啊？這裡也沒水沒糧啊。」

「大小姐說，今晚在這裡過夜。」

「啥？這破地方還能過夜？」吃吃伸手一推，整扇柴扉就鬆動墜地。

看看探出頭看了一圈，也反對道：「不行，這屋子太破了，全是灰塵，還不如住車上呢。」

姬善下車，踩著門板走進去，淡淡道：「就一晚，隨便打掃一下吧。」

眾人素來唯她馬首是瞻，雖不是很滿意，但也沒再說什麼，紛紛下車開始收拾。

農舍雖破，但井裡有水，柴房有柴，屋裡的陳設少而簡單。五人一起動手，趕在天黑前收拾妥當，搬了進去。但幾張榻都被白蟻蛀爛，只能掃出一塊空地，鋪上蓆子、被褥，弄了個通鋪。

最後，看看和吃吃將時鹿鹿抬進屋，放在最裡面。

時鹿鹿看到住處，神色頓變。

「眼熟嗎？」姬善道：「這裡是晚塘果子村。」

「鹿鹿，這是你小時候住過的地方嗎？」吃吃震驚道：「你還真在晚塘住過啊？那你小時候肯定過得很開心，這裡山清水秀的，上山可摘果，下河能撈魚！」

時鹿鹿冷冷道：「沒摘過果，也沒撈過魚。」

「咦？為什麼？」

時鹿鹿抿緊脣角不想回答。姬善無情地拆穿了他。「因為他男扮女裝。」

「對哦，你小時候是當丫頭養的。」吃吃同情地看了他一眼道：「那你小時候都做些什麼？」

吃吃有一種神奇的本領，那就是無論多麼失禮和缺心眼的話，從她嘴裡說出來都顯得特別真誠。因此，明明時鹿鹿心情很不好，對於姬善擅自把他帶到這裡的行為很憤怒，但還是回答了吃吃的問題。

「聽。」

「聽什麼？」

「我在這裡……」時鹿鹿用手指指了指其中一扇窗戶，神色溫柔地道：「曾經聽到過一個聲音。那個聲音對我說『小鹿，今天要吃紅雞蛋』。」

「啊！是不是那天你生日？」

「嗯，那天確實是我生日。」

「那那個聲音是誰的？」

時鹿鹿的表情黯淡了下去，他道：「我以為是我娘。後來又聽到過好幾次，都在對我說一些很溫柔的話。所以，我沒事就坐在窗邊，等著那個聲音出現……」

姬善想，難怪十姑娘常年坐在窗邊發呆，想必就是在等這個聲音。

吃吃歪頭道：「不是你娘？」

「十二歲時我見到了我娘，這才知道她的聲音不一樣。」

「那會是誰？」

「不知道……」時鹿鹿厭倦地閉眼，結束了這個話題。

眾人張羅飯菜，姬善則獨自出去了。等到晚餐做好，她回來，手裡竟提了兩罈酒。

走走驚訝道：「哪裡來的酒？」

「這位的女兒紅。」姬善一指時鹿鹿。

時鹿鹿一怔。

「啊？善姊妳怎麼發現的？」

「我去村子裡打聽了一圈，有個婆婆記得他，說屋後的槐樹下埋了酒。我去一挖，果然有。」姬善把酒交給吃吃，自己則走到時鹿鹿面前，對他道：「婆婆還說了很多你小時候的事。」

時鹿鹿盯著她，片刻後，冷笑道：「妳這是做什麼？來我住過的地方，打聽我小時候的事，妳想更了解我？」

「沒錯。只有知道你的心病因何而生，才能知道如何而解。我要了解你。」時鹿鹿眼底似有悲傷一閃而逝，最終變成了嘲弄，道：「好啊，那妳慢慢了解。」

姬善悠然地在他身旁坐下，從懷中掏出一個口袋。時鹿鹿看到這個口袋，眉頭頓時皺了起來。

姬善打開口袋，從裡面掏出很多玩具：布老虎、波浪鼓、木雕的小鹿、藤編的小球……全都做得栩栩如生。

「你來這個村子時，尚在襁褓中，陪伴你的只有一個中年婦人。體型肥碩，自稱胖嬤，是你的嬤嬤。因你父母雙亡，所以撫養你。胖嬤性格和善能幹，農活紡織、砌磚累牆，無所不會，村裡人人都喜歡她。她對你很好，無微不至，做了好多好多玩具給你——直到她有了相好。婆婆給牽的線，本想讓她嫁人，她死活不同意，卻跟那人彼此看上了眼，偷偷摸摸在一起。兩年後，那個男人意外落水死了。」姬善說到這裡，繼續掏口袋，然而掏出來的東西卻變成了鐵鍊子。

時鹿鹿看到這根已經生鏽的鍊子，呼吸變得微微急促了一些。

「自那後，胖嬤雖然還照顧你，卻變了。她用這根鐵鍊拴著你，不讓你出屋。她給你玩具，然後又偷偷拿走，不停地說你記性差；她給你衣服，又趁你睡著弄溼，說你睡覺不老實，各種哭鬧自己弄的；她餵你很多很多食物，卻不讓你走動。兩歲到六歲，你從沒出過屋子，不會走路，說話含糊不清，像她一樣肥胖……」

吃吃等人在一旁聽得膽顫心驚，看向時鹿鹿的眼神裡，就多了很多憐憫。

「然後你開始聽見那個聲音——那個聲音跟你說，六歲了，該吃紅雞蛋了。」

時鹿鹿的臉上沒有任何表情。

姬善從口袋裡，掏出最後一樣東西——一把剪刀，刀刃已生鏽，殘留著暗紅的血漬。

「那天胖嬸喝了很多酒，醉醺醺地回來。黑燈瞎火一頭倒在榻上，不知道為什麼，枕頭上竟然豎插著一把剪刀，剪刀插進她胸口。她瘋狂地大喊大叫，把村民們都吵醒了，大夥衝進來，這才看見你被鐵鍊拴著，綁在牆角，整個人蜷縮著睡在稻草上，肚子下面塞著一個雞蛋……村民們報了官，官府抓住受傷的胖嬸正要審訊，她死了。然後，自稱是你姑姑的女子出現，把你帶走了，再也沒有回來……」

吃吃受不了了，忍不住道：「她為什麼這樣對鹿鹿？」

「她懷疑相好的死是阿月下的手，但又不敢違抗阿月，只能私底下虐待她的兒子出氣。」

「那剪刀是怎麼回事？」

「官府檢查後認為是她自己隨手放的，忘記了。當時所有人都聚焦在一個六歲的孩子竟被鐵鍊拴在屋裡長大上，都認為胖嬸罪有應得。」

「確實，喪心病狂，活該！」吃吃連連點頭道。

看看若有所思地盯著時鹿鹿，擰眉道：「不會吧？他當時才六歲，就會設計殺人了？」

吃吃大驚道：「什麼？你說剪刀是鹿鹿故意插在那裡的？」

「他要吃紅雞蛋，雞蛋怎麼變紅？當然是用血。」

眾人聞言，全都臉色一白。

「不可能！鹿鹿，你說句話，不是你！我不相信！你才六歲，而且胖嬸不是啥都不教你嗎？沒人教，怎麼會變壞？不可能的……」吃吃著急地去拉時鹿鹿的手，卻發現他的手涼極了，沒有絲毫溫度。

她一個激靈，不由得縮回了手。

姬善把玩具裝回口袋中，繼續道：「所以，婆婆對胖嬸和你的印象都可深了，你走後，她還替你收拾了屋子，把這些玩具收拾起來一起埋到樹下。」

時鹿鹿的視線也從玩具回到姬善臉上，道：「沒了？」

「暫時沒了。」

「把酒開了，我要吃飯，然後睡覺。」

姬善定定地注視著他，半晌後道：「好。」

喝喝已把其中一罈啟開，倒入杯中。姬善捧杯，餵到時鹿鹿嘴邊道：「來一口？畢竟是你的女兒紅。」

時鹿鹿冷冷道：「我不喝酒。」

「太可惜了，人間至美，你無福享受。」姬善說罷，自己喝了一大口。酒味醇香、色如清露，如此手藝，埋沒山野，只用來照顧一個孩子，浪費了。

眾人分了一罈酒，把另一罈放到車上，留待他日享用，然後又吃了點兒飯食，便睡了。

從頭到尾，除了剛看到鍊子時呼吸有所變化外，時鹿鹿全程鎮定，彷彿說的不是他的經歷。

看看在心中得出結論：

此人絕對妖孽。善姊想要治好這樣一個怪物，希望渺茫啊……

隔天，他們繼續上路。半月後來到了秋蘦信中所寫的那座黃金橋，橋旁果然有間很大的書店，門口坐著一個跛腳的婆婆。

吃吃歡呼一聲，第一時間衝進去尋找所謂的「角落裡的奇書」去了。喝喝和看看則老老實實地從第一排書架看起。

姬善對趕車的走走道：「妳進車來休息會兒。吃吃很快會出來，但另兩位，估計要逛很久。」

「大小姐妳不去看看？」

「又沒有醫書。」

「妳怎知沒有？」

「若有，姬大小姐肯定會寄給我的。」

走走抿脣一笑。姬善問：「妳笑什麼？」

「雖是遠房，但畢竟算是堂姊妹，關係果真不一樣啊。」

姬善挑了挑眉，沒說話。這時，吃吃回來了，手裡捧了好幾本書。

「天啊善姊，那個角落裡真的全是這種書啊！妳看這本《杏花夢》，講的是曦禾夫人跟數位帝王將相的情感糾葛，一生風華絕代，顛倒眾生；還有這本《女王選夫》，居然寫的是頤殊選夫的故事欸！去年才發生的事，這會兒都有書了！最絕的是這本！寫妳的！」

姬善本似笑非笑地聽著，聞言一僵。

一直閉目養神的時鹿鹿也忽然睜開眼睛。

走走唸了起來：「《國色不天香》。紀氏長女，才名遠揚，眾星拱月，四國男子仰慕不已。直到有一天，一少年發現了真相。原來此女面目醜陋、身有異味……」

「等等！別人的都是香豔情事，怎麼到我就是詆毀誣蔑？」姬善一把搶過書來，翻了幾頁，目瞪口呆。

時鹿鹿突然開口：「我想聽這個。」

姬善對他怒目而視。

「如果妳讀這本書給我聽，我可以回答妳一個問題，什麼問題都可以。而且妳知道，我不能對妳撒謊。」

姬善一怔。

這段時間以來，她在時鹿鹿身上收穫極少，哪怕前幾天趕到晚塘，用六歲前的經歷逼他，也依舊沒能得到什麼回應。他封閉了他的感情，拒絕再對她展露真心，成了最不配合的一個病人。

一念至此，她垂首看書，不過是荒唐文人寫的遊戲文字，能用它來做點兒實事，唸唸何妨？

姬善同意了。

然後，她就體驗到了何謂生不如死。

「紀虎洗澡，發現有人偷窺，當即尖叫一聲沉入水中，屏息等了一會兒，心道登徒子該走了吧？忐忑地浮出水面一看，不但沒走，還近了，就趴在池邊呢。她嚇得再次放聲大叫。結果，少年抬頭捂鼻，比她喊得還大聲：『太臭了！我受不了了啊啊啊……』。」

「哈哈哈哈哈！」四女笑得東倒西歪。

「紀虎聽說少年要走，忙修書一封。少年收到信箋，剛打開，聞到熟悉的氣味，再次口吐白沫暈了過去……」

「哈哈哈哈哈！」四女笑得眼淚橫飛。

「紀虎衝到少年面前，跺腳道：『玉郎，你真的要走嗎？你寧可娶個瞎子，都不要我嗎？』少年含淚道：『瞎子，起碼不會讓我吐啊……』。」

看看拍案叫絕。「原來這個男主人公是我哥啊，啊哈哈哈哈！」

姬善深吸一口氣，翻過一頁，繼續生無可戀地唸。

馬車輕輕顛簸，車簾輕輕飄拂，麗夏的光照在她讀書的側影上，不停閃動。

時鹿鹿看著她，眼神幽幽，如陰生的藤蔓，嚮往光，卻又畏懼光。

薄薄一本《國色不天香》，唸了五天終於唸完。姬善心中長出一口氣。

吃吃笑著點評：「這本書寫得這麼爛，可因為我認識書裡的主角原型，就覺得好好笑！」

看看也點頭道：「雖然寫得下三俗，但把我哥描繪得挺生動的，感覺是他能做出來的事、說出來的話！」

喝喝見大家笑便也跟著笑，雖然她完全不明白哪裡好笑。

姬善把書遞給吃吃道：「到圖璧後，去城南有谷坊找一個男人：十七、八歲，左撇子，家道中落，平日裡代寫書信為生，特別喜歡吃魚。把這本書給他，讓他一頁一頁吃下去。」

「為什麼？」

「他就是作者。」

吃吃驚訝道：「妳怎麼知道？」

看看替她回答：「從書裡看出來的。此人能把我哥寫得唯妙唯肖，說明他很可能認識我哥。而我哥去回城前就住在有谷坊。這本書寫得這麼幼稚，作者認識我哥時應該還是少年，但語句流暢沒有錯誤，說明他讀過書。書香門第出來的人寫這種東西，要不落魄、要不愛好，而住在有谷那種地方，九成九是落魄了。」

「那如何得知他愛吃魚？」

「書裡寫得最好的一段就是關於各種魚怎麼吃的描寫，應該來自他的切身體會。」

「那又怎麼看出是左撇子的？」

「這個得問善姊……」看看轉頭求助。

姬善道：「因為書中的人行動時但凡提到手，說的都是左手。」

吃吃一怔，連忙翻書道：「說時遲、那時快，少年左手在几案上一撐，跳了起來……紀虎左手捧杯，走到少年面前，嬌滴滴地說哥哥，喝了這杯酒，從此郎君是路人……還真全是左手！」

「因為作者本人是左撇子，習慣左手做事，寫書的時候不自覺就這麼設計了。」

吃吃恍然大悟，然後將書收好道：「放心，善姊，交給我了。我一定讓他後悔寫了這麼一本破書！」

姬善「嗯」了一聲，看向榻上的時鹿鹿。

時鹿鹿淡淡道：「妳可以提問了。」

「開心嗎？」

「這是問題？」

「嗯。」

時鹿鹿驚訝。四女也很驚訝，萬萬沒想到，姬善如此自汙換來的一次機會，竟浪費在這麼一個問題上。

時鹿鹿的目光閃了閃，不知為何，卻遲遲沒有回答。

姬善也不催促，靜靜地等待著。

如此過了很長一段時間，時鹿鹿才終於開口：「本以為會，但其實沒有。」

他本以為聽她讀這本書，欣賞她的尷尬委屈憤怒，會是很開心的一件事。聽了才發現並不如此，他一點兒也不覺得開心。事實上，他一直不太知道開心究竟是什麼感覺，也許姬善拉著他去探索深淵那次，是離開心最近的一次，但最終被赫奕的聖旨打斷，沒能好好體驗。

他的痛苦一點兒不少。

他的歡喜從來不多。

他本早已習慣。

可偏偏，這個人出現了……他本以為她會讓他開心，但最終還是痛苦。

姬善聽了這個回答，若有所思了一會兒，掀簾問走走：「到了嗎？」

「快了。」

吃吃好奇道：「咱們又要留宿了嗎？在哪裡、在哪裡？」

「連洞觀。」

眾人皆驚，然後，齊刷刷地看向時鹿鹿——這是他和姬善初遇之地啊。

連洞觀座落在一座小山上，遠離村落，四面是林。山頂有一道瀑布，落到山腰，形成一汪碧潭，潭旁蓋著一座道觀，名為連洞觀。

時值八月，酷暑剛退，松桂飄秋，一行人來到此地，聽著轟隆隆的聲音，再被細小水花一濺，頓覺遍體清涼。

吃吃讚嘆道：「善姊，妳小時候住在這樣的神仙住處啊！依山傍水的，抓過魚嗎？摘過果嗎？」

看看輕笑道：「妳對抓魚摘果還真有執念啊。」

「我做夢都想住在這種地方！」

姬善望著眼前的場景，也是無比懷念，道：「我在這裡住了將近一年，確實是最快樂的一段時光……」

「善姊妳只在這裡住了一年？也對，妳是後來跟著達真人搬上山的。」

馬車停在觀外，眾人收拾行囊下車。觀裡的真人們出來迎接，但都不認識姬善，只當作普通的香客來觀裡暫住。

一行六口人，兩個坐輪椅，引來無數香客圍觀，吃吃全都惡狠狠地瞪了回去，道：「看什麼看？全手全腳不求神佛，你們才不該來！」

香客們無語，秉著惹不起、躲得起的念頭，紛紛散去。

姬善對其中一位真人耳語片刻，真人連連搖頭想要拒絕，姬善拿出一個盒子遞過去，真人打開一看，面色頓變，最終同意了她的要求。

吃吃好奇道：「善姊，妳給他們啥了？」

「還能有什麼，肯定是天下第一才女親筆題寫的觀名唄。」

走走捂脣笑道：「車上現寫，無本買賣。」

不多時，一個小道士過來對她們行禮道：「諸位請跟我來。」

六人跟著他進了客房。這是一棟獨立院落，三間房呈品字形，中間一個小院子，院子裡種著一棵老槐樹。看看看到這棵樹，立刻有眼力見地將其他三人招呼走，院子裡只剩下姬善和坐在輪椅上的時鹿鹿。

姬善對時鹿鹿道：「老屋拆了，只有這棵樹還在。」

時鹿鹿仰頭看樹，斑駁的陽光落在他臉上，恍如星光。

「妳從這棵樹上掉下？」

「嗯。」

「我在那邊出手救妳？」時鹿鹿看向西邊的某扇窗。

「嗯。」

時鹿鹿忽然輕輕一笑，充滿了嘲弄之色。

「妳不但帶我去晚塘，還帶我來汝丘。妳覺得我看了這些，會動搖？」

姬善蹲下身，將手搭在輪椅扶手上道：「你不是沒有這段記憶嗎？我幫你補齊。你難道不想知道，你我之間，還發生過什麼？」

時鹿鹿冷冷道：「我若說不好奇，不想知道。如何？」

「那也要讓你知道。」

時鹿鹿正要冷笑，姬善仰頭說出了後半句話：「因為，我喜歡那時的你——非常非常，喜歡。」

第十五回　往事

小姬善並不總是那麼無憂無慮的，事實上，她的煩惱很多很多。

有一天她去找十姑娘吃飯時，就顯得有點怪。大熱天穿得很多，一向能吃，那天卻吃得很少。

飯後，十姑娘取出一個布包放在案上，示意她拆開。

「什麼呀？」小姬善興奮起來，但手不俐落，拆了好一會兒才打開，裡面是條繡著黃花郎的裙子，但是全新的，而且尺碼小了一號。

她在身上比了比，很震驚道：「給我的？妳，讓張裁縫做了一條新裙子給我？」

十姑娘點點頭。

「為什麼？我穿妳的舊衣服就好了呀，為什麼要浪費錢做新的？」小善說到這裡，自覺明白了。「妳想跟我一起穿？咱們姊妹裝？」

十姑娘皺了皺眉，而小姬善已笑嘻嘻地撲過去抱住她道：「太好了！我一直想要個姊姊！」

十姑娘一怔，心中有什麼東西就那麼猝不及防地融了一地，像塵封許久的窗戶終被打開，瀉入了一室春光。

而這時，小姬善咧嘴呲了一聲，忙不迭鬆手，然後笑著轉身繼續比衣服道：「那我現在就回去換。」

十姑娘伸手拉住她的後衣領，將她提拎回來。

「怎麼了？」

十姑娘用眼神示意她就在這裡換。

小姬善假裝看不懂的樣子道：「妳想說什麼？妳又不是啞巴，為什麼不說話？妳不說話，我可看不明白……」

話沒說完，十姑娘伸手解開了她的腰帶。

小姬善一驚，想要後退，但被對方抓著，動彈不得，道：「我今天不想在妳這裡換衣服，要不還是改日再約……」

她的外衫被脫了下去。

她的胳膊露了出來，上面一道道、一點點，又紅又腫，全是傷。

這也是她夏天穿厚衣、夾菜不俐落的原因。

十姑娘扣住她的手臂，低頭仔細觀察那些傷，挑了挑眉，用眼神詢問。

「沒事！祖父煉丹時我在一旁湊熱鬧，結果丹爐炸了，濺了我一下。但我及時護住了臉，妳看我臉上一點傷都沒有，不影響我以後嫁人。」她嘻嘻一笑道，頗為自得。

十姑娘拉著她，側身從梳妝檯的抽屜裡取出一瓶藥，為她敷上。

「妳這是什麼藥？給我看看？」她一看藥就眼睛發亮，比看到漂亮衣服還要高興。

十姑娘便又取了一瓶給她。小姬善聞了聞瓶裡的液體，還試圖去舔，被十姑娘輕拍制止。小姬善見她眼中有警告之意，怕她把藥要回去，連忙收起來放入香囊中道：「我不舔了，帶回去慢慢玩。」

十姑娘耐心地、一點點地把她身上所有的傷處都敷好藥。那藥涼涼的，原本燒灼疼痛的感覺頓時消失了許多。

「這藥真好用……」小姬善躺在柔軟的錦榻上，枕著十姑娘的腿，感受著被人細緻照顧著的感覺，愜意地閉上眼睛。「我也想能做出這麼好用的藥，既能治好病，還能讓人感覺很幸福……」

十姑娘的唇微勾了一下。

「我小時候喝過一味藥，又苦又腥，喝一口就想吐。我心想天啊，為什麼藥那麼難喝？阿爹告訴我，良藥苦口，我心想：呸。妳看魚，又臭又腥，可廚子們開膛破肚，細細調理，最後燒得鮮嫩滑軟，讓妳吃得愛不釋手。」

「明明動動腦子就可以讓藥有所改變，就像這瓶藥，裡面加了薄荷和馬鞭草，所以又香又涼。為什麼大家都不做呢？阿爹說他沒空。我就想，那我來！我就自己搗鼓，搗鼓來搗鼓去，妳猜怎麼著？」

十姑娘當然是不會回答她的。小姬善也不等她回應，就逕自說了下去。

「不但沒把藥弄得好吃，反而變成了毒藥，喝了的人全疼得死去活來……阿爹知道後，臉都嚇白了，去祠堂大哭一場，說沒生兒子已經夠對不起祖宗們了，還生了個不學醫、反學毒的孩子。我為自己辯解，他也不聽，還不讓我以後再亂碰藥。我氣死啦，覺得他一點兒都不了解我，不知道我的志向何等偉大！而且，還因為我是女孩就輕視我……」

不知為何，一股委屈突然湧上心頭，小姬善的眼淚不受控制地流了出來。「我當時很生氣，發誓再也不要理他，再也不原諒他，可是……最近我常常會想起他……不知道為什麼，就好難受、好難受……」

那個下午，是小姬善跟十姑娘關係改善的開始。

她躺在十姑娘的腿上，默默地哭了一會兒。

十姑娘沒出聲，但手沒有停，敷完藥後，又開始溫柔地梳理她的頭髮。

她說：「阿十，妳說我還有機會學醫嗎？我家現在這麼窮……」

她說：「阿十妳知道嗎？達真人被騙了，他煉的那些丹藥根本不能延年益壽。煉丹很費錢，阿娘把首飾都當了，還在拚命繡花，繡得眼睛都花了……」

她說：「阿十，我覺得自己真沒用啊，一點兒忙都幫不上。我一直以為自己是個很厲害、很有用的人呢。直到來了連洞觀，在這裡什麼都幹不了，無聊死了，幸好遇見妳……」

她說：「阿十，我有一個大祕密，但我現在不能告訴妳，不能告訴任何人……這樣，什麼時候等我能夠離開這裡了，我就告訴妳，妳想不想知道……」

她說：「阿十，妳得的到底是什麼病呢？會好嗎？我希望妳能好起來，如果妳好不起來也不用怕……等我將來長大了，有機會繼續學醫了，我一定會治好妳的……」

她喃喃地說了好多好多，說得最後睡著了。

等她醒來時，阿娘說，是十姑娘親自抱著她回來的，身上還穿著那條新裙子。阿娘說，不能平白收人家這麼貴的禮物，一定要回禮。

於是，對女紅毫無興趣的她，老老實實地跟著阿娘做了一個香囊，繡了一個「十」字，還在裡面放了自配的香草料包。

第二天，她跑去把香囊送給十姑娘，十姑娘看到歪七扭八的針腳和醜極了的「十」

字，「噗哧」一笑。

她沒有生氣，反而驚喜道：「阿十！妳笑了！原來妳會笑啊！」

「我們小姐是被這個香囊醜笑了！」婢女在旁逮著機會挖苦。

「那也值了啊。博美人一笑，不枉我手都扎破了呢！」

十姑娘一聽，拉起她的手細細看了幾眼，然後把自己腰間的香囊解下來，換上了她做的那個。

婢女驚訝道：「小姐，您真要戴這麼醜的東西啊？」

「這是我做的香囊，我將來可是名動天下的人物，到時候妳們沒錢了，把這個香囊拿出來賣，沒準能賣很多很多錢呢。」

「呸呸呸，妳居然咒我家小姐落魄！」婢女氣極了，最氣的是，小姐竟然對此一點兒都不生氣，還衝那個臭丫頭微笑，於是她再次一跺腳，扭頭跑了。

她們的生活就那麼吵吵鬧鬧地持續著：阿十微笑，阿善吵鬧，小婢女氣得哇哇叫。

姬善想：那段時光可真有意思啊，那麼那麼悠閒，那麼那麼自在。以至於讓年幼的她心生錯覺，她和阿十會一直一直那麼開心快樂地過下去……

結果，寒露那天，觀門外來了一群人，清一色全是女人，十八、九歲到四、五十歲都有。

其中一個中年婦人身穿羽衣、手持木杖，看上去不苟言笑。

她途經她們身邊，好奇地打量那件羽衣，一少女立刻冷冷地訓斥她：「看什麼？」

「那位嬸嬸的衣服好好看，都是什麼鳥的翎羽編的？」

「關妳什麼事？滾！」少女推了她一把，她被推倒在地，愣了愣，起來拔腿就跑。

她回到家翻箱倒櫃地找東西，阿娘看見了問：「找什麼呢？」

「我前幾天從達真人房裡偷出來的瓶子呢？裡面有毒藥，放在洗臉水裡，洗了就會長麻子！」

阿娘一怔道：「啊？要那個做什麼？」

「有人欺負我，我去下個毒。奇怪，瓶子呢？明明放在這裡的……」她一扭頭，看見阿娘的臉，連忙改口：「我覺得那些人來者不善，以防萬一嘛。」

「那些人是十姑娘的家裡人。」

「啊？」

「聽觀主說，十姑娘家裡出了事，要接她回去……」

後面的話就再沒聽清，她衝了出去。

來到十姑娘的小院，果然，剛才見過的女人們在那裡出出入入地搬東西。那個推她的少女看守著院門，看見她，把手一攔道：「還敢來？」

她踮起腳喊：「阿十……阿十……」

「吵死了，閉嘴！」少女一把捂住她的嘴巴，將她拎到一旁。

「我要見阿十！」

「阿十？放肆！我們主人的名字也是妳叫得的？」

「妳們真的是來接她走的嗎？」

「沒錯。」

「妳們要去哪裡？」

「跟妳無關。」

「求求妳告訴我吧。」小姬善雙手合十，露出自覺最可愛的表情，卻被對方又無情地推了一把，倒在地上。

「滾……」

她起身，心疼地拍著裙子。這條裙子是阿十送的，摔了兩次，都髒了。

可惡，這下子必須要報復了！

她扭身離開，衝回家繼續翻箱倒櫃。阿娘在旁勸她：「別找了……」

「不行，我一定要去下個毒！」

「妳再這麼找下去，人都走了。」

她愕然，回頭道：「走？今、今天就要走？」

阿娘點頭。她的手一抖，櫃門「咯吱」一下壓在手指頭上。阿娘心疼地連忙過來幫她吹。「呼呼，不疼不疼，呼呼……」

「阿十今天就要走……」她終於意識到這意味著即將失去連洞觀唯一的朋友。「那她還回來嗎？」

「聽說家裡出了大事，應該不回來了。家家有本難唸的經啊……」阿娘吹完手指，看她沒反應，便溫柔地問：「還找毒藥嗎？」

「還找，但不找毒藥了。我、我送她一些東西，免得她忘了我！這樣以後還能見面！」

她向來是個行動派，說做就做，開始四處翻找禮物，最終收拾出一堆她認為合適的來，打了個包扛著再次來到院門前。

看門的少女立刻警覺道：「妳還敢來啊？我可真要對妳不客氣了！」

正要動手，十姑娘的婢女出來了，道：「小姐請她進去。」

少女瞥了她一眼，這才側身放行。

小姬善忙不迭地跑進院，衝進十姑娘的房間道：「阿十，阿十，聽說妳要回家了？我有東西送妳呀……」

她的喊聲長長，微笑表情卻僵在了臉上。

黃昏的陽光照著坐在窗邊的十姑娘，光潔如玉的臉上一片水光。

那是眼淚。

她背上的包袱「啪」的掉到地上，裡面的禮物散了一地。

十姑娘回過頭來，看著一地狼藉中的她。

小姬善想，啊，機警如她，竟在那一刻，不知該說什麼話。

最後還是十姑娘起身，把地上的東西一樣一樣撿起來，每撿一樣，便看一會兒，慢慢來到她跟前，一件件地重新放回包袱裡。

她蹲著，小姬善站著，兩人視線相對。

小姬善舔了舔發乾的嘴唇，輕輕地問：「妳不想回家嗎？」

十姑娘注視著她，眼中哀愁如冰，冰化了，水溢出來。

「那不是家。」她終於開口，對她說了第一句話。

「我不知道該說什麼……我有一肚子告別的話，可是一句都說不出來。」

燈光點亮了西客房，十五年前，小姬善跟十姑娘站在這裡，一個站著，一個蹲著。

十五年後，姬善跟時鹿鹿站在這裡，一個站著，一個坐在輪椅上，卻形成了幾乎相同的姿勢。

「然後，我做了一件事。」

時鹿鹿反覆提醒自己不要上當，這個女人十分狡猾，她所說的一切都是為了讓他動搖；她所做的一切都是為了救伏周。

可當前塵舊事在相同的地方被重新提及時，如有神力。

令他無法不好奇，迫切地想要聽下去。

姬善臉上，寫滿了「你必須開口，我才往下說」的表情。

時鹿鹿深吸一口氣，揚眉。「妳做了……」

沒等他問完，姬善已扣住他的右手，十指交握地拉住他道：「我就這樣——拉著你，把你從地上拉起來，然後拉到後面的窗戶前，說——我帶你逃啊！我有毒藥！」

「我帶妳逃啊！我有毒藥！」

耳中，一個稚嫩的聲音乍然響起，跟眼前人的聲音重疊在一起。

那是來自封印的記憶中，小姬善對他說的話。

時鹿鹿整個人開始戰慄。

他……他……他想了起來！

那個小丫頭跟連洞觀的一切都格格不入。

她太跳脫、太鬧騰，還有點野。而連洞觀分明是個清幽絕俗的地方。

他從晚塘離開後，還去了幾個地方，最後轉移來此，這一次，侍奉的人從一個變成了三個。兩個婆婆，還有一個小婢女。

來這裡的第一天，就看到那個小丫頭趴在圍牆上踮腳往這邊看。他覺得煩，第一時間把窗關上了。

結果，對方反而翻牆而入，光明正大地來敲門道：「妳叫十姑娘？姓十，還是在家中排行第十？」

他皺眉，婢女連忙過去開門道：「妳是誰呀？」

「我是住在隔壁院的姬善，妳們可以叫我阿善。聽說妳要在這裡養病？那就是久住啦。作為鄰居，咱們以後要好好相處啊。」

「哦，那、那知道了，妳回去吧。」

小姬善不停探頭朝婢女這邊看，眉眼細長，古靈精怪，她問：「十姑娘，聽說妳生病了？什麼病呀？」

「不關妳的事！」婢女「啪」的關上門。

小姬善卻還沒走，透過紙紗窗依稀能看到她在外面轉悠，大概轉了盞茶工夫，才被她娘叫了回去。

您？」

婢女鬆口氣道：「可算走了。要不要讓婆婆去跟她娘說說，看緊孩子，別老來打擾

他看著已經看不到人影的紗窗，片刻後，淡淡道：「不必。」

因他表態，婢女沒有動作，小姬善自然也沒受到警告。於是第二天，她又來了，還是試圖進來，進來不成，改在外面轉悠……第三天、第四天……天天如此……

然後有一天，她在院裡的樹上找到了新玩具，騎在樹杈上，嘴裡唸唸有詞：「讓你推麻雀，讓你不要臉，讓你吃得這麼多，讓你啄鳥媽媽……」

被她用樹枝戳的小杜鵑嘶聲大叫。

他被煩得頭疼，隨手拿了顆豌豆彈出去，本想打她，誰知失準頭打中了樹枝，樹枝「喀嚓」斷了，她從上面掉下來。

說時遲、那時快，他立刻飛出身上的披帛，什麼也沒多想，披帛這一次準確地捲住目標，將她從窗口拖進來。

她掉在他身上。

四目相對，「咚咚咚咚」，心如鼓擂。

下一刻，她嘴角一咧，開心地跳了起來道：「阿十！妳救了我！妳居然會武功，還這麼高？」

他一怔，有些不悅。她卻熱情地抓住他的手道：「救命之恩，妳想我怎麼報答？聽說妳有病？我幫妳看看？」

他冷漠地抽出手，示意婢女趕人。婢女得了眼神，連忙把小姬善推了出去道：「看什麼看，妳一小孩還會看病不成？」

「我會呀！」

婢女完全不信，道：「吹牛不打草稿。要真會看病，先治好妳娘吧。」

小姬善一怔，就那麼被她推了出去。

「成天嘰嘰喳喳，吵死了。」婢女回轉身來，對他道：「真的放之不理？」

他輕輕地撫摸著披帛，「嗯」了一聲。

婢女永遠不會知道，他其實喜歡有人這樣在意他、觀察他，千方百計想要了解他。在晚塘的那幾年裡，如果有個像姬善這樣的人出現，被鐵鍊拴在屋裡的他是不是就能早點被人發現？

結果第二天，到小姬善該來轉悠的時間，她卻沒出現。

他坐在窗邊，操控披帛飛出去，捲住一個瓶子飛回來，再捲著瓶子送回去，如此周而復始地練習了一會兒，她還是沒有出現。

他凝眉，沉思，聽見後窗外邊有聲音。

他走到後窗，隔著縫隙一看，就見小姬善鬼鬼祟祟地蹲在池塘旁翻找著什麼，當看清她手裡拿的是什麼東西後，他怔了怔。

有風吹來，撥得筆架上的筆搖擺撞擊，發出清脆的「叮咚」聲。

他想他為何之前沒發現，原來風吹毛筆的撞擊聲也如此好聽。

就像他之前不曾發現，外面的池塘在黃昏中波光粼粼，美極了。

婢女煎好藥端進來，他一口飲盡。婢女正要拿著藥渣去倒，他卻擺擺手，示意自己來。他端著藥碗走到屋後池塘，小姬善不見了，水面上只有一根蘆葦在輕輕顫動。

他把藥渣潑向蘆葦，頓時得到驚天動地的回應。

小姬善從水裡跳出來，連連咳嗽，各種撲騰，慘叫：「抽、抽！我抽筋了！救、救命呀……」

沒喊完，她沉了下去，再也沒浮上來。

他心中一緊，卻又不會游泳，試圖飛出披帛救人，但帛入水中立刻力消。他只好喊了起來：「來人！」

前屋做飯中的婆婆聽到聲音飛掠而至，將小姬善從水裡撈出來。

「小姐，她沒灌什麼水，就是一時窒息暈過去了，我送她回家。」

他想了想，道：「留在這裡。」

婆婆很驚訝。因為他極少說話，這一天，卻為這個隔壁的小姑娘，破例出了兩次聲。

婆婆把溼漉漉的小姬善擦乾，換了衣服，安置在他的床榻上。他靜靜地觀察她一會兒。睡著時，她的淘氣野蠻鬧騰就統統消失了，眉眼恬靜，顯得很乖。

而這雙乖巧溫順的眼睛，突然睜開，彷彿燭芯被點燃，彷彿駿馬被放出閘門，彷彿壺口倒出清泉……一瞬間，整個畫面都跟著靈動了起來。

他僵了僵，不動聲色地瞥過視線。

耳中聽到小姬善伸了個大大的懶腰，嘟噥著說了一句「好硬」，然後又說了一句「好素」，最後朝他跑過來，一跳，坐到窗臺上，衝他嘻嘻一笑。

天色已暗，夜幕將來，可她周身如沐霞光，熠熠生輝。

時鹿鹿忍不住想：這樣一個人，為什麼不早點出現呢？她如果在晚塘就出現，該多好啊……

但現在出現……也還行吧。

小姬善就那麼硬生生地擠進時鹿鹿的視線，也擠進他的生活中來。她每天都來蹭飯，慢慢地，發展為蹭衣服、蹭藥物，蹭一切她能蹭的東西。

他覺得她很神奇，明明那麼弱小，卻又那麼自信，自信自己不會被討厭，自信自己不會被拒絕。

然後就到了那一天，聽神臺的巫女自稱得了神諭，來接他。

他不信。

從他第一次在母親的手記裡看到巫族的祕史時，他就不信巫神。如果真有巫神，他就不會出生，更不會被選為繼承者。

他，可是瀆神的存在啊。

可他沒有選擇。此身弱小，雖學了一點兒武功，卻也遠不是那些大人的對手。

再然後，小姬善趕來了，帶了一大包禮物，「叮鈴噹啷」撒一地。

她拉起他的手，跟他說：「我帶妳逃啊！我有毒藥！」

那麼弱小、那麼自信的小姬善，在那個時候給了他勇氣，那勇氣極不合理，卻真實存在。於是，他回應：「好！」

小姬善拉著他偷偷從後窗跳了出去，繞過池塘，爬過圍牆，進了密林。

她說：「方圓十里所有的地方我都探索過，瞭如指掌。所以，妳知道這裡最能藏人的地方是哪裡嗎？」

他皺眉沉吟。

「笨蛋，連洞連洞，就是因為這裡有好多好多洞啊！」她帶他來到碧潭，衝進瀑布。

瀑布後竟是溶洞，鮮有人知，人跡罕至。

兩人都被淋溼了。時已深秋，溶洞內冷極了。

小姬善打了個噴嚏，哆嗦不已道：「沒帶火摺子，妳呢？」

他也沒有。見他搖頭，小姬善嘆口氣道：「算了，挺一挺吧。」

他忽然伸手抱住她。

小姬善從他懷中探頭，表情從不解轉為了然，最後更是舒服地瞇起了眼睛道：「妳會發熱呀！像個火爐一樣，好舒服……」

他「嗯」了一聲，源源不斷地用力為她烘乾衣服。

小姬善好奇道：「這就是傳說中的內功吧？跟誰學的？妳覺得我能學嗎？唉，還是算了，我還是更喜歡醫術，我要把有限的時間全部花在醫術上……」

他「噓」了一聲，示意她安靜。

小姬善點頭小聲道：「來接妳的那些人也會武功對吧？那我不說話了，免得被她們聽見……對了，給妳毒藥。要是找來了，就給她們下個毒。」

他看著她遞過來的小瓶子，期待了一下，問：「會死？」

「不會。但潑到皮膚上會很癢，起痱子……」

他想這種程度無濟於事，但看到對方得意洋洋的表情，不忍掃興，便接過來收入懷中。

小姬善換了個姿勢靠躺在他懷中，不說話了，不多會兒，便打起了呼嚕。

瀑布外，依稀傳來巫女們的呼喚聲。

他沒有動。他不想去巫神殿、聽神臺，更不想當什麼宜國的大司巫，他喜歡這裡，他想繼續留在這裡。

然而，巫女們的聲音越來越近了。他素來聽力過人，聽到巫女在向道士們打聽附近有什麼隱蔽之處，一位道士回答瀑布後有溶洞。

他想，這裡終歸不安全。

於是他推了推小姬善，小姬善迷迷糊糊地醒了，剛要出聲，被他捂住嘴巴，示意她往洞裡走。

小姬善立刻意識到她們找來了，也不囉嗦，轉身帶路。

溶洞又溼又冷，地面坑坑窪窪，上方還有各種鐘乳石擋道，越往裡走，就越黑。

小姬善忍不住道：「我什麼也看不見了。」

「我背妳。」他把她背起來，繼續前行。

小姬善低聲讚嘆道：「妳的視力這麼好呀？」

「嗯。」

「阿十，我發現妳是個寶箱欸！」

「寶箱？」

「就是帶鎖的那種，很難打開，但是一旦打開，裡面全是寶貝。」她貼著他的耳朵笑道，笑得他好癢。

「嗯。」他想他也可以自信　點兒、驕傲一點兒，認為自己就是個寶箱。那麼她呢？

「妳是什麼？」

「我啊……我是一本醫書，現在還沒幾頁，後面全是空白的，但是等我長大了，一頁一頁地補上，最後肯定會變成一本特別特別厲害的書！」她張開雙手比了個誇張的手勢，卻差點從他身上掉下去，忙不迭抱緊他的脖子。

他輕輕一笑，笑聲在一片死寂的溶洞深處，顯得很清晰。

「阿十……」

「嗯？」

「妳笑起來真好聽，要多笑笑呀。」

不知為何，他胸口有點悶。從來沒有人跟他說過這種話，從沒有人逗他笑，便連腦海中那個偶爾響起的聲音，雖然溫柔，卻也只是說一些叮囑的話。

「小鹿，你應該學點兒武功。」

「小鹿，這些書讀熟、會背後燒掉。」

「小鹿，別讓她們發現你是男孩……」

在此之前，從沒人給予他讚美。而自遇到小姬善之後，她每天都在誇獎他。

她說他是美人，武功好，視力好，是個寶箱。

這些讚美像一朵朵柔軟溫暖的雲，把脆弱不堪的他包裹起來，帶他悠閒自在地飄。那麼輕鬆，那麼美好。

他想：她將來肯定會成為很厲害的大人物，會有一個很錦繡的未來。那麼，跟她在一起的他，也會一直一直這麼開心……

當他想到「開心」這個詞時，他就真的開心了——心臟部位劇烈一扯，似被一分為二，緊跟著，從裡頭鑽出了某個活物。

他一頭栽倒在地，眼淚、鼻涕一起流了出來。

小姬善連忙從他背上爬起來，摸著他問：「阿十？妳絆倒了？」

劇痛讓他發不出任何聲音。小姬善摸到他的頭，發現全是汗，她問：「妳怎麼了？是、是妳的病發作了？」

她迅速地找到他的脈搏，開始搭脈——原來她真的會醫術。

可當今世上，沒有醫術能夠治療他的病。因為，他得的根本不是病。

果然，小姬善道：「好奇怪啊，我什麼也看不出來……妳疼得很厲害嗎？我、我去找人來！」她扭身想跑，卻被他緊緊握住。

不要找那些人來！他不要回去！他寧可痛死！

雖然他發不出任何聲音，小姬善卻理解了他的意思，跪坐著握住他的手，一次次地幫他擦汗。

「阿十，妳到底是什麼病？妳有沒有帶藥？這樣下去可怎麼辦呢……」

「阿十，那些來接妳的人，手裡有藥是不是？我去偷給妳！」

他握住她。

黑暗中，小姑娘輕輕地哭了起來，道：「我、我好沒用啊……我自稱會醫術，卻一點兒忙都幫不上……」

他強咬著牙，艱難地抬起手摸了一下她的頭。

小姬善怔了怔，然後緊緊抱住他。黑暗中什麼也看不見，只有她小小的身子和暖暖的體溫陪伴著劇痛中的他。

不知過了多久，劇痛仍未停止，反而越發厲害。在暈過去前，腦中的最後一個想法是：我絕對絕對不要去巫神殿！不要當什麼大司巫！

而等他再睜開眼睛，就看見了伏怡神像。

時鹿鹿驚駭抬頭，看著眼前的姬善，只覺世情荒誕莫過於斯。他跟她之間，竟有這樣的過往，而當初信誓旦旦的誓言，也成了笑話一場。

他最終還是到了巫神殿，成了大司巫，而這段記憶也被伏周獨享了，沒有留給他。

時鹿鹿的臉色越發慘白。

十姑娘不想當大司巫，也不信巫。他卻是信的。他為何會信？還有什麼記憶，是他沒有，而伏周獨有的？伏周為何會乖乖留在巫神殿，一當就是十五年？為何會盡心盡職地輔佐赫奕？

這不合理！

擁有了這段記憶的伏周，本該嚮往自由，渴望繼續跟姬善在一起才對！為什麼變成了後來那個樣子？

姬善緊盯著他的眼睛問：「你想起來了？」

他點頭，汗水沿著眉骨流至耳郭。

「想起了多少？」

「妳帶我躲在溶洞裡，但我蠱毒發作，暈過去了。」他悲傷地看著她道：「是妳把我交給那些巫女的？」

姬善搖頭。

「那是她們進來後發現了我們？」
姬善沉默了一會兒，推起他的輪椅，道：「去那裡你就知道了。」
她帶他去了溶洞。
瀑布依舊奔騰，而這一次，她帶了傘。
撐著傘快速進入水簾，兩人的衣服都只溼了一點。她還帶了燈，燈光映亮地面，他們緩慢前行。
當年，他背著她；如今，她推著他。時光彷彿在這一刻重疊，讓他既悲傷，又歡愉。悲傷很濃，歡愉很淡。可那麼淡的一點兒快樂，足以抵消所有的顧慮，明知很可能是陷阱，也不得不往下跳。
走了沒多會兒，姬善就停下了。時鹿鹿皺眉問：「這裡？」
「嗯。」
「當年明明覺得走了好久好久，走得腿都僵了、腰都瘦了，結果……原來才這麼點兒。」那時候的他，真是太弱小了。
姬善居然還帶了一把小鋤頭，四下查看一番後，開始挖。
時鹿鹿心有餘而力不足，只能看著她挖。幸好埋得不深，不一會兒，碎石堆下就露出一隻手骨。
時鹿鹿一驚，萬萬沒想到，這裡竟然有屍體！
姬善氣喘吁吁地停下來，踢了踢那隻手骨道：「看到了？那我就不整個挖了。」
「這是誰？」
「當初來接你的那個聽神臺巫女。」

時鹿鹿越發震驚，問：「她死了？誰幹的？」

姬善看著他，神色複雜道：「你？」

「我暈過去了！」

姬善很認真地糾正他：「十姑娘，暈過去了。伏周，出來了。」

「伏周？」

「就是……你這具身體裡，最強大的那個人出來了。」姬善見他還是有點茫然，便說得更明白：「你其實也不記得殺死胖嬸的剪刀是怎麼回事吧？」

時鹿鹿震驚，而比震驚更惶恐的是，他確實不知道！他沒有這部分記憶！

「剪刀就是伏周放的。你六歲時，聽到的那個聲音，不是神諭，是伏周在暗示你，殺了胖嬸。」

時鹿鹿握緊了自己的手，卻控制不住戰慄。

「小鹿，今天要吃紅雞蛋。」

那個聲音飄渺溫柔，雌雄難辨，回想起來，正是少年時未變聲的他自己的聲音。

「小鹿，你應該學點兒武功。」

「小鹿，這些書讀熟、會背後燒掉。」

「小鹿，別讓她們發現你是男孩……」

時鹿鹿下意識地捂住耳朵。

「伏周見你沒有反應，就嘗試著自己出來放了那把剪刀。然後，他成功了，胖嬸被刺，東窗事發。你娘得知消息，派人把你救走。然後，伏周跟你說，應該學點兒武功，這一點你做到了。你跟著照顧你的巫女學武，當你來到汝丘時，武功已經很不錯了。你娘送來很多手記，你按照伏周的建議全部背得滾瓜爛熟，然後將之燒毀；你很少開口說話，也不允許婆婆和婢女近身侍奉，因此她們始終不知你是男孩……」

「那不是神諭？」

「不是。」

時鹿鹿絕望地閉上眼睛。

「而當你背著我來到這裡，蠱蟲發作暈過去後，伏周，再次出現了……」

小姬善抱著十姑娘，拚命搖晃道：「別睡，別睡啊阿十，這個時候妳不能睡！睡了就醒不來了！阿十！」

十姑娘依稀發出一聲呻吟，繼而開始劇烈喘息。

小姬善大喜道：「妳能出聲了！太好了！」阿十剛才連聲音都發不出來，嚇死她了。

然而，這時她聽見了腳步聲。

糟了！

有人進溶洞了！

偏偏十姑娘此時跟拉風箱似地喘著氣，立刻被對方聽到了。

「小主人，是您嗎？」

黑暗中，小姬善感到十姑娘的手用力地抓住她，整個人仍在顫抖。

「還有一個人……是隔壁姓姬的小丫頭嗎？」對方離得越來越近了，「吡」的一聲，火摺子亮了起來，照得兩個小人無處遁形。

來人正是身穿羽衣的巫女首領，她將二人的模樣看在眼裡，冷冷道：「跟我回去。」

小姬善將十姑娘擋在身後道：「她不想跟妳們走！」

「容不得她拒絕。還有妳，可以看在妳的姓氏上允許妳離開。」

「我不走！阿十生病了，很難受，除非妳能治好她……」小姬善一邊抱著十姑娘，一邊偷偷將手探入十姑娘袖中。

「她只要回到家，就會好。」巫女俯身要去抓人，突然間，一樣東西扔過來，她始料未及，下意識用手一拍，瓷瓶立碎，裡面的液體濺了她一臉。

「什麼東西？」她大怒道，一把抓住始作俑者的小姬善。「妳往我臉上潑了什麼？」

「毒藥，妳馬上要死了！」

巫女一怔，連忙鬆手開始擦拭臉上的水，然後她就發現有點癢，撓了撓，越撓就越癢，越癢就越想撓。

「這是什麼？這到底是什麼？」

小姬善一把扶起十姑娘道：「走！」

十姑娘卻不動。

「妳走不動？我背妳！」小姬善蹲下身道，十姑娘還是不動。

巫女反應過來，厲聲道：「妳們誰也別想走！」說著一手將十姑娘抱起，另一隻手去抓小姬善。

小姬善扭身就逃，她身形矮小，繞著鐘乳石轉圈，一時間，會武功的巫女竟也沒能追上，氣得火冒三丈道：「站住！妳給我站住！」

十姑娘趴在她懷裡，虛弱地抱著她，還在大口大口喘氣。
小姬善畢竟年幼，跑了沒一會兒就跑不動了，腳下被凸起的石頭一絆，摔倒在地。
巫女當即衝過去，腰間的絲帶「嗖」的纏上小姬善的脖子。
小姬善發出一聲淒厲的呻吟，拚命掙扎。
巫女冷冷道：「礙事的玩意，去死吧！」
她手上施力，絲帶勒緊，眼看小姬善就要氣絕，一直乖乖趴在巫女懷中的十姑娘，突然拔下巫女頭髮上的簪子，一下子刺進她的咽喉。
巫女的眼睛頓時睜大了，配著滿是紅疹的一張臉，顯得說不出的可怖。她的手臂鬆落，十姑娘掉到地上，跟著一起掉下來的，還有火摺子。
火光熄滅，世界再次變得漆黑。
只有三人劇烈的喘息聲此起彼伏。
慢慢的，喘息聲少了一個。
再過一段時間，喘息聲又少了一個。
最後，只剩下十姑娘猶在痛苦喘息。
黑暗中，響起了小姬善怯怯的聲音：「阿十？妳，還活著嗎？」
十姑娘的手在地上摸索，找到火摺子，重新擦燃，讓小姬善看到他的臉——秀美如玉的臉上，出現無數道紅紋，那些紅紋如藤蔓，蔓延至他的耳朵，原本漆黑的眼珠，也變成了暗紅色。
小姬善看呆了。
「背我出瀑布。」十姑娘命令道。

「啊？」

「找那些人救我，但不要說這裡的事。等我們走後，埋了她。」

「哦……為什麼？」

「不想給妳爺爺和妳娘惹麻煩，就按我說的做。」

「阿十，妳怎麼了？為什麼用這麼可怕的語氣跟我說話？」

微弱的火光中，小姬善臉色蒼白，滿頭大汗，渾身泥垢——剛才，她為了救他曾拚上性命。

十姑娘的目光閃了閃，放軟了口吻道：「我要走了。」

「啊？」機靈如她，也反應不過來十姑娘的這種轉變了。

「我娘在那裡，我得回去。」

「哦……」小姬善想這個理由能接受，當即把十姑娘背起來。十姑娘很沉，她背得很吃力，只能一點一點往外挪。

十姑娘伏在她背上，拿著火摺子，只能看到小姬善的頭髮和手。

「那，阿十，妳回到家後還能再出來嗎？」

「不知道。」

「這樣啊……那我以後有機會去找妳！」

長長的睫毛覆下來，遮住了他的真實表情。

「不。」

「為什麼？妳不想見我嗎？」

十姑娘不說話，好像又變回初見時的冰山美人，拒人千里。

「可我想見妳呀！所以阿十，別擔心，我以後會是個很厲害的大夫。晚衣跟我說不管是好人、壞人，都會對大夫好，因為指不定哪天就會生病求到人家。到時候我很厲害了，往妳家門前一站，妳的家人們都會歡天喜地地出來迎接我呢！」

她開心地說道，十姑娘依舊沒回答，只用雙臂摟緊她的肩。

她忽然想起一事，問：「阿十，妳殺了那個僕人，沒關係嗎？」

「沒關係。」他終於回應了，叮囑她：「別讓人知道。」想了想，又叮囑：「埋的時候，別怕。」

「我不怕死人。我爹醫死過很多人呢。」

十姑娘把臉埋在她的肩窩上，似輕笑一下。

「對嘛，多笑笑……」她一邊繼續讚美他，一邊背著他從瀑布走出去，一出去就看到他的小婢女。

小婢女驚呼一聲，於是遠處的其他人也全知道了。

她們抬來一頂軟轎，把十姑娘安置在上面。其中一個好奇地問了句：「九婆婆呢？」

十姑娘淡淡道：「現在不走，我就永遠不走了。」

眾人一驚，忙不迭抬著轎子走了。

小姬善忍不住追了幾步，喊著：「阿十……阿十……」

軟轎的紗簾被風吹開一線，露出十姑娘的半張臉，眼瞳深深，難以描述。

小姬善揮揮手，露出一個燦爛的笑容，沒再說什麼。

紗簾最終閉合，一行人匆匆離去。瀑布依舊湍急，道觀重新清幽。小姬善放下手，收起笑容，喃喃說道：「妳又救了我一次啊，阿十。妳救了我三次……」

「聽說如果一個人被另一人救了三次，那麼，他的性命就屬於那個人。妳什麼時候救我第三次？」

玩笑之言，竟成了終身之諾。

只是當時的她尚未意識到，這個承諾何其沉重。

第十六回 甦醒

「我從未見過你這種病，發誓有朝一日一定要治好你。」

時鹿鹿嘲諷地笑了笑道：「所以兒時的我對妳來說，不過是個新奇玩具、特殊病人，對吧？所謂的善意、友情，都是藉口？」

姬善很認真地想了想，回答：「如果你沒有那個病，我根本不會注意你，更不會靠近你。」

「妳……」

時鹿鹿正要發怒，姬善道：「但靠近你、認識你之後，我便……放不下你了。」

滿腔怒火瞬間消弭。

時鹿鹿看著姬善的臉，彷彿宿命精心為他打造的一張臉，淘氣跳脫也好，冷漠薄情也罷，一顰一笑，都讓他無法抗拒。

姬善忽然又拿起鋤頭去挖另一側，另一側埋得更淺，幾下就拉出了布袋的一角，再用力一拽，把整個包袱拖拽出來。

時鹿鹿認出了這個包袱——是當年姬善送他的臨別禮物。

「你走後我才想起，這些都沒來得及給你。現在，你還要嗎？」她拎起布袋的一角，平靜卻又極具殺傷力地問道。

圓月銀輝，跟燭火一起照著長案，案上擺滿物件。

因為有三個房間，這一次六人不用擠在一起，因此走走、喝喝住一間，看看、吃吃住一間，他和姬善住一間。

姬善翻看醫書，他則看那些禮物。

第一樣，是一根蘆葦。蘆葦被風乾了，上面殘留著許多汙漬，聞了聞，還有一股淡淡的藥味。

他熟悉這股藥味，於是就找到了它的出處——姬善曾用它藏在池塘裡，然後被他拿藥潑了個正著。

她當時溺水暈過去了，是後來刻意去找回這根蘆葦嗎？

第二樣，是一個瓶子。是他當年裝金創藥的瓶子，他送給她一瓶，她為何拿來送還給他？帶著這樣的想法，時鹿鹿伸手，費了好一番工夫才打開瓶蓋，裡面飄出一股幽香，跟她當年送他的香囊一個味道。

而那個香囊，他走得匆忙，沒有帶走，也不知是不是跟著舊房子一起灰飛煙滅了。

第三樣，是一雙竹筷，筷尾雕刻著「十」字。跟香囊上的一樣，歪歪扭扭，雕工平平，想來是小姬善自己做的。他們曾一起吃過半年的飯，回憶起來，恍如隔世。

第四樣，是一包細碎的褐色種子，他不認識，但是猜得到——是黃花郎的種子。

第五樣，是一個陶器花瓶，瓶身是一張微笑的人臉，醜得可愛，還有點像她。

第六樣，是一盞小燈，燈上畫了瀑布、碧潭和道觀，畫工普通，但很好辨識。

第七樣，是一本書，只有第一頁寫了字，後面全是空白的。第一頁上寫著：我今天想起了阿善，快往下寫，快往下寫……

一共七樣禮物，每一樣都在提醒他不要忘記她。

然而最終沒被帶走，只能埋在屍體旁，成了獨屬於她十五年的祕密。

時鹿鹿情不自禁地回頭看姬善，她在看書，可又何嘗不是在等他的反應。

別信她。

她所做的一切，都是為了救伏周。

要救伏周，就意味著要封印你。

你和伏周不能同時出現……

一句句勸阻的話，在他耳畔不停響起。伴隨著伏周信誓旦旦說過的「神諭」——

「你會死於她手。神諭——時鹿鹿，會死於姬善之手。」

詛咒入骨，相思無解。

時鹿鹿忽然笑了起來，越笑越大聲，笑得姬善不得不放下書扭頭看他。

「妳贏了。阿善。妳贏了。」

姬善下意識地屏住呼吸。

「來吧，讓伏周，出來吧。」他凝望著她，一字一字道。

姬善走到時鹿鹿面前，伸手，捧住他的臉。

小鹿般的一張臉。

事情發展到這一步，坦白說，已經超出她的預料。她本以為伏周是本體，時鹿鹿是寄生，但現在看來，時鹿鹿才是本體，伏周是寄生。

因為兒時的經歷太過痛苦，小小的小鹿幻想有一個人能保護他、救他，於是伏周就此誕生。用剪刀謀殺胖嬸，指點他好好習武、讀書，不要暴露真實性別，還殺了進入溶洞的巫女，救了小時候的姬善。

再然後，當時鹿鹿被強行帶回聽神臺後，伏周徹底掌控這具身體，他代他接受蠱王之戰，代他跟阿月訣別，代他成為大司巫，代他不帶情緒地活下來……

時鹿鹿不知道，他只知道自己被關在不見天日的小黑屋裡，怨恨生長，無法宣洩。而當雷劈身體，伏周昏迷的時候，奪回身體的時鹿鹿開始了瘋狂的報復……

怎麼治這種病？

怎麼救這個人？

她走的是一條前所未有的醫之道，因此，沒有先例可循，每一步都要自己摸索。

「第二個。」她的聲音宛如夢囈。

「什麼？」

「離魂症，你是我遇見的第二個。」

時鹿鹿一震，問：「還有誰？」還有誰跟他一樣身陷囹圄，以自己為敵，與另一人同體？

「阿娘。」

時鹿鹿震驚。

姬善鬆手，往回走了幾步，秋薑臨行前說的那句「真心換真心」在她腦海中閃爍浮現，恍若鼓勵。

「阿娘得了離魂症，是兩個完全不一樣的人。一個她，溫柔賢慧，擅長繡花，對一切都逆來順受，從不反抗；另一個她，拿刀殺了丈夫。」姬善必須握緊自己的手，才能繼續往下說：「達真人沒有殺兒子。殺人的是阿娘。」

時鹿鹿忽然想起他的小婢女曾說過一句話——

「吹牛不打草稿。要真會看病，先治好妳娘吧。」

也就是說，連小婢女都知道她娘有病，而兒時的他，沒有留意這一點。

「如果是妻子殺夫，按照律例會判死刑；但若是父親殺子，在父權勝於律法的姬氏家族裡，可被諒解。所以，達真人對外宣稱是他殺了兒子，出家贖罪，官府便也不再追究了。」

時鹿鹿看著低著頭、握著手的姬善，有些難過。他的童年那般不幸，但他以為，起碼姬善是快樂的，她總是笑得那麼沒心沒肺，而且那麼自信，像是備受寵愛長大的孩子。

但其實一切早有前兆——比如脫掉外衫後，看到的滿目傷痕。

「你和伏周彼此知道對方的存在，但阿娘不知道。她不知道是她殺了丈夫，搬到連洞觀後，達真人迷上了煉丹，耗費巨大，阿娘變賣了首飾、古玩，最後實在沒錢，就開始刺繡補貼家用。」

「她繡啊繡，繡得眼睛都花了，然後，她變成了另一個她，衝進煉丹房，把東西全砸了。我和達真人試圖攔阻，不小心被燙傷。阿娘砸完，心滿意足地睡著了。我和達真人一起收拾殘局。達真人讓我不要告訴她，說不知道才能活下去。」

姬達在巫神殿的紀錄裡是個庸碌之人，一生無所作為，卻沒想到如此大義。

「阿娘對我一直很好，非常非常非常好。」姬善一連說了三個非常，眼神充滿孺慕。

「後來遇到琅琊，雖也對我不錯，但畢竟不是阿娘。」

時鹿鹿有點小意外——在巫神殿的紀錄裡，琅琊用元氏要脅姬善成為姬忽的替身，沒想到後來居然對她不錯？

「阿娘為我變成了另一個人，為我殺了丈夫，為我砸了公公的丹房，最後還為我……死了。」

「她怎麼死的？」

「汝丘大水，所有人都上山躲避，道觀住滿流民，為了食物自相殘殺。阿娘為了保護我……」

姬善眼中浮現出一片水光，這是時鹿鹿第二次看見她為別人流的眼淚。第一次是小姬善說想阿爹，第二次是大姬善說阿娘。

「她再次變成另一個她，拿著掃帚瘋狂阻擋那些流民，然後衝我喊——跑！快跑！我一咬牙，跳進水裡拚命地游，想著要去報官，或者找人求救。我游啊游，游了好久，大水茫茫，連縣衙都淹了……我被沖到一棵樹上，掛在上面兩天，幸運地遇到了姬家人的船。」

此後，遇到崔氏，傳奇開始。

但在傳奇之前，九死一生。

「琅琊沒有食言，她找到了阿娘。她把兩個男人帶到我跟前，對我說——他們吃了她。」

姬善想：要剖析自己原來這樣難，她的祕密像是一層層裹在身上的紗布，因為裹得太久太多太緊，已跟骨肉相連在一起，每剝一層，都像是在剝皮。

「那兩人痛哭流涕地跪在我面前，求我原諒。他們說大水淹了半個月，觀裡什麼吃的都沒有，他們只能吃人；他們說阿娘瘋瘋癲癲的，反正也治不好了，為了生存只能這麼做。他們願意做牛做馬贖罪……他們說了很多很多……琅琊說：『妳可以殺他們，我保證不會有任何麻煩；也可以一直關著他們，每當心情不好時就去牢房抽他們一頓；妳還可以放了他們，讓他們改過自新、重新做人。妳，選哪種？』。」

琅琊一向如此，在她二十年的姬家主母生涯中，一直殺伐果斷，冷靜到冷酷。

「我想啊想，想了三天三夜，跟琅琊說：我選第四種。我把那兩個男人關起來，用他們試藥。餵毒，毒發，治好，再餵……周而復始。我有一個藥人坊，裡面全是這種惡貫滿盈的藥人，當年追殺喝喝的那幫人也在裡面……我用從他們身上試好的藥，救了很多人。我覺得，我做得對。我覺得，這是他們最好的歸宿……直到有一天，有個人進了藥人坊，把所有藥人都放了。」

姬善說到這裡，本想嘆息，但聲到嘴邊，變成了微笑。

「你猜那個人是誰？」

時鹿鹿根據巫神殿的檔籍手冊迅速過了一遍，得出結論：「姬嬰？」

「對。白澤公子姬嬰，在琅琊病逝，繼承家族後，做的第一件事就是跟我道歉，然後把我的藥人都放了。我很生氣，這哪是道歉？分明是阻撓。他把我很用力地抓到鏡子前，讓我看鏡子裡的自己，說：『妳真的知道自己是誰嗎？』。」

醍醐灌頂，甘露灑心。

凡心兩扇門，善惡一念間。

「我看著鏡子裡的人，想：對啊，我是誰？因為是姬忽，所以無視律法、濫用私刑；因為是姬忽，所以衣食無憂、任性妄為；因為是姬忽，所以玩弄人性、不負責任……可我不是姬忽。而真正的姬忽，根本不會做這些事。」

真正的姬忽在如意門抽筋剔骨，浴火重生，為天下孩童而活，為終止罪孽而戰。而她這個假姬忽，享受著原本屬於她的一切安逸富貴，胡作非為。

「我選錯了。我應該把那兩個男人還有那些村民，全都交給官府，這才是唯一正確的處理方式。可琅琊沒有給我這個選項，因為在她心中，也是沒有律法存在的。」

因為無視律法，姬家做了那麼多錯事；因為無視律法，天下多了那麼多無冤可申的平民。她從平民中來，原本胸懷大志，想要成為最好的大夫，卻在權勢中逐漸迷失，忘卻了自己是誰。

「從此姬嬰變成了我夢裡的船，沉甸甸地壓在身上，時刻提醒著我，要像阿娘起的名字那樣——善良。」

對很多人來說，善良是最無用之物，但是若沒有善良，道德將淪喪，秩序將崩塌，人類也必將滅亡。

「姬嬰問我，想好要做什麼了嗎？我想了很久很久，告訴他，我要償還姬忽和姬善身上的因果，等全部還清了，我就回家，做回真正的自己。」姬善說到這裡，抬眸深深地看著時鹿鹿。「所以，我來宜國找阿十。我要——報答你。」

四目相對，一時無言。

時鹿鹿想：命運弄人，戲謔如斯。他的童年、她的童年都過得那麼苦，而成長也沒有帶來幸福，他在仇恨的泥潭裡無法自拔，她在潑天富貴中迷失自我。再相遇更是悲劇一場，他迷上她，卻只會用情蠱命她愛他；她為救贖而來，唯一的辦法卻是抹殺他……

「來吧。報答我，讓伏周……出來吧。」時鹿鹿想，他累了。

其實，這三年，挺累的。

偽裝成性格不一樣的人，挺累的。

與赫奕那樣的人為敵，挺累的。

用蠱王去操控下屬，挺累的。

連喜歡的姑娘都不能親近的禁慾生涯，挺累的……

那些曾經沸騰、翻滾、不達目的不罷休的怨恨，在這一刻，統統被疲憊占領。他想，到此為止吧。就這樣，讓她贏。

他跟她之間，起碼有一個人能稱心如意，可以了。

更何況，姬善此刻看他的眼神如此悲傷。

時鹿鹿道：「妳覺得我在騙妳？我是不能對妳說謊的……我知道了，妳不知道怎麼讓伏周出來。其實……我也不知道。」

原來伏周在六歲時出來過，挪著肥胖的身體爬到榻上安插了那把剪刀。

也在十一歲時出來過，拔下巫女的髮簪，殺了巫女、救了阿善。

還在十二歲時出來，徹底封印他、取代了他……

這些他都不知道。他一直以為是一個叫伏周的丫頭把他關進小黑屋，直到雷劈後，他在漆黑一片的世界裡看到了光，他朝著光奔跑……睜眼時，看見藍天白雲，以及，躺在地上狼狽不堪的自己。

他當時還以為是因為木屋沒了，所以自己才被放出來。

雷電沒有劈中他，卻把他電了個半死。他無法動彈，一開始躺在地上看天，後來被巫女們搬到榻上看天，再後來木屋重建好了，他被搬到木屋的榻上看天。

他很奇怪，為什麼巫女們一口一個「大司巫」地喊他。她們為他穿上司巫袍，請他處理巫族事宜，對他畢恭畢敬、無不應從……

但他很快省悟過來——他就是伏周，伏周就是他，他們是一個人！

這個發現讓他震驚了很久，而當震驚過後，則是狂喜。有機會了！他有機會報仇了！

他開始謀劃一切，想要殺死赫奕；他察覺到體內有不對勁的一股「意念」，於是警告對方再亂動就殺人；他用十二年裡聽到的全部細節來偽裝自己，再用巫蠱控制一切……

他以為自己天衣無縫，卻不知，赫奕早已看透。

更重要的是，伏周再次找到機會掌握了他的身體，並跟赫奕一起擬定了對付他的計畫——他們把他送到姬善手中。

時鹿鹿看著眼前的女子，想：他們怎麼就知道我會愛上她？畢竟，她並不是什麼傾城傾國的美人。她有那麼多缺點，性格也一點都不溫柔可愛，為什麼，我就會度不過這道劫？

最終他找到了答案——多麼顯而易見的事，伏周知道——早在汝丘時，他就已經喜歡上她了。

一切都在十五年前就已註定了啊……

時鹿鹿衝姬善黯然卻又溫柔地笑了笑，道：「我真的不知道。對不起啊，阿善……」

姬善突然走過來，將他一推，他身體往後倒，抵在牆上。

然後，她分開雙腿，坐在他腿上。

時鹿鹿一怔，繼而大驚，她、她這是要……

姬善反手拆掉束髮的絲帶，滿頭秀髮瀑布般飛落下來，髮絲染著燭光，如蒙雨珠。而那隻白皙如玉的食指，就那樣輕輕軟軟地點在他的眉心上，然後，沿著鼻子下滑，曖昧地停在脣間。

她湊到他跟前，雙眸亮得逼人。

「妳……」他一張嘴，舌尖便觸到她的手指，忙不迭縮回來，一張臉漲得通紅。

不行，阿善，不行！我不能夠！妳知道我不能夠！

「我想知道，為什麼蠱王在身，就必須禁慾？」

近在咫尺的距離裡，她的每個氣音都噴在他臉上，令他難以抑制地顫抖。

「如果破戒，會如何？你，不想知道嗎？」說著，她側過頭親了下來。

時鹿鹿無法動彈、無法呼吸，甚至，無法思考。

只能眼睜睜看著對他而言極致誘惑的紅脣伴隨著他最愛慕的長髮，一起覆過來，直將他吞噬……

一根食指點在姬善的眉心上，卻沒有下滑，而是慢慢用力，以至於她的頭不得不往後仰。

馬上就要完全貼合的嘴脣就那樣擦著對方的鼻尖離開。

那是時鹿鹿的手，在最後的關鍵時刻，推開了她。

姬善試圖再次靠近，然而點在眉心的手指，上移來到她的神庭穴。

「停。」

冷漠的聲音，平靜的語調，以及映入眼簾的一雙深邃無波的眼睛都在宣告一個事實——

「伏周？」姬善一怔道。

再看眼前的男子，少年氣質蕩然無存，留下的只有深不可測的威儀和拒人千里的冷意。

她下意識想要起身，卻被他箍住腰重新按壓在腿上。

「別動。」

伏周皺眉，煩躁和慾念閃現在深黑眼底，像一座藏在海面下的火山就要噴發。

姬善頓時不敢動了。

隨著伏周的到來，親熱雖被中止，曖昧卻似越濃。

她張了張嘴巴，忽覺尷尬。面對時鹿鹿，她知道她可以盡情放蕩，時鹿鹿只會緊張、逃避、不知所措；可對著伏周，就哪裡哪裡都很不自在，尤其他的眼神又冷又熱，涼得刺骨，熱得灼人。

「那個，這法子原來……還真管用啊……」她僵硬地坐著，替無處安放的雙手找了件事做——把披散的頭髮攏在一起，但絲帶不知扔哪裡去了，只能用手抓著。

伏周皺眉道：「小鹿未經人事。」

她下意識地問：「難道你經過？」

腰間的手緊了一分，把她壓向他，然而與動作截然不同的，依舊是寒意翻湧的聲音。

「伏周是女人。」

姬善目瞪口呆，在心中罵了一句賤人。

她與他緊密貼合，怎會感覺不到他的身體變化，都這樣了還說自己是個女人……時鹿鹿說得沒錯，此人是個賤人。

姬善顧不得再抓頭髮，伸手去推他道：「放開我！」

他的食指在她的神庭穴上輕輕一按，姬善頓覺一股熱力從頭頂一路往下蔓到了腳尖，又酥又麻，一言難盡。

他跟時鹿鹿真不愧是一個人。時鹿鹿用巫術讓她不能動，伏周則用醫術讓她不能動。不過由此也可以證明：眼前這個，確實是伏周，會醫術的伏周。

「你恩將仇報！」她不滿地怒視對方道：「我把你救了出來，你卻這樣對我！」

他凝視她片刻，胸膛一挺，靠近一分；而他箍在她腰上的手也緊了一分。

姬善心中「咯登」一聲，莫名就湧出了某種叫做「畏懼」的情緒。這種畏懼，數十年來，從未有過。她道：「你、你想做什麼？」

「吃了妳。」

姬善震驚。

伏周臉上沉靜無瀾，眼瞳卻在深黑和淺黑之間不斷變化，看上去妖異極了。而且，他的身體非常燙——太燙了，以至於她意識到不太對勁——這應該不僅僅是情慾時的反應！

伏周一點點地朝她逼近，慢慢張開嘴巴，他有兩排非常整齊好看的牙，平時說話和微笑都只能看到一條線，然而此刻，牙齒全露，鮮紅的牙齦露了出來，彷彿面對獵物時的狼。

眼看那森白牙齒就要啃上她的臉，姬善閉上眼睛尖叫出聲：「阿十……」

她的心「怦怦怦怦」。

預料中的疼痛並未來臨，姬善睜開眼睛，看見伏周定在了面前一分處，目光在她臉上巡視，似在尋覓什麼，然後，似找到了。他慢慢地往後退。

新鮮的空氣重新回到鼻腔，她再次試圖離開。

「別動！」這一次的聲音裡，多了許多警告。

姬善不敢再動。

偏偏這時，房門「吱呀」一聲開了，吃吃衝進來道：「善姊、善姊，不好了，出大……啊……」

看到屋內的情形，吃吃捂住眼睛，轉頭就跑道：「你們繼續，我等會兒再來告訴妳……」

此情此景，似曾相識。

但這次，姬善不再游刃有餘。恐懼籠罩了她的身體，她覺得自己再次站在懸崖邊上，因為懼高而不敢動彈。

伏周微垂著眼睛，手指在她腰間輕抖。

火山在熊熊燃燒，附近海水跟著滾燙，魚群瞬間死去，船隻也被侵蝕。熔漿無法熄滅，一旦形成水氣柱就意味著全面崩潰……

姬善想：他怎麼了？他到底怎麼了？難道這就是蠱王的反噬？這就是破戒的後果？

「施針！」伏周突從牙縫間擠出兩個字。

姬善立刻反應過來，這是讓她使用銀針，但是，藥箱在很遠的地方，她又不能動……

伏周伸手一招，地上的藥箱立刻飛了過來，落在姬善腳邊。而這麼一個動作，令伏周額頭冒出了無數顆汗珠。

「快！」

姬善連忙打開藥箱取出銀針，問：「怎麼做？」

「按我之前做過的！」

之前？是山洞裡那次？當時她趴躺著，如今卻是坐在他身上……但時間由不得猶豫，姬善將一根銀針扎進了他的啞門穴。

伏周悶哼一聲，表情顯得更加痛苦了。

姬善沒有停，脫掉他的衣服，然後用手摸準穴位，一路往下，扎至腰陽關。隨著銀針一根根進入，似將冰涼海水源源不斷地借調至火山處，慢慢的，灼熱消退，身體轉涼……

姬善緊張地盯著伏周，伏周的呼吸由重變淺，直到一盞茶後，才長吁出口氣。他看了姬善一眼，伸手將她慢慢推開，顯得無比疲憊。

姬善從他身上離開，跪坐到一旁的空榻上，忍不住問：「到底……怎麼了？」

伏周沉默了好一會兒，還是答了：「妳方法不對。」

「什麼？」

「妳催動情慾，想要誘我破戒……」

姬善連忙糾正他道：「是時鹿鹿，我針對的對象是時鹿鹿。不是身為女人的你。」這一點必須說清楚。

伏周無視了她的聲明，繼續道：「蠱王發現了，決定吃了妳。」

姬善的臉「刷」地白了。剛才，他是真的要吃她啊！可她更加不解，問：「蠱王為什麼要吃情蠱？而不想著——交配？」

「蠱王不是生出來的，是吞噬同類進化而成。所以，跟普通蠱子不同，交配不在牠的思考範圍內。牠受到妳的吸引，覺得妳對牠是個大威脅。」

「時鹿鹿明知如此還要給我種情蠱？」

伏周冷冷道：「他不知道。畢竟，在此之前沒有大司巫這麼做過。」

「宜國的大司巫們還真循規蹈矩啊。」

「不是不做，是不能，亦不敢。」

姬善突然用一種奇異的眼神看著他，以至於伏周不得不挑了挑眉，問：「有話說？」

「你話好多。」不是不愛說話的嗎？之前掉下懸崖出現那次也是沉默寡言的，今天卻破天荒說這麼多字。

伏周似被噎住了。

姬善「噗哧」一笑道：「好啦好啦，我知道你剛才對我輕薄是為了救我，對我解釋這麼多是為了保護我。謝了，我領情。」她跳下榻，撿起地上的絲帶，走到鏡子前將頭髮重新紮上。

姬善看著鏡子裡的秀髮，不知怎的就想起了時鹿鹿為她梳頭時的情形，呼吸一窒。

伏周出來了，意味著時鹿鹿重新被關進了「黑漆漆的、什麼也看不見的地方」，但因為能聽見，所以能聽到她和伏周的對話……

「會。」

姬善握緊絲帶，抿抿脣，回頭問：「他還會出來嗎？」

「你怎麼知道？」

「我能感應到……」伏周垂眸道：「他還在。」

她有些艱難地說道：「那、豈非、沒有、治好？」

「時機未到。」

姬善想起他之前說的「要巫死」的話，此刻所指的時機，是不是指這個？

伏周忽道：「給我藥箱。」

姬善將藥箱推過去。

這一路上，她都沒有替時鹿鹿治療，因此他的傷遲遲沒好，剛才經過蠱王的一番鬧騰，再次滲血。伏周打開藥箱，辨析一番後，熟練地替自己上藥。藥箱裡還有紙筆，他提筆寫字。

姬善以為他在開藥方，可探頭一看，寫的是：他不能視，機密筆談。現編暗語，區分我倆。

伏周寫完，將筆遞給她。

姬善接過筆，看他冷淡的樣子，不知為何就有點心癢，於是寫道：小可愛。

伏周看著這三個字，皺眉。

姬善歪了歪腦袋道：「我問你是誰，你回答這三個字，我就知道是你。」

伏周嚴肅的臉果然有些崩裂。「換一個。」

「不，我就要這個。」姬善挑釁。

伏周睨了她片刻，最終放棄了，沉聲道：「我要睡了。」

姬善做了個「請便」的姿勢，然後轉身走到門邊，一拉房門，吃吃摔進來——果然又在聽壁腳！

「啊哈，你們這就聊完了呀？天色不早，是該睡了。鹿鹿，早點休息，好好養養……」吃吃揮手道。

姬善彈了一記她的腦門，道：「說正事！發生了什麼大事？」

「啊，對！陛下駕崩了！」

短短五個字，卻無異於五道驚雷，震蒙了姬善，也把本要睡覺的伏周驚得重新坐直了。

看看撥亮燈芯，把燈臺壓在璧國的輿圖上。

汝丘距離圖璧有八百里遠，快馬需跑一天，馬車起碼六日。

「什麼時候發生的事？」姬善問。

「八月十四，三天前。」

「怎麼可能……」秋薑就在帝都啊，有她在，昭尹怎麼會死呢？

「怎麼死的？」江晚衣的那個毒藥，根本不致死啊……

「不知道。」

「吃吃妳和喝喝辛苦點，立刻快馬趕回姬府找秋薑或薛采，問問到底什麼情況，伺機行事。我們也加快行程，明日出發追妳們。」

「是！」吃吃、喝喝當即轉身準備出發去了。

姬善轉頭看向伏周，伏周沉浸在一種奇異的思緒中，臉上的表情特別的大司巫——悲天憫人。

「要派人回宜，知會一下宜王嗎？」

伏周回過神來，淡淡道：「不必，他未必比我們知道得晚。」

「那，你有什麼想法？回宜？」

「我同妳去圖璧。」

姬善沒往下問，而是對走走、喝喝道：「就這樣，大家趕緊休息，明日一早出發！」

待得所有人都走了，姬善關上房門，走到伏周面前問：「你在想什麼？」

伏周面色冷漠，似不想說，姬善便道：「你若不告訴我，我就不帶你走。」

伏周皺眉，沉默片刻後，方道：「在赫奕原本的計畫裡——衛玉衡刺殺成功，他假死由明化暗，把皇位傳給夜尚。如此一來，小鹿會以為自己贏了，繼續為非作歹……」

看著這樣一張冰山臉評價他自己為非作歹，真是莫名滑稽，姬善忍不住笑了。

「三年來，我一直在想，如何滅巫。最終，我和赫奕達成了一致。欲之滅亡，需先令其瘋狂。」

姬善收起了笑，道：「所以赫奕這三年裡，任由時鹿鹿胡來？」

「宜國百姓深信巫神，想要拔除這種祖祖輩輩積攢下來的信仰，非常難。赫奕之辛，猶勝其他三王。」

確實，燕王要對付世家；程王要對付自家；璧王雖然有點複雜，但他們要對付的都是「人」；宜王，要對付的卻是「神」。

「只能先從讓人們不『信』開始。」

「如何不信？」

「神諭出錯。」

姬善心想：確實，當大司巫的話被一次次地證明是錯的，威信自然下降。可大司巫不完全等同於巫神，通常而言，人們只會怪伏周無能，不敢擅自推翻巫神。

「然後，讓巫醫失效。」

姬善想起，時鹿鹿不會醫術，只會巫術。

「當人們發現巫者的占卜不再靈驗，醫術不再有用，而傷人害人的巫術肆意盛行時，妳覺得，他們會臣服，還是反抗？」

姬善回答：「恐懼帶來的臣服，遲早會被希望粉碎。」

「沒錯。真正能令百姓信服的，只有希望。」

這很容易理解，比如去寺廟、道觀求籤拜佛的人裡，大部分都是帶著「希望自己能更好」的心願而去的，只有極個別是「希望別人更壞」。所以，象徵毀滅的咒，永遠比不過象徵希望的醫和卜。

而當人們發現巫神已不能為他們消除病痛、指引前程，只會讓他們膽顫心驚、痛苦絕望時，就是信仰崩塌之時。

「小鹿的作為，在推動和加速巫的滅亡。所以，赫奕決定不阻止。」

「那為什麼後來又改變主意了？把他送到我手裡？」

伏周看了她一眼，欲言又止。

姬善想，有蹊蹺，當即伸手捧住他的臉道：「你和小鹿一體，情蠱對你也是有效的吧？」那麼，伏周亦不能對她說謊。

伏周伸出手指，慢吞吞地點向她眉心。

姬善連忙撤離。

「我睡了。」他又說了一遍，倒頭睡下。

姬善發現自己手指在抖，竟是氣的。此人果然厲害，竟能讓她這麼生氣。要知道時鹿鹿又是試探又是囚禁都沒能讓她生氣，而伏周不過不理不睬，就讓她好生牙癢。

本以為救出伏周就是救出阿十，現在看來是她想得太簡單了。其實她並不認識伏周，並不認識掌管宜國第一權杖十五年的大司巫。

姬善當即也睡了，有些氣惱地想：這麼一對比，還是時鹿鹿好啊……

第十七回　夢境

紅燭高燃，觥籌交錯，無數張臉，喜氣洋洋。

眼前景象，讓姬善一度以為回到了風小雅和茜色成親的婚宴上，結果一低頭，發現自己穿著鳳冠霞帔，手持卻扇，竟是新娘。

再然後，崔氏出現，笑容滿面地將她扶進一個房間。她很驚訝，崔氏可是姬府的大管家，怎麼可能陪她出嫁？可當她一轉身，看到坐在榻上的新郎時，便明瞭了——穎王殿下。

這是當年她以姬忽的身分嫁給穎王昭尹時的情景。

她是在做夢嗎？

帶著恍惚和費解，她走到昭尹面前，昭尹看見她，起身俊朗一笑道：「阿忽，妳來了。」然後遞給她一杯合巹酒。「喝了這杯酒，妳我就是夫妻了，白首偕老，生死與共。」

她想這不可能，她遲早是要離開的，手卻溫順地接過來與他交杯，一口飲乾。

禮畢，屋內宮人全部退了下去。

昭尹伸手替她摘掉了沉甸甸的鳳冠，問：「餓嗎？要不要吃東西？」

她搖了搖頭。於是他又替她脫衣服，兩隻手從肩膀一路往下……

她沒有拒絕。他的手非常輕巧，把累贅的婚服脫下時，一點兒也沒有碰到她的身體。

「妳累了一天，早點休息？」

「那你呢？」

「我也休息。放心，我不碰妳。」

「為什麼？」

昭尹笑了笑道：「我看出，妳不樂意。」

她被說中心事，擰眉道：「我不習慣與人同榻。」

「那我也不能走。大婚之夜我不留宿，於妳名聲有損。我睡美人靠。」昭尹說完，真的拿了被子、枕頭，搬去一旁的美人靠休息。

她想了想，拆散頭髮簡單梳洗後也躺下了。

紅燭緩緩融化，紗簾輕輕飄拂。

她盯著床帳上的流蘇，一點兒也睡不著。

奇怪的是，昭尹也睡不著，睜著眼睛看著屋頂的橫梁，若有所思。

如此過了好久，夜深人靜之時，窗外傳來幾聲清脆的杜鵑叫聲。

昭尹連忙起身，將窗推開一線，外面有人輕聲對他說了幾句話，他點點頭，重新關上窗戶。

眼看他呆呆地坐在美人靠上不繼續睡覺，她忍不住開口：「大婚之夜，還有牽掛？」

昭尹一怔道：「妳沒睡？」

「杜鵑只在春夏兩季夜間鳴叫，現在可是冬天，牠早飛宜國去了。」

昭尹啞然失笑道：「原來如此，是我的下人疏忽了……」停一停，有些愁眉不展地道：「阿茗……自舊歲感染了風寒，發熱頭疼，到今天也沒好。我有點擔心，所以讓下人看著，有異狀及時來報。」

她想，她要真是姬忽，肯定氣死。大婚之夜，夫君心裡滿滿惦念著的居然是另一個女人。幸好她不是，因此聽到這個消息，第一反應是：「薛茗的風寒除了發熱、頭疼，還有什麼？」

昭尹一怔。

「不如，我們去看她？我懂醫術。」她興奮地拉開床幃。

昭尹看她的眼神複雜，道：「阿茗是真病，不是裝的。」

她失笑道：「你以為我是要去找碴？也是，大婚之夜，拿病當藉口，想把夫君從側妃那裡叫走……好多話本都這麼寫。」

「她不是那樣的人。」

「她是不是，我看了就知道了。帶我去嗎？反正咱倆都睡不著。」

昭尹定定地看了她半天，搖頭嘆道：「姬忽啊姬忽，不愧是妳！走。」

於是她起來穿上披風，跟他一起走出房間。守院的婢女們嚇了一跳，道：「殿下？側妃娘娘，您們這是？」

她淡淡道：「聽說王妃病了，我們去看看。」

婢女們面色大變，很快的，府中下人全都得了這個消息，雞飛狗跳地跑去通風報信。

當她跟昭尹興師動眾地來到薛茗院前時，薛茗已經梳妝完畢，被兩個婢女攙扶著等在院門處。

昭尹一看就急了，道：「妳怎麼能出來？快進院！」

「且慢！」薛茗咬唇道，她面色蒼白。「今日乃殿下大婚之夜，殿下不在洞房安寢，反來我這裡，於禮不合。還請殿下跟妹妹快些回去。」

早聞薛家的這個女兒是個古板，今日第一次見，還真是這樣。都病成這副鬼樣子了，還要顧慮名聲。

她勾唇一笑道：「聽說妳病得很厲害？跟我走！」說罷，強行握著薛茗的手往屋裡拖。

薛茗大驚道：「妹妹，妳、妳這是做什麼？」

「替妳看病。」

婢女們也全都驚慌失措，有個嬤嬤奮力擋住房門道：「側妃息怒，我家小姐是真的病了，不是……」

她沉下臉，提高了聲音道：「讓開。」

姬大小姐的狂放之名，世人皆知，嬤嬤的眼淚都流下來。昭尹突然開口：「讓她們進去。」

嬤嬤一震，看向薛茗。薛茗微喘道：「讓開吧，嬤嬤。」

她推開門，拽著薛茗進屋道：「誰也不許進來。」然後「砰」的關上房門。

外面的哭聲頓時響成一片，依稀聽到嬤嬤拍門，懇求道：「姬側妃，姬側妃，您千萬莫要傷害我們小姐……」

「妳……」

她脫掉披風，放下背著的藥箱，看到裡面的銀針和瓶瓶罐罐，薛茗驚呆了。

「坐下。」她抓住薛茗的手腕開始搭脈。

「妳真是來給我看病的？」

「不然呢？妳以為我是來爭寵找碴的？」

薛茗一怔，再次咬住下唇。

「妳的脈象反沉，不完全是風寒之症。給我看看妳都吃什麼藥。」

薛茗找了藥方給她，還是帶著幾分疑惑。

她看了藥方嗤笑一聲道：「庸醫！陽浮陰弱才用桂枝湯。妳這明明是陰虛體弱……」說到這裡，若有所思地盯著薛茗。

薛茗被她看得極不自在，別過臉去。

她的視線在屋中掃過，沉吟道：「原來如此……妳去年小產了？」

薛茗重重一震，驚呼出聲：「妳！」

這一聲極大，門外的嬤嬤立刻不顧一切地衝進來，道：「小姐！您沒事吧？」

嬤嬤進屋看到藥箱，一愣，再一看雖然坐著但還搖晃不穩的薛茗，忙不迭地過來攙扶著道：「小姐？妳、妳對小姐做了什麼！」

她沒有理會，重新寫了一張藥方遞給薛茗道：「明日起吃這個，一日兩服，吃半月，然後減為一日一服，再吃半月後應就好得差不多了。多出去晒晒太陽。」

薛茗正要接，嬤嬤在一旁著急地使眼色。

她冷笑一下，把藥方放在案上道：「不信也行。反正妳急我不急。啊，不知道如果我先誕下麟兒的話，這正側之位是不是會換一換？」

眾人面色大變。

而她哈哈一笑，背起藥箱、穿上披風走了出去，走到昭尹面前。「夫君，該回去洞房花燭了。」

昭尹的目光閃爍著，哭笑不得，朝薛茗投去一個安撫的眼神後，便真的跟著她走了。

回到新房，她把藥箱小心翼翼地收回櫃中，昭尹若有所思地打量著她。

「怎麼？怕我毒害你的好表姊？」

昭尹笑了笑道：「天下第一才女之名來之不易，應該不願背上嫉妒投毒的罵名。」

「希望那位薛大小姐也能想到這一點。不過……都說虎父無犬女，身為薛懷的女兒，薛茗可真是柔善可欺啊！」她一個側妃衝到人家正妃院中，把人獨自抓進屋，滿院奴僕，竟無人敢攔。

昭尹無奈地嘆了口氣道：「妳以為自己是普通人？大小姐，妳想做的事，連我都不敢攔。」

她哈哈一笑，一笑過後卻是嘆氣。姬大小姐的身分確實好用，太過好用了，以至於她偶爾會忘記自己是誰，甚至不想再變回自己。

「你信我嗎？」她認真地凝視著昭尹。

昭尹先是下意識地笑，慢慢的，笑容消去，變成了凝重和正經，最後將她的手握住道：「妳以真心待我，我自真心待妳。」

這個滑頭。她想，看似情深義重的一句話，其實是有條件的，必須她信任他，他才能回予信任。

但她擅揣摩人心，也能辨識出，昭尹心中對薛茗的擔憂是真的。於是，她很誠懇地說了下去：「那麼，讓她喝我開的藥。」

迷迷糊糊間，姬善想著沒錯，這是已經發生過的事，是她嫁到穎王府的第一晚發生的事。昭尹沒有跟她洞房，他們一起去看了薛茗，她開了藥方給薛茗，然後，薛茗在昭尹的要求下真的喝了那藥，再然後，病就慢慢好轉了。

也因此，後來薛茗一直對她很好，哪怕她再離經叛道，都有薛茗在旁庇護。

那個女人是個大好人，好人意味著無趣，她的溫柔換得帝王的一時感動，但換不來永遠鍾情。尤其是——後來，曦禾夫人出現了。

場景瞬息變化，從紅通通的婚房變成一座橋，一座非常雄偉壯觀的橋，共有七個橋洞，漢白玉欄杆，橫臥湖上，如一串熠熠生輝的珍珠。

她想起來了——這是洞達橋。

曦禾被臨幸後的第二天，一頂彩色飄帶的軟轎把她從普通宮女的住所裡抬出來，抬過此橋，從此成了人上人。

而當時，橋旁宮女、侍衛、太監、嬪妃，全都看呆了。

一個小宮女看得太入神還掉進了湖裡，引為笑談。

她跟婢女們泛舟湖上，也遠遠地看到了那頂轎子和轎子裡的人，吃吃嘴裡的蓮子一下子迸出去，噴在她臉上。

「啊，我看到仙女了！」吃吃痴痴地說道。

她把蓮子從臉上摘掉，也嘆了口氣道：「那張臉，應該長在我臉上啊。」

看看哈哈大笑道：「沒想到貴嬪也會羨慕別人的美貌。」

「妳不懂。這張臉長在姬家大小姐身上，是錦上添花；長在一個貧賤女兒身上，是委肉虎蹊。」

「啥意思？」

看看解釋：「誰都能來啃一口，最後被餓虎吃光的意思。」

「不會！」吃吃卻是信心滿滿地道：「她都已經成了陛下的女人了，飛上枝頭變鳳凰啦！」

她表面呵呵，心裡嘆息。

這不是她第一次見曦禾。

上一次見，是去年開春，她跟走走偷溜出宮去鬼市。所謂的鬼市，是城西南角的一處落魄之所，三教九流聚集於此，五更天擺攤，天一亮就連人帶攤一起消失。因為沒有燈，只有一點兒黎明前的薄光，買賣雙方形如鬼魅，故有此名。

那地方魚龍混雜，偏偏能弄到不少希罕藥物，她偶爾會去看看。

還沒到鬼市，卻先看見了姬嬰。乍一看，她以為看錯了。連趕車的走走也覺得自己看錯了，扭頭道：「大小姐，我好像看見公子了？」

「沒錯，是他。」

「可是……他、他居然沒穿白衣！」

姬嬰沒有穿白衣，沒有帶下屬，出現在鬼市。

直覺告訴她不要多管閒事，但實在按捺不住好奇，她跳下馬車，獨自跟上去。

其實她有點怕，因為此時的姬嬰已經知道她不是姬忽了，很可能不會對她手下留情。

可是，姬嬰穿著紅衣！

他居然穿著紅衣服！

換作任何人，都會想看一眼的！

她不懂武功，但擅長控制呼吸，又保持好距離，因此一時間，姬嬰沒有發現。

姬嬰在黑市旁的一條巷子旁停下了。

她立刻俯下身，假裝去看一名商販攤前的貨物。

過不多時，一個少女從巷子裡跑出來，翩躚如蝶般停在姬嬰身後，伸手去捂他的眼睛。一向耳聰目明的姬嬰，竟似不察，被她蒙了個正著。

少女咯咯一笑道：「猜猜我是誰？」

她想，世上竟有如此無聊的問題。

而如此無聊的問題，姬嬰公子答得很認真：「聽聲音，妳應該十五歲左右；帝都口音，家住此巷中；能捂到我的眼睛，說明不矮，大概六尺以上；手指很細，說明很瘦……嗯，手上有麵粉味，剛做過麵條？我猜——妳就是傳說中做麵一絕的葉夫人家的……」

他每說一句，少女便回應一聲：「對對！」

「婢女？」

少女聽到最後的答案，嬌嗔道：「什麼呀！我娘才沒有婢女！我也不是婢女！」

姬嬰笑了笑，又道：「妳的聲音像我兒時唸書時聽到的鐘聲，一響就意味著功課完畢，歡愉來臨；妳的手指像我蹣跚學步時遞過來的那根竹杖，握住它就能撫平心緒，不怕前行……」說著，他轉身，拉開她的手，注視著她的眼睛。「而妳，像夢境時出現的那朵花，在樹枝上，在春風裡，在我眼前，也在我心底。」

少女的臉騰地紅了，目光盈盈地注視著他。

再然後，少女用粉嫩的拳頭捶了一下姬嬰的胸，道：「油腔滑調的小紅！哼！我和了一夜麵，累死了，走不動了，背我！」

姬嬰竟真的彎下腰把少女背起來，慢慢地離開此地。

遠處的姬善目瞪口呆。

震驚過後，湧起發現了祕密的歡喜：姬嬰啊姬嬰，原來你也有弱點啊。

一年後，他的弱點出現在洞達橋。

姬善再次看見姬嬰跟少女站在一起，相望無言。

少女梳起了頭髮，穿著華衣，已不復之前的貧寒模樣，神色間也滿是不耐煩，冷冷道：「不說話？那我走了。」

姬嬰挪了一步，攔住去路，終於開口：「若妳願意，我送妳離開。」

「離開？去哪裡？」

「唯方大陸，不只圖璧。妳想去哪裡，都可以。」

少女冷冷地看著他，看了許久，忽而一笑。「小紅啊小紅，你可真是自私啊。」

姬嬰低垂著頭，他一直是個風華絕世之人，可這一刻，如蒙塵灰，暗淡無光。

「你違背諾言，棄我不顧。如今看我時常在你面前晃悠，又覺礙眼，這才想把我送走，送得遠遠的，對不對？」

姬嬰定定地看著她。

少女勾起唇角，笑得又嫵媚又刻薄。「我偏不走。我偏要留在這裡，我要讓你每次進宮都能看見我，我要你每次看見我就愧疚、難堪、心虛！這，是我今後活下去的意義！」

姬嬰的眼中一下子有了淚光，喚她的名字聲音長長：「曦禾……」

「叫我夫人！」少女如是道：「跪我！」

天地蒼茫，萬物蕭索。

姬善遠遠地站在黑暗中，看著洞達橋，看著那個永遠挺拔猶如松柏的身軀搖晃了幾下，然後慢慢地、一點點地，跪了下去。

曦禾就那麼倨傲地昂著頭，接受他的跪拜，幽幽說了一句：「我永遠不會原諒你……和他。」

那個他，指的是昭尹。

一年後的一天，昭尹思慮重重地來找姬善，也不說話，在屋中踱來踱去。她逕自在旁搗藥，完全不理會。

一個下午過去，當黃昏的最後一縷光被夜色吞噬時，昭尹的臉也被陰影覆蓋。而他終於做出了決定。「曦禾夫人有了身孕。」

她不以為意地隨口道：「恭喜。」

「朕還年輕，對嗎？她也還很年輕。」

「所以？」

昭尹走到她面前，壓下她手中的藥杵，令她不得不看向他，道：「朕已萬事俱備，就差東風。這個孩子這個時候來，妳說，會是朕的東風嗎？」

她想：啊，真有意思。初識時那個還會因為髮妻生病而惴惴不安的少年穎王已經不見了，短短兩年，他就變成了一個心狠手辣的帝王，無不可利用之物，無不可利用之人。

「那要看陛下想怎麼借這股風。」

夜更深，屋內沒有燈，昭尹的臉已經完全看不見了，只有他的聲音在黑暗中遲疑又清晰地響起——

「朕、要、贏。」

她給了他藥，藥用在曦禾夫人身上，聽說毒發之際，曦禾夫人把血吐在一個進宮為她彈琴的姑娘身上，把那姑娘嚇得魂不附體。

再然後，姬嬰出面解決此事。是夜，走走送口信說，公子想見她。

她便去白澤府見姬嬰。姬嬰一言不發地凝視了她很長很長一段時間，最後揮了下手，示意她可以回去了。

反倒她不甘於此，邁出門檻時說道：「不是我，也會有別的藥。我的藥，起碼比別人的藥好一些。」

姬嬰還是沒說話。她走出去後回頭看了一眼——

書房如籠，四面罩著身穿白澤服的男子。

終究不復少年，不復紅衣。

姬善夢到這裡有點不想再夢下去了，掙扎著試圖醒來，可是無濟於事。場景再次轉換，再次回到洞達橋。而這一次被轎子抬進宮的人，是姜沉魚。

姬善想，不對啊，姜沉魚進宮那會兒她去了玉京，而當她從玉京回來時，姜沉魚去了程國。後來九月二十一那天，她操槳為言睿送行，在鳳棲湖邊遇見了昭尹和他的新皇后。那是她第一次見到姜沉魚——傳說中那位被曦禾夫人吐了血在身上的彈琴少女，差點還成了姬嬰的未婚妻，姜家的小女，圖璧公認的第一閨秀。

她明明是那時候才看見了姜沉魚，為何在夢境裡，變成了初遇在洞達橋？

然後她聽見吃吃、看看嘰嘰喳喳地議論：「陛下真會選美人啊，這個姑娘也好美！」

「我覺得她沒有曦禾夫人美。」

「曦禾之美，是女媧娘娘捏得用心；這位姑娘之美，卻是世家望族精心養出來的啊！」

她心中一動，覺得吃吃說到了點子上。

跟天生麗質的曦禾不一樣，跟渾身傷疤的她不一樣，跟浴火而生的姬忽也不一樣，姜沉魚是姜仲精心供養、修剪出的玉葉金柯，是個真正的大家閨秀，幾乎沒有缺點。

直到姜沉魚遇到姬嬰。

愛而不得像是一場突如其來的狂風暴雨，肆虐著衝進了沒關門窗的溫室，將這株玉葉金柯吹得東倒西歪、花葉盡落，只剩下光禿禿的枝幹。

她本以為姜沉魚會就那麼完蛋，沒想到，最終還是挺了過來，重新綻出了新芽。

她欽佩姜沉魚的堅強，欣賞姜沉魚的公正，所以完全沒想要去找麻煩。那與她的人生準則相悖。

黃花郎，處處是家，肆意飛揚，不留牽掛。

姬嬰一死，她就跑了。昭尹被姜沉魚和曦禾毒倒之際，也不曾回來相救。面對秋薑的指責，更是理直氣壯。

「因為我知道，那毒，是有解藥的。」

昭尹跟曦禾不同，他想活，解藥一到即能活；曦禾不想活，再加上之前中過她的毒，就算她跟江晚衣聯手也治不好。

而姜沉魚又是個心慈手軟的好人，會把昭尹照顧得很好。他會沒有痛苦地睡著，睡到秋薑回來，喚醒他。

為什麼、為什麼會死呢？

是哪個環節出了問題，導致了這樣的結局？

洞達橋碎，夢境旋轉。

這一次不再定於一處，而是無數畫面繽紛閃爍。

有江晚衣再次出現在她面前無比震驚地看著她的。

有昭尹半夜突然來到端則宮靜坐不語的。

有她酒興上頭脫了外衫跳上長案，提筆在牆上瘋狂寫字的……

一幕幕，有如漩渦。她隨波濤翻滾，被撞得頭暈眼花。

偏偏這時，昭尹再次出現，於漩渦中朝她伸出手，道：「救我！姊姊，救我！」

她道：「我不是你姊姊，我知道，你也知道。」

「有什麼關係呢？」昭尹道：「反正我不是我自己，妳也不是妳自己，我們還可以當姊弟。」

她問他，「為什麼容不下姬嬰。」

他回答：「沒有容不下，只是意難平。犧牲了那麼多才成為帝王，既成了帝王，總要試一試，能否出了這口心頭惡氣。」

她說：「你病了，你這是病！」

他道：「那妳救我啊，姊姊，救救我……」

她下意識朝他走了幾步，突然一隻手伸過來，對她說：「別去！」

她回頭，看見了伏周。在夢境裡，她非常容易就能區分出這個人是伏周。

她問為什麼。

伏周轉過頭，深深地凝視著她道：「他是騙妳的。」

她心中「咯登」一聲，一股巨力突然襲來，將她捲進漩渦——

原來是昭尹的手，像章魚一樣捲住了她，把她死命往下拖拽，他喊：「救我，救我！」

她咬咬牙，在滔天巨浪中抓住他的腦袋，拽出水面，然而，海藻般溼透的長髮下，是時鹿鹿的臉。

是時鹿鹿在喊，救我……

姬善騰地坐起來，發現果然是夢境一場。

但她手中真的抓著一隻手——伏周的手。

伏周站在榻旁，低頭看她，原本皺起的眉頭在她坐起的瞬間鬆開，重歸於平靜，他問：「惡夢？」

姬善「嗯」了一聲，抱住被夢境攪和得無比疼痛的頭。

伏周看了她一會兒，忽然伸手，按在她的太陽穴上。

姬善一怔，然後放鬆，感應到他的手帶來恰到好處的力度，按到哪裡，哪裡就不疼了……心中不由得感慨：伏周的醫術真的是不錯啊……

但突然又想到這步驟、這手法都似曾相識……

是茜色！茜色曾為她按摩，也是這一套……

她不滿地抬眸，問：「茜色的醫術是你教的？」

「嗯。」伏周點頭道：「她很有天賦。」

姬善睜大眼睛，心中一把怒火騰地炸開了，當即用力拍掉他的手。
伏周皺了皺眉問：「不疼了？」
「你說茜色有天賦？」
「嗯，我只教了她一天。」
「昨夜若非我用你那套只施展過一次的針法壓制蠱王，你已經死了！」
伏周一怔。
姬善也怔住了。完蛋完蛋，她又牛氣了，氣得手抖……
伏周眯了眯眼，冷冷道：「昨夜若非我，死的是妳。」
姬善一噎，當即抄起枕頭朝他砸過去。枕頭在距離伏周一寸時裂開，變成了千萬縷絲，棉花如雪，飛撒空中，再悠悠揚揚地散落下來。
她和他的視線，隔著飛絮，定定相望。
「妳果然——事關醫術，才有情緒。」伏周道。
姬善本來已經控制住了，一聽這話，突然衝上去抓住伏周，一口咬在他的脖子上。
這不是她第一次這麼做。
上一次她在山洞時，也咬過伏周。
當時伏周沒有反抗，任憑她咬，還安撫地摸了摸她的頭髮。
可這一次，一根手指點在她的眉心，然後，再次移向神庭穴。
她識得厲害，只能鬆口退讓。
伏周冷冷地看著她，似有些煩惱，不知該拿她如何是好，又似被什麼東西干擾，最終轉為平靜。

「卯時了，該上路了。」他道。

卯時一刻，馬車浴光出發。

走走趕車，三人坐車。姬善還在生氣，拿了本醫書翻看著不理人。伏周則一如傳聞般很安靜。只有喝喝在忙碌，一會兒煮茶，一會兒烤餅，一會兒數盤纏。

姬善看了一會兒書，根本心浮氣躁看不進去，情不自禁地去瞄伏周在幹麼。他在看著窗外的天空發呆。果然又在看天！

姬善深吸一口氣，生硬地開口：「神諭有說話嗎？」

伏周搖頭。

「為什麼？」

伏周不回答。

「那你在看什麼？」

伏周終於開口，說的卻是：「吵。」

姬善氣得一拉車門道：「走走，妳進來休息。我趕車。」

「哎？」走走一驚，但看到她的表情，不敢拒絕，忙乖乖地進來了。

姬善跳上車轅，揮鞭「駕」了一聲。還是外面好，不用跟那個假女人待一塊！

如此，第一天就在狂奔的馬蹄聲中度過。因為太生氣了，姬善都沒顧得上好好看沿途景色。

第二天，姬善剛要坐到車轅上繼續趕車，回頭看了眼又在望天的伏周，上車把馬鞭強行塞入他手中，道：「今天你趕車。」

走走驚道：「大小姐，他還有傷在身啊！」

「看他氣色好得很快，活動活動筋骨，對他有好處。」姬善眉帶挑釁。

伏周淡漠地看了她一眼，接過鞭子一言不發地趕車去了。

姬善坐在車中，不知為何，覺得更氣了。

第二天的官道兩旁陸續出現了白布，越近圖璧，氛圍越濃。

第三天，伏周自覺地去趕車，姬善突然叫住他：「等等！」

伏周回頭。

「你……還是車裡待著吧！我……」她剛想說她去趕車，走走已先撐著身體坐到了車轅上。

「大小姐，妳可憐可憐我，讓我來吧。我腿已經不行了，手再不練，可就真廢了。」

姬善沒來得及反應，走走「砰」的關上車門。

她只好和伏周一起待在車廂裡，看看伏周再看看喝喝，一個冰塊臉、一個悶嘴葫蘆，心中後悔為什麼要把吃吃和看看同時派走，失策啊失策，但凡留一個下來，都不會這般煎熬。

在她的胡思亂想中，伏周忽然開口：「妳要學嗎？」

「什麼？」

「巫醫之術。」

姬善一怔。

「也教妳。一天。」

姬善的眼睛亮了起來，很想有骨氣的拒絕，但話到嘴邊，變成了一聲冷笑，道：「好啊，我就讓你見識見識，何為真正的天賦！」

趕車的走走聽壁腳聽到這裡，終於鬆了口氣。她本來還在納悶，時鹿鹿又靈又乖會來事，怎麼變成伏周就木訥至此。偏偏，大小姐對時鹿鹿無感，反而對著這個冷冰冰的伏周又是生氣又是吃醋又是委屈……造孽啊造孽。

幸好，伏周總算找到了討大小姐歡心的辦法。那就是——醫術。

也不是真呆嘛！

走走脣角上揚，加快了前行的速度。

第四天，伏周教授姬善巫醫之術。

第五天，姬善沉浸在新學到的知識中，發了一天呆。從車窗望出去，家家戶戶披麻戴孝，終於有了天子駕崩、舉國悲痛的氛圍。

第六天中午，他們終於抵達圖壁。

這座唯方大陸最華美的城池，已是滿目淒白。姬善望著白壁鑲嵌而成的城門，想起十五年前初見它時的情形，恍如隔世。

心底的某種情緒變成了黃花郎的白傘，忍不住就想借風吹出去。

「我在圖壁十五年，從未視其為故鄉。我在這裡扎根發芽，只想著等待種子成熟，再次飛揚。可飛去哪裡呢？遲遲沒有答案。」

如此掏心的話，伏周聽了卻沒什麼反應，淡淡道：「我第一次來。」

姬善瞥他一眼，冷哼一聲。

走走忙回頭插話道：「大小姐，我們回宮，還是回府？」

「先回府，跟吃吃、看看碰面。」

「好咧！」

沒多會兒，馬車馳入朝夕巷，來到白澤府前。門口守衛認得走走，正要開側門放行，姬善從車窗處探頭，守衛看見她連忙行禮道：「參見大小姐！」

「吃吃和看看呢？」

守門人對視了一圈，拱手道：「回大小姐，不知道。」

「不知道？她們四天前就到了，沒來這裡？」

「不曾來過。」

姬善心中一沉道：「駕車入府，我要見薛采！」

馬車行至前廳，一個肥胖的中年婦人匆匆來迎。「貴嬪娘娘駕到，有失遠迎，還望娘娘恕罪！」

姬善認得她是府裡的廚娘張嬸，聽說管家崔氏日漸病重放權，現在府內下人皆由此人統管。

「薛采呢？」

「相爺在書房。」

她示意走走把馬車趕去書房，張嬏有些著急地攔阻：「那個，貴嬪娘娘……相爺說誰也不得打擾。」

姬善什麼也沒說，只是冷冷地睨著她。

張嬏額頭的冷汗一顆顆地冒出來，卻還是不肯挪位，顫聲道：「相爺這些天心情不好，貴嬪娘娘還是不要見了……」

姬善呵呵一笑道：「我才多久沒回，這府裡的天都變了？」

張嬏面色頓白，腰彎得更深了些。

「走走，駕車！」姬善不耐煩與她廢話，決定直接輾壓過去。張嬏聞言，果然下意識閃到一邊。嘖嘖，此人對薛采的忠心，也就這麼點兒了。

走走正要驅車，一個聲音遠遠傳來道：「大小姐，您回來了。」

姬善脊背一僵，扭頭望去，便看見管家崔氏在婢女的攙扶下拄著拐杖走過來。陽光照著她一頭銀髮，那個在她記憶裡精明幹練的女人，竟已到了暮年。

張嬏忙不迭地小跑到崔氏身後，就像惡犬找到了主人一般。

姬善心中嘆口氣，臉上換上了一個甜甜的微笑，道：「崔嬤嬤，妳的身體可好些了？」

「勞大小姐掛念，勉強活著罷了。大小姐，薛相可以見您，但只能您一人來。」

姬善回頭看向伏周，伏周的眉頭微微皺著，自從他醒來就一直是這副高深莫測的模樣，她看得糟心，索性不理，逕自下車道：「好。我自己去。走走，妳們去我屋等我。」

「是。」走走將馬車掉頭，去了姬忽的住處。

崔氏這才點點頭，對姬善道：「跟老奴來。」

姬善跟著她走了一會兒，崔氏道：「張氏，妳跟小東一起去準備晚膳。大小姐舟車勞頓，應該餓了。」

「哦哦，是！」

張嬸和婢女也被打發走了。如此，就剩下姬善和崔氏兩人。

崔氏朝她伸出手，姬善的目光閃了閃，上前牽住——就像當年入府時那樣。

「既已走了，回來做什麼？」崔氏的聲音裡充滿疲憊。

「聽聞陛下駕崩……有點擔心。」

崔氏聞言，似笑非笑道：「妳個冷心熱面的丫頭，糊弄誰呢。」

她改口道：「好吧。其實我是來看熱鬧的。」

「何必蹚這渾水。」

「不知道，總覺得，還欠著姬家什麼。也許是欠姬忽的，怕她出事。」

崔氏停步，目光在她臉上掃了一圈道：「阿善，妳不欠姬家。只有姬家欠妳的。」

姬善心頭一震。

「妳不回來我不怪妳。但妳如今回來了，我……替小姐謝謝妳。」

崔氏口中的小姐是琅琊。崔氏這一生，所做的一切都是為了琅琊。任何觸及琅琊利益的，都無情抹殺。當年正是拜崔氏所賜，姬嬰沒能跟曦禾遠走高飛，也是因為崔氏，自己從遙遠的汝丘被弄來了圖璧，一待十幾年。

崔氏一直待她很好，雖然知道她的這種好也是站在琅琊的利益上，但十幾年的歲月，足以把假意磨成真情。尤其是琅琊逝後，崔氏的支柱沒了，她的身體迅速衰老，她的心，卻恢復了柔軟。

姬善看得出來，這一刻，崔氏是真的希望她遠走高飛，不要再回來了。

她不禁握緊崔氏的手道：「那麼，告訴我，昭尹是誰殺的？」

崔氏沒有說話，而是看向某處。姬善順著她的視線看過去，看到一座熟悉的假山，下意識地「咦」了一聲。

穿過山洞，走進一條偏僻走廊。走廊的盡頭有兩扇對開的門，門縫中間掛著一把破破爛爛的銅鎖，看得出已經很久沒人開過了。

姬善獨自一人來到這裡，沒有理會這把鎖，而是將兩扇門一起從下往上提，露出門洞，鑽了進去。

鎖不過是障眼法。

門內是一條石子小徑，通向一片竹林。茂林深處，有一茅屋，上書「無盡思」三字。

當年的她們，正是在這裡臨摹讀書，接受篩選。

姬善推開茅屋的門，裡面果然有人。

她一直緊繃的心，至此鬆了鬆，然後挑眉道：「怎麼回事？」

伏周站在姬忽房內，望著窗外的陸離水榭——傳說中《國色天香賦》就在那裡寫成，造就了唯方第一才女之名。

當年為了讓長女能合理地嫁給穎王，姬夫人煞費苦心。

而能夠乖乖任她擺布扮演姬忽的姬善，也真不是一般人。

嚴格算來，這其實屬於命運偏差。因為在他的記憶裡，小姬善一心一意只想成為天下第一神醫，結果卻被弄來此地，當了天下第一才女。

雖然她也曾偷偷外出行醫，但善娘之名始終不顯，而江晚衣已經受封「神醫」之號了。

姬善心中必定非常介懷，才會在他說茜色天賦不錯時那麼生氣，事後還拚命想要證明她比茜色強……

伏周想到這裡，脣角情不自禁地翹了翹，但下一刻，在有人來前立刻收起，恢復成平淡無波的模樣——這是多年聽神臺上練就的習慣反應，他是掌握天命的大司巫，任何情緒外露都會被過度解讀，造成恐慌。

只見喝喝推著走走進來，二人走到一旁的佛龕前。走走熟練地從抽屜裡取出香點燃，虔誠參拜道：「老天保佑吃吃、看看一定要平安，千萬別出事……」

伏周看著這一幕，忽然開口：「妳們信佛？」

走走答：「我信。她們不信的。」

「阿善不信？」

「她信扁鵲。」

伏周眼中閃過一絲笑意，表情柔軟了幾分。可就在這時，心口一痛，熟悉的暴漲感再次湧起，伏周一下子彎下腰去。

喝喝第一個注意到，連忙過來看他。

「藥、藥箱！」他咬牙道。

喝喝將藥箱捧給他，伏周哆嗦著取出銀針，但穴在背上，只能摸索著扎。

走走關切道：「怎麼了？」

「妳們出去。」

「可是你自己一個人……」

「快！」他大吼起來，嚇了二女一跳。

意識到不對勁，走走立刻叫上喝喝推她離開。

伏周在啞門穴上扎了一針，下一針陶道穴卻是怎麼也搆不著了，疼得一下子從榻上摔下來，在地上蜷縮顫抖。

蠱王……開始不受他的控制了。

牠在尋找情蠱。

找不到就很焦躁，像火山即將再次爆發，而這一次，姬善不在。

也幸好，她不在。

伏周一邊喘息一邊顫抖地拿起銀針，毫不猶豫地朝上星穴扎去。「停下！不然我們一起死！」

蠱王似聽懂了，不再翻騰，但還是躁熱得厲害。伏周咬牙盤腿坐好，雙手拈了個手勢，整個身體突然升起，虛浮空中開始靜坐，與體內的異力抗衡。

冷汗源源不斷地從他身上冒出，滴在下方的地板上。

當姬善回來時，守在門口的走走連忙告訴她伏周出事了。

她推門而入，地上的水已經積了碗口大的一攤。

看到浮在空中的伏周，姬善目瞪口呆，心想難怪宜國子民深信巫神，別的不說，光大司巫這打坐的姿勢，就已經豔壓群教了。

她不敢靠近，只能仔細觀察。

伏周的臉太蒼白了，心口的傷再次崩裂，血跟著汗一起滴到地上，那攤水就隱隱變成了淺粉色。

這樣下去不行！姬善試著開口：「伏周？」

伏周的眼睛睜開一線，看到她，面色大變道：「出去！」

然而已來不及，好不容易平靜了點兒的蠱王嗅到姬善的氣味，再次翻騰起來。伏周「噗」的噴出一口血，從空中跌落。

姬善連忙衝過去抱住他，他卻一把推開她，道：「逃！」

姬善見他的眼瞳隱約又在變深，立刻明白了怎麼回事，是蠱王在作祟！

伏周咬牙，嘶聲道：「快——離開！」不然那晚的情形會再次發作，而這一次他未必能控制得住。

就在他急得不行之際，姬善突然拂袖，一股臭味湧入鼻尖，伏周一下子睜大了眼睛。緊跟著，纖纖食指點在他的神庭穴上，最後映入眼簾的，是一個狡黠如昔的笑容，她道：「這次輪到你了。」

伏周暈了過去。

「都進來，快！」姬善把走走、喝喝叫進屋裡，幫忙脫去伏周的衣服，開始為他施針。

伏周雖然昏迷了，蠱王卻沒有，鬧騰得越發厲害，伏周的身體上肉眼可見地出現了一道道紅紋。

然而，姬善手法極快，紅紋到哪裡，針就提前落下，用伏周之前教她的方法再加上後來學到的巫醫之術，雙管齊下，再一次，令火山平息。

昏迷中的伏周的呻吟聲終於停止了。

姬善起身，抹了把額頭的汗，問走走：「發生了什麼？他突然這樣發作？」

走走描述了一遍她走後的情形，姬善一邊沉思一邊將伏周抬起來放到榻上，繼續為他醫治胸口的傷。

處理完畢後，她用解藥喚醒伏周，伏周慢悠悠地醒了過來。而這時，張嬸的飯菜也送到了。姬善取了一碗肉粥，餵到伏周嘴邊。

伏周全身虛脫，沒有任何胃口地搖了搖頭。

姬善哄他：「我知道你現在噁心難受，但必須要吃一點，不然什麼都吐不出來，更難受。」

一旁的走走和喝喝交換了一個眼神──姬善行醫多年，素來對患者愛理不理，幾曾如此耐心過？

伏周只好張嘴吃了，吃了幾口果然吐了，姬善又細緻地為他收拾汙漬，伏周一把擋住她的手道：「不要……妳。」

姬善有點生氣道：「好，你要誰？」

伏周看向一旁的喝喝。

姬善的手緊了緊，然後鬆開，扭頭對喝喝道：「妳來幫他擦身更衣。」

喝喝乖巧地點頭，打水照辦了。

姬善看了伏周一眼，正好伏周也勉強抬眼看她，冷冷道：「出去。」

姬善一甩頭髮，轉身離開。

「大小姐！」走走連忙推著輪椅追出屋，道：「妳、妳別生氣。」

姬善做了好幾個深呼吸，道：「我不生氣。」

「真的？」

「我自己選的，是我選擇救他，封印小鹿。」

「可是他好像……不像時鹿鹿那麼……」喜歡妳。最後三個字，走走沒有說。

姬善揪了一旁的一簇花花草草揉碎，口中則道：「無所謂，反正我要做的只有治病。等我想辦法把蠱王從他體內拿走，我欠他的三條命，就算還清了。從此，山高水長，不必再見！」

揉碎的花草撒在地上，姬善大步走了出去。

屋內，明明相隔極遠，但耳力過人的兩個人都將這番話聽得一清二楚。喝喝忽然睜大眼睛看著伏周，眼神很奇怪。

喝喝欲言又止，最終沒說什麼，拿起汗巾為他擦身。伏周抬臂擋了一擋，道：「我自己可以。」

喝喝便走到角落裡蹲下，等著下個指令。

伏周看著她瘦瘦小小、蜷縮成團的身子，眼底再次露出獨屬於大司巫的悲憫之色。

當姬善再回到房間時，伏周已在喝喝的幫助下收拾清爽，躺在榻上休息。見她進屋，依舊是平靜無波的一瞥，只看一眼，絕不多看。

姬善心中冷笑了下，逕自走到他面前坐下，問：「好點了？」

「嗯。」

「能談正事了？」

伏周抬眸道：「關於吃吃、看看？」

「她們不見了，薛采派人去找了。」姬善很冷靜地道：「沒事，只要在圖璧，丟不了。」

走走卻在一旁咬脣道：「可是……這裡真的安全嗎？連陛下都突然暴斃……」後面的話沒敢往下說。

但姬善明白走走的意思：在姜沉魚和薛采的保護下，昭尹應該不會有事才對；而他偏偏死了，這說明姜沉魚和薛采失去了對璧國的完全掌控。尤其現在外面傳得沸沸揚揚，都說姜沉魚和薛采不和……如今的圖璧，不再固若金湯。

「那我們也只能等。如果薛采都找不著，我們更不可能。」

走走只好作罷。

姬善道：「妳帶喝喝去睡吧。」

走走明白這是有事要跟伏周談，便帶著喝喝離開了，把門合上。

姬善再次看向伏周道：「之前我問你，赫奕的計畫是否跟姜沉魚有關，你沒回答。現在，你必須要告訴我。」

「為什麼？」

姬善抿了抿脣，說出一句足以驚世駭俗的話：「姜沉魚要死了。」

第四卷

園有桃

藍人湛湛，白雲悠悠。

花朝月夕，山長水闊。

這麼美、這麼美的，唯方大地。

第十八回　事變

璧國的皇宮裡，姜沉魚已入睡了，睡得很不安穩。

她這些天都睡得不好，因為薛采已經好多天沒進宮了。他走前，他們吵了一架。她一向知他尖酸刻薄，可當他的諷刺挖苦掉轉方向衝她來時，她發現自己完全不能接受。

於是，那些話便在睡夢中反覆出現。

「再見，璧國的太后。」

「妳，如此懦弱的一個女人，還是抱著孩子繼續做闔家和睦的夢去吧！」

姜沉魚尖叫一聲，醒了過來，發現手裡抓著半截袖子，正是之前從薛采衣服上扯下來的。

握瑜、懷瑾聞聲掀簾喚她：「娘娘？」

「我沒事。妳們繼續睡吧。」

兩個婢女對視一眼，依命放下簾子。

姜沉魚展開手裡的衣袖，上面繡著白澤圖騰，她的手指在圖騰上輕輕撫摸，眼眶不由自主地紅了。

「你這樣對我，你這樣對我……你忘了公子的囑託了嗎？」

她聲音顫顫，最終轉為了委屈：「繼公子之後，你也要離開我嗎？」

「有人在布局，想從姜沉魚手中奪權。」天黑了，姬善一邊將燈點亮，一邊道：「昭尹之死，只是第一步。」

伏周沉吟不語。

「第二步，分裂姜沉魚和薛采，並製造一些事端，讓薛采分身乏術。」

如今的薛采，果然中計，在家閉門不出。

「第三步，誘姜沉魚出宮，趁機暗殺。」姬善說到這裡，將燈捧到伏周面前，神色嚴肅。「所以，如果赫奕的計畫是得到姜沉魚的話，現在是個很好的機會。」

伏周抬眸，看著燈光中的姬善，開口道：「妳如何得知？」

「我暫時保個密。」

「妳為何不把此事告知薛采？」

「很簡單，薛采和布局之人，我站布局之人。」

「為什麼？」

「我幫親人，姜沉魚不是我的親人。」

伏周的眉毛輕輕擰起。姬善在燈下看他，覺得他跟時鹿鹿真的是區別很大的兩個人。時鹿鹿從不這麼安靜，他會千方百計地想要吸引她的注意，撒嬌也好，討好也罷，哪怕是惡狠狠地凶她時，眼睛裡也滿滿盛著她。可伏周的眼神大多時候是放空的，偶爾看著她，也帶著思慮。

可他本不該這樣。

他明明知道她就是小姬善，是跟她有過過命之交的故人，而且現在還在一心一意地想要幫他和救他，為什麼要對她如此冷漠？明明之前在山洞裡還不這樣，是那次吃了毒蘑菇後說了什麼不該說的話嗎？

姬善忽道：「阿十。」

伏周似有些不耐煩地先皺了下眉，才抬眸看她——眼神冷冷淡淡，不含感情。

姬善心底微涼道：「沒事，我只是想叫叫你。」

伏周「嗯」了一聲，低頭繼續不再看她。

燈光照著他的眉眼，雖然時鹿鹿比他更像少年，但伏周身上才有阿十的氣息——那個不喜歡說話的、不笑的、有點抑鬱的阿十，他在這裡。

我找到你了。阿十。我找到你了。

伏周思考了足足一盞茶工夫，姬善便盯著他一盞茶時間。

最後，伏周抬起頭，回視她道：「妳希望赫奕做什麼？」

姬善等人就在府中住下。過了好幾天，依舊沒有吃吃、看看的消息，走走擔憂得飯都吃不下。

姬善看在眼裡，起身道：「我再去催催薛采。」

走走忙拉住她道：「別，相爺日理萬機，這點兒小事不好總是去麻煩他……」

姬善嘆了口氣，正色道：「走走啊，妳現在已經不是奴籍了，別總這麼卑微啊。薛采這幾日都沒有上朝，成天待書房裡抄經，閒得很，正該找點兒事給他。再說，堂堂天子腳下走丟了兩個大活人，可是很大的事！」

走走喃喃道：「天子都駕崩了，看看、吃吃兩個平民百姓……」

「正因為天子駕崩，更要維護穩定。交給我吧。」姬善說罷，大搖大擺地出去了。

她畢竟名義上還是姬忽，府內下人人人認識，因此一路暢通無阻地來到書房，結果在書房外，又看見了崔氏。

這一次，崔氏攔住她道：「先別進去。」

「為什麼？上次妳就沒帶我見薛采。」崔氏領她去見了另外一人，今天又不讓見，很蹊蹺。

崔氏湊到她耳旁低聲道：「皇后來了。」

姬善心中「哎唷」了一聲：「今天？」糟了！

她立刻轉身，跑回住處，推門對伏周道：「來不及了！她們……」

伏周正在查看自己胸口的傷，傷口已經徹底癒合，聞言抬頭，姬善的眼神落到他赤裸的胸上，他第一時間穿上衣服。

姬善忍不住撇嘴道：「時鹿鹿當年可是全身赤裸地出現在我面前的。而且在聽神臺，我們一直同榻而眠，你還避嫌？」

伏周果然皺眉，隨即轉移話題：「什麼來不及了？」

「姜沉魚來了。這意味著，她出宮了。」

伏周面色微變。

「赫奕來不及英雄救美了……要不，你替你哥先把人救了？」

伏周問：「我一個人？」

「你可是大司巫啊！蠱王在手，天下何人是你對手？」見伏周沉吟，姬善急道：「再晚可就來不及了！」

伏周盯著她一會兒，終於點頭。

「你同意了？」

「走吧。」

走走駕著馬車從後門來到朝夕巷外的一條小道上，靜靜地等待著。從車窗正好可以看到姜沉魚的車輿。

據說姜沉魚臨時起意出了門，只帶了二十名侍衛，四個跟進府了，外面等著十六個。

「動手？」姬善示意伏周趕緊下蠱。

伏周卻搖頭。

於是他們等。等了大概半個時辰後，姜沉魚面帶微笑地出來了。伏周盯著她，眸光閃爍，若有所思。

姬善伸手在他眼前搖晃一下，道：「看呆了？」停一停，故意道：「赫奕眼光不錯吧？

姜沉魚可算是當今天下第一美人了。」

伏周抓住她的手，然後把手挪開，繼續盯著姜沉魚。

姬善挑一挑眉，不知為何，有點不高興了，道：「喂！你不是說你現在是女人嗎？」

「噓。」

姬善無語，只好以手環胸冷冷等在一旁。

姜沉魚上了馬車，很快消失在視線內。伏周對走走道：「跟上。」

姬善下意識要阻止，但話到嘴邊，硬生生嚥下了。

走走駕車，遠遠地尾隨著，擔心道：「大小姐，我們這樣會被發現的吧？」

「有大司巫在，發現了也有辦法應對。」姬善涼涼道。

伏周沉浸在某種思緒中，沒有對此做出反應。

走走搖了搖頭，沒辦法，只好跟上。如此走了三條街，車上的喝喝突然起身，面露驚駭。

姬善道：「怎麼了？喝喝？」

喝喝的目光四處轉，最後尖叫起來。她一叫，走走連忙停下車。姬善趕緊抱住她安撫道：「沒事了，沒事的，喝喝？妳聽見什麼了？」

喝喝捂著耳朵渾身戰慄，仍在尖叫。姬善不得不取出銀針，正要扎針，伏周開口道：「她聽見了伏兵。」

「什麼？」

「兩重伏兵。外重有三百人左右，裡重……將近二十。呈漏斗狀，就在前面那條街。」

姬善心中一驚，繼而想起，若論聽力，伏周才是真正的當世第一。

「也就是說，真有人要行刺姜沉魚，而且，還安排了兩撥……怎麼辦？」
「等。」
「萬一姜沉魚被殺了怎麼辦？你捨得？」
伏周一怔，眉頭立刻皺了起來。
「哦不，我說的是，你家悅帝可捨不得。」
「妳不是要幫布局之人嗎？為何又要救姜沉魚？」
「如果你救走姜沉魚，她肯乖乖去宜國跟赫奕比翼雙飛，布局者的目的就等於實現了。如此一來，大家都不用死，都能開心地活，不是嗎？」
「真的都開心？」
「哦，有個人可能不開心。」
「嗯。」
姬善驚訝道：「你知道那個人是誰？」
伏周的目光落到車後方道：「他來了。」
姬善一怔，連忙掀簾，就看見了白澤圖騰。
「放開我！大膽！我可是公子的姊姊，你們竟敢抓我！」姬善用力拍打抓住她胳膊的兩名白澤暗衛。
暗衛們硬生生地挨著打，不敢躲避，但也不肯鬆手。
走走也被擒住了，在一旁怯怯道：「大小姐，好漢不吃眼前虧……」
姬善怒視唯一沒被抓住的伏周，道：「你是死人嗎？快救我呀！」

伏周心中暗嘆一聲，沒來得及有所動作，一個聲音道：「動一下，立死。」

人群分開，一匹白馬來到車前，馬上人白衣翩然，髮剛及肩，正是薛采。

而在他身後，十二名白馬鐵騎手持弓箭，箭尖不偏不倚地對準馬車。

姬善驚道：「薛采，你這是什麼意思？」

「意思就是，別動。否則，連人帶車，轟……」薛采比了個灰飛煙滅的手勢。他個子矮、年紀小，偏偏做出這種動作來一點都不顯得幼稚，而是令人不寒而慄。

薛采是個可怕的小孩。姬善一直這麼認為。

從某種角度來說，姬善覺得他才應該得離魂症，原來恩寵長大的天之驕子突遭巨變被封印了，換了個妖物住進他的身體裡，取代他成為白澤的新主人。否則沒法解釋，為什麼一個十歲的小孩子，會有這麼可怕的氣勢。

她自己在十歲時就已經夠早熟、夠驚才絕豔了，但跟薛采一比，就成了玩泥巴的蠢蛋。

姬善深吸一口氣，露出一個甜美的笑容，剛要開口，薛采道：「別笑。妳一笑，更不像秋薑。」

姬善心中罵了一句髒話。

一旁的伏周卻似忍俊不禁，微微動了下眉。

「小采……」姬善並不氣餒，柔聲道：「我正要去找你，崔管家不讓見。你是知道的，我的婢女吃吃和看看都不見了，我特別著急，等了這些天，你也沒給個準信，我沒辦法，只好親自找找看。」

薛采歪了歪頭，打量她。烏黑的眼睛，配著巴掌大的小臉，明明該是很天真的動作，卻顯得很是玩味，他道：「晚上出門找？」

「沒辦法啊，我身分特殊，白天拋頭露面也不合適啊。」

「妳白日裡出門拋頭露面還少嗎？善娘，嗯？」

姬善沉下臉道：「我就要這個時候出門找人，怎麼地？」

薛采也沉下了臉道：「不怎麼地。請大小姐回府。」

十二名鐵騎眼看就要包抄過來，姬善忙道：「好！我回！但不要回府。本宮要回宮，為陛下守靈！」

薛采的眉頭一下子皺了起來，目光帶厲，可姬善不怕。不管怎麼說，名義上她還是姬貴嬪，地位之高，僅次於皇后，薛采最會裝樣，她賭他不可能當著這麼多人的面揭穿她。

果然，她贏了。

「帶上他們。」

薛采吩咐一聲後，白衣鐵騎們繼續前行。每匹馬的馬蹄上都包了布，這麼大的陣仗，硬是沒發出什麼聲音。反倒是她們的馬車軲轆聲，在寂靜的夜裡顯得有些突兀。

但現在，這已經不是她所需要擔心的事了。

她和走走被押回車廂裡坐著，由白澤暗衛趕車。姬善咬咬牙，突然坐到伏周身邊。伏周第一時間往旁邊挪了挪，拉出一個拳頭大小的距離。

姬善看著這一拳之隔，心中冷哼一聲，跟著又挪過去，將伏周逼到角落裡。

伏周不悅地睨她一眼，姬善卻故意歪頭靠過去，伏周伸出食指剛要將她推開，就聽她輕聲問：「能給薛采下蠱嗎？」

伏周怔了一下，停下了推的動作，回答：「不能。」

「為什麼？」

「幼蟲只能在宜境生存。這裡太冷太乾，就算種了也活不下去。」

姬善恍然大悟，這才明白為何巫族遲遲沒能擴張到其他三國，因為不具備天時地利。只有宜國四季如春，確實適合蟲卵孵化。

「可惜了！要能給薛采下蠱就好了，　下子解決所有問題。」

薛采在外面咳嗽了一聲，道：「我能聽見。」

「我隨便聊聊的。」姬善死豬不怕開水燙地說道。

薛采冷哼一聲，沒再開口。

姬善剛要再跟伏周說幾句，伏周的手指終於點到了她額頭，眼中全是警告。

於是姬善也只好冷哼一聲，重新坐回到走走、喝喝身旁。

走走看著這一幕，心中再次暗嘆：造孽啊造孽……

鐵騎很快在街尾停了下來，等待命令。

姬善嘆了口氣道：「今晚看來姜沉魚不會死了。」沒想到薛采早有布置，螳螂捕蟬，黃雀在後。吵架也好，拒不上朝也罷，甚至閉門不出，都是假象。

話音剛落，喝喝突然再次跳起，眼看又要尖叫，伏周出指如電，在她兩耳上一點。喝喝雙目睜圓，愣了愣。

「姬善。」伏周突然叫了她的名字。「學著。」

「叫我阿善！」姬善嘴上不滿，眼睛卻很是專注，看著伏周的手指不停地繼續在喝喝各個穴位上拍點，最後落到她的靈臺穴上，揉壓片刻後，放手。

喝喝不再叫了，而是身體漸軟，喘息著趴在走走懷中。

姬善睜大眼睛道：「這是什麼？」

「她聽力太好，經常會聽到很多可怕的聲音，加上兒時陰影，極易誘發驚恐。每當這時，可先封其聽覺，再舒緩神經，令她平靜。」

原來如此。姬善在心中回味了一遍，挑眉道：「學會了。」眼尾掃去，看到伏周正注視著她，眼眸幽深，像是深淵，能捲走她的全部視線。

然而不過是瞬間。

當她看到他的剎那，漩渦就消散了，重新將一切拒之門外。

哼，有什麼了不起的？你以為還是小時候，我沒人可玩才不得不找你玩？我現在有的是玩伴，多你一個不多，少你一個不少……

姬善一邊胡思亂想，一邊眼睛眨也不眨地盯著他。

伏周有點受不了她的視線，不自然地別過臉道：「開始了。」

「什麼？」姬善剛說完，就依稀聽到廝殺聲隔著一條街傳來——刺客動手了！

她連忙探頭出窗，只見薛采還騎在馬上一動不動地等著，白澤鐵騎們也等著，夜月照著他們的白衣白馬，分明是非常醒目的存在，卻宛如鋪在街上的一張白布，隨風微動，與周遭事物和諧地融為一體。

姬善眸光微沉，手指有些緊張地絞在一起。

一記清脆的口哨聲響起，薛采抬起手臂，筆直地往前一指，白澤鐵騎們立刻衝了出去，區區十二人硬是衝出了萬馬奔騰之勢。

再然後，街道、屋頂、草叢中、角落後湧出許多黑衣暗衛，如退潮的海浪般歸攏到了馬車旁。

姬善鼻尖聞到血腥味，他們都是殺了人回來的。也就是說，刺客有兩撥人，黃雀也有兩撥。黑衣的暗衛用於絞殺外重的三百人，白衣鐵騎再去對付內圍的二十人……

「來得及嗎？」她把疑惑問出口。

伏周答：「來得及。」

「為什麼？」

「有個高手藏在姜皇后的馬車下。」

姬善一怔，莫非之前伏周一直盯著姜沉魚看，不是在看她，而是在看車下的那個高手？

前方再次傳來一記哨聲，駕車的暗衛揮鞭驅動馬車前行。

馬車走過一地屍體，無數個蒙面黑衣刺客橫七豎八地倒在血泊中，兵器散落一地。姬善心頭震撼，她根本沒聽見打鬥聲，不知道就在她發呆之際，一街之隔已有數百人喪命。

再看喝喝，就越發憐憫——喝喝能聽見，所以她才害怕。

那麼伏周呢？伏周從頭到尾都很平靜。他的聽力比喝喝更強，也就是說，他從小也要聽見各種可怕的聲音，但他始終不曾表現出絲毫……

姬善心中，似被一根羽毛撓了撓，情不自禁地伸出手點了點伏周的耳朵。

伏周的身體本能一僵，然後，不耐煩地將她推開，換來了她意料中的訓斥——

「別動。」

而這時，馬車停下了。

透過車簾縫隙，前方百丈外，姜沉魚的馬車已經四分五裂，幾個黑衣刺客被五花大綁地跪在姜沉魚面前，薛采一一從他們身前走過，輕描淡寫地不知說了些什麼後，黑衣刺客紛紛叫嚷起來。

人多聲雜，姬善一句也沒聽清，便問伏周：「在說什麼？」

「他們奉姜貴人和蕭將軍之命行刺。」

姬善嘆道：「不愧是薛采。」真狠啊，讓刺客們自己告訴姜沉魚——她的姊姊姜畫月要殺她。

果然，姜沉魚優雅高貴的模樣再也維持不住，搶了一名鐵騎的馬就跑了。

朱龍立刻追上去。

只有薛采依舊站在原地，望著她離去的方向，月光落在他漂亮的臉上，將他的側臉勾勒出冰霜的質感，看上去冷極了、也許只有鴉羽般睫毛下的眼瞳是暖的，但隨著那個人的離開，最終歸於冷酷。

姬善忽然得出一個結論：「薛采要幹一件壞事了，天大的壞事。」

走走好奇道：「大小姐，妳怎麼知道？」

「因為，我擅看心病呀。」姬善說著轉過頭，衝伏周燦爛一笑。

伏周被她的笑容晃得呆滯了一下，然後，撇開視線。

馬車一路行駛，來到宮門前。

守衛們全都跪在地上，一動不動。看到姬善的馬車，下意識想要起身，卻最終不敢動，繼續跪在原地。

馬車馳進宮門，裡面的情況也一樣，所有人都跪在地上，瑟瑟發抖。

「我從沒見過姜沉魚發脾氣呢……」姬善嘖嘖道：「她之前對昭尹恨得要死，也沒有表露分毫。有了權勢，人果然會變啊。」

「她必須變。」接這話的人不是車內的伏周，而是車外的薛采。

薛采坐在車轅上，跟著他們一起入宮，臉上始終帶著「要幹一件壞事」的表情。

說完這句話後，他就跳車幹壞事去了。

姬善忍不住喊：「我自由了嗎？」

「滾吧。」風中傳來薛采的回應。

姬善「呸」了一聲，扭頭道：「英雄救美沒成，另找機會吧。回白澤府？」

伏周卻看向某個方向，問：「那是鳳棲湖？」

夜月下，一片湖光粼粼。

姬善點頭道：「對。」

「我想去端則宮。」伏周轉過頭來，直視著她的眼睛，正色道。

姬善心中一漾道：「我替你划船！」

她帶他下車，走走抱著喝喝道：「喝喝還沒徹底緩過來，我們就不跟去了。」

姬善給了她一個讚美的眼神，走走微微一笑，關上車門。

姬善帶著伏周轉了個彎，來到一處蕭條湖邊，此地遠離洞達橋，相對人跡罕至。她走到一座石雕燈柱前，轉了三次燈臺，再點亮燭火後，只聽一陣「劈里啪啦」的水花聲，水裡慢慢地升起一艘船來。

「這是昭尹專門從燕國請求魯館的高人為我設計的，方便我出入。」說到這裡，她不禁有些感慨。「他對每個妃子，都真是不錯。」

伏周輕輕皺了下眉，沒說話。

二人上船，姬善抄起雙槳開始划船。伏周本要接槳，被她拒絕道：「坐著吧。我喜歡划船。黃花郎想要飛，得靠風。可船不一樣，槳在自己手裡，想朝哪個方向就朝哪個方向。」

木槳蕩起水花，船頭削開波浪，載著二人前往湖心島。

一輪下弦月掛在墨藍色的天空中，繁星點點，映在湖面上。而船頭坐著阿十……就像是夢境裡曾經出現過的畫面。

姬善想，眼緣真是個有趣的東西，明明過去了這麼多年，眼前的這個人也變了很多，可她一面對著他，就情不自禁地想說話。

「我上次來，是替姬嬰過七期。我不信這些，但走走非要辦，說是身為姊姊必須做的。那時候她還不知道我不是真姬忽，沒辦法，我只好隨她去了。結果那晚，言睿突然來找我……」

伏周目光微動，眼神有異。

姬善敏銳地注意到了，問：「幹麼這麼看著我？」

「沒有。」

姬善轉了轉眼珠，猜到一些端倪，道：「巫神殿關於我的那二十頁裡，是不是寫我喜歡言睿？」

伏周微訝。看到他的表情變化，姬善就知道，果真如此。她舔了舔牙根，忽然眼睛一彎，跟波光粼粼的湖面一樣笑了起來，道：「還真是消息靈通啊！還寫了什麼？」

等於是變相承認了。

伏周沉默著聽了一會兒笑聲，才道：「還有，妳曾跟他私奔。」

「哈哈哈！」姬善笑得更大聲了些。「對！」

伏周垂眸。下弦月像把游來蕩去的鉤子，倒映在水中。

姬善的笑，就像這個鉤子，亂了湖水，亂了人心。

姬善道：「有意思，時鹿鹿都沒問過我言睿呢，反而你問了。」

伏周放在膝上的手緊了緊，姬善看到了，眼中笑意更深。

伏周深吸一口氣，面色如霜，冷了幾分道：「回去吧。」

「你不是想看看端則宮嗎？」

「不看了。」

姬善把槳放下，走到伏周面前道：「你猜我這會兒走到你面前，是想做什麼？」

伏周不得不抬起頭，看向她。

夜月脈脈，瞳眸幽幽，姬善一字一字地問：「阿十，我問你一件事——這麼多年，你沒有忘記我，那麼，可曾想過我？」

伏周剛要拒絕，姬善已伸手捧住他的臉頰，道：「回答我！」

伏周的睫毛輕輕撲動，每一下都能引起湖波蕩漾，聲音卻依舊冷漠：「沒有。」

「真的，從來沒有？」

「從來……」他的臉色驟然一變，額頭的冷汗慢慢地冒了出來。

「三、二、一……」姬善數了三下，三下後，伏周面色稍緩，她的唇角揚起，一點點地笑了。「看啊，說謊的後果。」

伏周有些生氣地要別過臉，卻被姬善緊緊捧住。

姬善盯著他，與侵略的眼神截然相反的是她的聲音，又輕又軟：「但我天天都在想你，想要去找你。」

伏周的咽喉滑動了一下。

「而且，我真的去找過你。」姬善輕輕一語，換來他重重一震。

「我拜託言睿替我找阿十，他約我見面。於是我甩開吃吃、喝喝她們去見他。他告訴我，你在宜國，很可能就是伏周，但他也不能完全確定，畢竟聽神臺是個很詭異的地方，如意門很難滲透。那時候我快出嫁了，我跟琅琊說，想去找個兒時的朋友，就當是跟兒時的自己告別。畢竟，我無父無母，真正的娘家人等於一個也沒有。琅琊同意了。」

伏周的臉白了幾分。

「結果傳到旁人耳中，就變成了我跟言睿私奔了……你說大家為什麼不覺得荒唐？他比我大四十多歲啊！」姬善感慨萬千道：「可能大眾眼中，天下第一智者跟天下第一才女確實是絕配吧。」

伏周目光閃動，定定地看著她。

「我去了宜國，聽說你在蜃樓山上，我鼓起勇氣爬到一半，腿就軟了，沒能上去。」她能克服一切艱難險阻，獨獨懼高，是真的再有毅力都不行。「陪我前去的兩個暗衛爬到一半，被巫女發現，聽見巫樂後瘋了，一個失足掉下山，一個自殺。我躲在草叢中，因為不會武功，倖免於難。那時候起我就知道——想要見伏周一面，是很難很難的事情。」

伏周眼中露出了幾分悲色。

「我放棄啦，乖乖回璧嫁給了昭刀。我想算啦，反正也不是真嫁人，等以後有機會，我能徹底擺脫姬忽這個身分了，再去找你也來得及……」姬善捧著他的臉，笑得狡黠。「所以阿十，不要有負擔。在我心裡，一直把你當作姊妹在想念的。我不知道你是男的。」

「但我知道。」伏周的睫毛揚起，黑瞳亮如晨星。

姬善心中「咯登」了一下。

伏周凝視著她的臉，一字一字道：「我當時知道我是男的。」

這、這句話什麼意思？是、是她想的那個意思嗎？姬善只覺一顆心顫顫地揪緊了。

伏周猶豫了一下，但還是說了：「我一直在思念女孩的妳。」

姬善想：完蛋了。

這麼多年，很多少年說愛她。

她都在旁冷笑嗤笑嘲笑假笑，不為所動。

遇到時鹿鹿，哪怕被種下情蠱，也始終保持著理智，沒有真的淪陷。

可此時此刻月下船頭湖面上，彷彿上天為她精心準備的天時地利與人和，讓一場告白在最美麗的景色中到來。

她想她得說些什麼，必須得說些什麼，可沒等她開口，伏周繼續道：「可是，這不合時宜。」

告白變成了回絕，伴隨著伏周一本正經的表情，讓人覺得這才是他要說的重點。

「我不能。姬善。妳很好，但是，我不能。」

姬善咬住了下唇問：「因為你體內的蠱王？」

伏周苦澀一笑道：「是。」

姬善想，自作自受。她滿心好奇，想要知道破戒的後果，結果就是時鹿鹿終於動了真情；而當他動情之際，蠱王感應到情蠱的存在，想要吞噬她。也就是說，現在的伏周若對她動情，就無法控制蠱王，最終的結局不是她被吃掉，就是他爆體而亡。而他要壓制蠱王，就不能對她動情，只有這樣才能繼續實施後面的計畫。

「我一定能找到取蠱之法的。」姬善沉聲道。

伏周看著她，眼神不再冰冷，而是更令人難過的悲涼。「數百年來，只有一人取蠱成功，就是我娘。但是，她是無痛症者，而且取出蠱後，伏極立死，我娘也腐爛而亡。」

「你娘不懂醫術我懂！」姬善喊了起來。「我，可是很厲害很厲害的大夫啊！」

那是多少年前曾經發生過的誓言

從青稚口中喊出的最天真的話語。

而今，誓言重演，頂著重重壓力，像在黑暗中拚命敲擊的火石，想要綻出一絲光。

「不許瞧不起我！」姬善哽咽道：「我，一定，能治好你的！」

伏周定定地看著她，突然，一口血從他口中噴了出來——情蠱再次不合時宜地發作了。

姬善連忙去掏懷裡的銀針，就在這時，伏周的耳朵動了動，本就驟然漲紅的臉變得更加焦急。他道：「逃！」

「我不！我能幫你壓制牠！」

「快逃！」伏周猛一揮袖，一股巨力撲向姬善，將她橫拍出去。

姬善整個人就像流星般劃過空中，然後「砰」的掉進湖裡，蹬水浮起後的第一反應就是重新朝他游回去。「阿十……」

「別過來！」伏周一邊厲聲喊，一邊一掌拍向艙底，木板立碎，下方浮起一股血花。

姬善看到這一幕，驚呆了——有人藏在船下，被他掌風擊退，受了傷！

「逃！」伏周再次喊道，奮力拍向水下。

又幾股血柱竄天而起。與此同時，十幾個黑衣刺客躍出湖面，可能也意識到此人不容易對付，當即全都轉身朝姬善游來。

伏周重重踢了船舷一腳，船身立刻整艘都翻了過來，濺起巨大的水花。他踩在翻轉的船上，以之為板，剛想追，胸口又是一陣劇痛，疼得彎下腰去。

姬善不敢再多看，連忙掉轉方向朝湖心島游去。但她穿著寬袖長袍，被水一泡沉甸甸地拖在身上，那些黑衣刺客卻是緊身勁服，又會武功，游得十分快。當先一人揮劍刺向姬善，姬善反手丟出一物，砸到他臉上，粉末撲了一臉。

此人連忙用水抹掉，繼續追刺，卻覺臉上劇痛，大怒道：「這是什麼？妳給我用了什麼！」

姬善不答，咬牙拚命游著。然而後面的黑衣刺客們也都追上了，形成包圍之勢，紛紛拔劍朝她刺去。

眼看她就要中劍，一塊木板橫飛過來，砸在其中兩個黑衣刺客身上，將他們砸進了水裡。緊跟著，又一片木板飛來，其他黑衣刺客連忙閃避。一道弧光掠過，伏周飛過來踩在木板上，一把將水中的姬善撈起，以碎木為踏板，橫穿大湖。

「追！」黑衣刺客們窮追不捨。

伏周緊緊摟住姬善的腰，跳躍不停。

姬善在他懷中，情不自禁地想起了去深淵探索那天，時鹿鹿也是這樣摟著她，帶她飛越。

那時，她還有閒心想一想風小雅，而今，滿心滿眼只剩下身邊的這個人。

伏周的蠱王在鬧騰，身體滾燙滾燙，唇縫不停地往外滲血，還要帶著她躲避追殺……

姬善的眼眶紅了。

「去端則！」她深吸一口氣道，現在不是傷感之時。「那是我的地盤！」

伏周咬牙提氣，將碎木調整方向，朝著湖心島飛去，汗水從他臉上滑落，砸在姬善臉上，跟下雨似的。

眼看碎木沒了，離島卻還有很長一段距離，伏周忽道：「閉眼！」說罷，將她用力一擲。

姬善閉上眼睛，然後身體下墜，「啪答」幾聲，停住了。她閉著眼睛試探著伸腳，居然踩到了實物，好奇地睜眼一看，發現自己的衣服掛在柳樹上，而腳正好踩著一截樹杈。

她嚇得尖叫起來，閉眼一把抱住樹幹，感覺整個人就像是即將融化的蠟。

耳旁風動，一隻溼漉漉的手伸過來，伴隨著濃濃的血腥味，再次挽住她的腰，將她從樹上救下去。

姬善顫抖地抱住對方火熱的身軀，依舊不敢睜眼，道：「去院子，那裡有棵梅樹！」

然而，對方不動了。

「去院子啊！」姬善推他，結果才輕輕一推，對方就「啪答」墜地。

姬善睜開眼睛，只見伏周倒在地上，兩隻手緊扣住地面，劇烈地顫抖著。

「跑。」他沙啞地擠出一個字。

遠處，黑衣刺客們正在奮力游來，馬上就能上岸。

「一起走！」

「我、控制不住了……」伏周突然一仰頭，號叫起來，伴隨著他的號叫，耳朵裡、鼻口裡，以及指甲縫裡全都冒出白色的絲來。

這一瞬間的他，變成了怪物！

姬善驚恐地連忙後退，但已來不及，白絲瞬間延長了無數倍，捲住她的腳，將她絆倒在地，然後拖回去。

與此同時，黑衣刺客們上岸，看到這一幕，都驚呆了。

「啥玩意？」

「別過去！」他們紛紛止步，驚恐地看著姬善被拖回到伏周身邊。

姬善叫：「阿十！阿十！」

號叫中的伏周一抬頭，是滿臉紅紋和一雙完全被瞳仁占據了的眼睛。

姬善從懷中掏出一堆東西向他砸過去，然而半空中就被白絲擋住，緊跟著，伏周一把抓住她，將她壓在身下，張開了嘴巴。

姬善手裡握著最後一樣東西沒有扔，就在等這一刻。當伏周的嘴張到最大時，她把那樣東西一下子塞入他口中。

用軟布包著的細碎褐色種子，在地下封藏多年後，被她挖出來拿給伏周看，正是當年她送他的禮物之一。又因為想試試種子還能不能栽種，所以一直帶在身上，這一刻卡住他的嘴巴，關鍵時刻救了她。

伏周拚命做撕咬動作，企圖把那包種子吞下去，但種子摩擦著溢出了許多粉塵，頓時嗆得驚天動地。

姬善趁機撿起地上的碎石企圖割斷白絲。

一名黑衣刺客突然上前道：「蕭將軍說生擒她！她活著，我們才能活命！」

其他人受到提醒，連忙上前揮劍將白絲砍斷，把姬善抓了起來。

這邊，伏周終於把整包種子全部嚥了下去，發出一聲更大的號叫後，挾著形如鬼爪般舞動的白絲朝他們撲來。

黑衣刺客們拚命跑。姬善道：「去院子裡的白梅樹下！」

黑衣刺客們下意識按照她的話跑向宜雙亭間的院子，毫不費力就找到了那棵老梅樹。

一夥人衝到樹下，一人問：「然後呢？」

「然後……」姬善伸手在樹幹上按了一下，道：「你們就可以休息了。」

「什麼？」黑衣刺客們一怔，剛意識到有點臭，緊跟著雙腿一軟，紛紛暈倒了。

與此同時，伏周衝到近前，敏銳地聞到異味，立刻停步，深黑色的眼瞳裡寫滿警惕——他中過一次這個迷藥。

姬善咬牙，沒想到這個蠱王居然還有智商！

她招了招手道：「我就在這裡，你過來啊！」

伏周沒有過來，過來的是白絲。白絲凝成匹練，捲住姬善的雙腳，姬善緊緊抱住樹幹抵禦，手卻一點點地滑脫。

一聲尖叫過後，她被伏周再次抓住了。而這一次，身上空空，再沒有可以抵禦的東西。

伏周身體又燙又溼，紅紋一路往下延伸，每一條紋路都像青筋一樣鼓起，顯得說不出的可怖。

眼看他再次張嘴，朝她的咽喉咬下來時，四目對望，漆黑色的眼瞳原本無情無緒猶如死物，突然間，倒映出她的模樣——伏周的神志，有了一瞬的清明。

他用力側頭，擦著姬善的臉，一口咬在她耳旁的草上！

緊跟著，他雙手一推，將姬善推了出去！

姬善翻了十幾圈，撞到亭子的臺階上，才堪堪停下。

再看梅樹下的伏周，兩手往樹幹上一插，「喀嚓」一聲，兩條手臂都陷了進去；緊跟著是腳，又一聲「喀嚓」後，兩條腿也陷了進去。他的腰弓起，從鼻子、嘴巴和指甲縫裡溢出的絲，迅速將他包裹了起來。

這是姬善第一次親眼見到化蛹術，呆了半晌才想起來喊：「阿十……」

伏周微微抬了下眼睛，這一眼裡，沒有冷漠，沒有猶豫，只剩下濃濃的、真實的感情——就像當年，十二歲的他坐進軟轎，從簾縫中沉默地看了她一眼一樣。

只是當時，年幼且一直把他視作姊姊的小姬善，沒有看懂。

再然後，伏周的眼睛也被白絲裹了起來，不復可見。

姬善不再猶豫，踉蹌爬起。她的銀針在被他打到湖裡時掉了，而端則宮，當時離開以為不會再回來，把能拿的東西都拿走了。

「阿十，你在這裡等我，我去找東西來救你！」姬善扭身剛要跑，湖面上出現了一條船。

姬善一驚，連忙衝到湖邊一看，真的有船，划船人是朱龍，船頭坐著一個年輕人，青衣如竹。

姬善的眼眶一下子熱了起來。

不得不承認，此時此刻，全天下最想見到的人就是他。因為，他的出現，意味著生機，意味著希望。

江晚衣走到梅樹下，姬善迅速將事情的經過說了一遍。而等她說完，伏周已經徹底變成了一個繭——一個黏在樹上的繭。

江晚衣好奇地圍著繭轉了半天，讚嘆道：「巫的化蛹術，真是奪蟬蛹之造化為己用啊。」

姬善第一時間搶過他的藥箱，打開翻找銀針，聞言一怔道：「什麼意思？」

「寄生。所謂的蠱，不過是蟲子寄生在人體內。巫族在漫長的歲月裡，學會了訓練蟲子、駕馭蟲子，並且利用蟲子來增強自身的修為。但，每種蟲子的特性不一樣，因而，大司巫所擅長的巫術，也不盡相同。在伏周之前，據我所知，只有兩位大司巫能化繭，當她們身受重傷時，體內的蠱王就會吐絲保護宿主。而化蛹後，宿主和體內的蠱王都會更加強大。」

姬善驚訝道：「你怎麼會知道？」

「我也看了巫神殿的甲曆。」

姬善頓時感覺到了差距——她當時為了還原巫毒和破解解藥也看了那些檔案，卻沒有留意到這一段。

「那現在怎麼辦？」

「現在不用管他，等他自己恢復即可。不過……」江晚衣沉吟片刻後，有些擔憂地看著她道：「他再次出來時，可能會有變化。」

「什麼變化？」

「有可能變回時鹿鹿，有可能還是伏周，不管是哪個，都會對妳有更大的執念……」

「吃了我？」

江晚衣點頭道：「根據妳剛才說的，自從妳喚醒時鹿鹿的情慾，讓蠱王意識到了妳的存在後，一開始，伏周能自己壓制住；第二次，需要藉助妳的針灸；而這次，失去理智被蠱化……也就是說，蠱王的力量在增強，而他的控制力在減弱。」

姬善咬了咬發乾的嘴唇，道：「所以，他不可以再動情，否則下一次會更糟糕。」

江晚衣憐憫地看著她，卻換來了姬善的一個白眼。「你這是什麼眼神？看我跟看禍水似的！」

江晚衣道：「我覺得，未必是壞事。」

「什麼意思？」

「宜國的歷任大司巫，觀看她們生平，救人無數，殺人也無數。好也罷，壞也罷，不管怎麼說，都是萬裡挑一的高人，才智不在妳我之下。」

姬善嗤笑了一聲。

「那麼，為什麼她們沒有一個成功取出體內的蠱王呢？」

江晚衣說到了問題所在。姬善嘴邊的冷笑消失了，轉為深思。

「她們想必用盡了所能想到的任何辦法，也就是說，現存於世的醫術和巫術都解決不了。」

這點確實。在山洞時她就問過伏周，伏周說過，蠱王既無法毒死在體內，也無法在保證宿主不死的前提下挖出來。

「如今妳走了一條跟她們全不相同的路，是大危機，卻也很可能是，大生機。」江晚衣說到這裡，朝她凝眸一笑。「事在人為，揚揚。」

「都說了不許這樣叫我！」姬善將藥箱扔還給他，盯著樹上的繭，回想這番話，覺得不無道理。但到底應該怎麼做呢？

這時，朱龍把地上的黑衣刺客全都捆了起來，拖上船去。眼看他們要走，姬善顧不得再思考蠱王的事，忙追上去問：「等等！我還沒審他們呢！」

「不必審。」

「為什麼？我莫名其妙被追殺，總得問清楚，是哪個王八蛋敢這樣陰我！」

朱龍用一種古怪的眼神看著她。

「是妳。」

「什麼？」

「據羅與海和蕭青招供，他們之所以敢勾結姜貴人毒殺陛下，行刺皇后，皆是因為有妳——姬貴嬪在幕後主使和撐腰。」

姬善驚呆了。

第十九回　破繭

半個時辰後，姬善跟著朱龍來到天牢，走廊盡頭有兩間牢房，朱龍將其中一間打開，一股血腥味撲面而來。

牢房裡，暗衛正在施刑，薛采站在一旁看著，素白的臉上沒有任何表情。

姬善心中嘖嘖：這麼小就老看這種畫面，難怪變成了個妖物。

一人被捆綁在木架上，血肉模糊，遍體鱗傷。他眼角餘光看到姬善，呆滯了一下，繼而瘋狂地喊了起來：「是妳！就是妳！居然敢騙我！」

姬善連忙躲到薛采身後，問：「這人是誰呀？」是之前被她看病坑過的病人？

薛采懶洋洋地道：「朱龍，告訴她。」

「他是觀軍容使蕭青。」

「我沒給他看過病啊！」

蕭青厲聲喊了起來：「是妳給羅與海毒藥！說可以殺死陛下……」

姬善一怔。

「妳還說有法子牽制薛采，讓我們儘管動手……結果跟去外面的兄弟們全死了！全死了……」

姬善的腦子動得飛快，探頭看向薛采道：「他說的你信？」

薛采嗤笑了一下。

姬善道：「對吧，我都不知道我自己做了這麼多大事！」

薛采沒說什麼，示意姬善跟他離開這間牢房，然後去了隔壁屋。

這間屋裡也關了一人，卻沒上刑。兩間屋子毫不隔音，此人待在這裡，一直聽著隔壁同夥的痛苦哀號，受到了很大的刺激。

他披頭散髮，本來神情委靡地縮在牆角裡，聽到聲音也不敢抬頭，用雙手抱住了頭。

薛采淡淡道：「姬貴嬪來了。」

那人一聽，立刻鬆手抬頭，在看見姬善的臉後果然精神一振，衝上前緊緊抓住柵欄，道：「貴嬪！貴嬪！您救救我！您告訴相爺，我只是奉您的命令行事！是您說陛下不可能醒來了，與其讓姜沉魚掌權，不如您來。您說姜畫月是個廢物，到時候任您擺布，這些都是您讓老奴做的啊！」

姬善把牆壁上插的火把拔下來，走到他面前道：「你好好看看，真是我？」

羅與海藉著火光上下打量她，然後，表情慢慢地變了，道：「不、不是？可、可是……」

姬善罵道：「廢物！」

羅與海慌亂起來，拚命抓撓著柵欄道：「怎麼會、怎麼會？那位、那位姬貴嬪什麼都知道……而且，前幾天她還帶著吃吃姑娘和看看姑娘來的啊！」

姬善一驚道：「你看見吃吃、看看了？」

「是啊，她們就站在您，哦不，那個人身邊！老奴雖然沒見過您幾次面，把她錯認作了您，但是！她能說出小時候她進宮來，老奴伺候她時的細節，還帶著吃吃和看看兩位姑娘……」

姬善頓時明白了怎麼回事。她扭頭看向薛采道：「吃吃、看看，落到……秋薑手裡了？」

「現在……」薛采轉過身，衝她笑了一下道：「告訴我，秋薑在哪裡。」

「我不知道啊，這事你得問朱龍吧？」姬善立刻禍水東引地看向朱龍。

但薛采不為所動，道：「如果妳不說，我馬上讓人火燒了端則宮的老梅樹。」

姬善的臉「刷」的白了，立刻改口：「我當然知道她的下落！但我有條件，我說了，你要保證我和伏周的安全。」

薛采瞇了瞇眼睛道：「成交。」

姬善坐著馬車從天牢返回皇宮時，全身瑟瑟發抖。她在水裡游了半天，又在土裡滾來滾去，再被帶到監獄那種地方，早已體力透支。

薛采在車外透過車窗看了她一眼後，將身上的披風解下，扔進車內。

姬善看到熟悉的白澤圖騰披風，眼眶一酸道：「渾蛋，這會兒才想起來，要是阿嬰，早脫下來給我了。」

「不要就拿回來。」

姬善連忙抖開披風給自己裹上，道：「已經髒了！」

薛采輕哼一聲，沒再說話。天漸漸亮了，他們折騰了一夜，所有人都很疲乏，只有薛采精神奕奕，顯得很亢奮。在他眼底，有團火在燃燒，不是怒火，而是一種勢在必得、成竹在胸的火。按照姬善的理解，就是「要做一件天大的壞事」的表情。

「這到底是怎麼回事？鳳棲湖上追殺我的那撥人是蕭青的人？」

「嗯，他兵分兩路，一批行刺皇后，一批埋伏端則宮旁。一旦事情敗露，擒住姬貴嬪，也能扳回一局。」

「你早知道？」姬善看薛采的表情，當下更氣了。「你知道也不提醒我？」

薛采冷笑道：「首先，我讓妳回白澤府，妳不回；其次，是妳自己突發奇想去了端則。」

姬善一噎。

「妳要感謝世上還有個秋薑，否則，就妳今晚的所作所為，說妳是清白的都沒人信。」

姬善覺得頭很疼，道：「秋薑，哦不，姬忽瘋了？為什麼做這種事？你們不是朋友嗎？」

薛采看著馬頭下方的道路，冷冷道：「我們不是朋友，只是歸程的盟友而已。歸程之外，敵友另算。」

「真是翻臉無情的貴族們啊。你看我們平民百姓就不一樣，特別重感情。」

薛采睨了她一眼，沒說話。

一行人很快回到鳳棲湖，薛采道：「從今天起妳回端則暫住，直到我抓到秋薑。」

「所以我這是被軟禁了？」

「人證、物證皆在，沒馬上定妳個謀逆造反、禍亂宮廷的罪名就不錯了。」

姬善立刻行了一禮道：「有勞杓爺查明真相，擒拿真凶，還我清白，還有最重要的是，幫我找回吃吃、看看，多謝多謝。」

薛采受不了地翻個白眼，立刻走人了。

姬善望著他的背影，直起腰來若有所思。

「姬大小姐跟著使臣的隊伍回璧，但中途自己一人悄悄離開，沒帶任何人，甚至也沒有告訴朱龍。」端則宮內，走走一邊搗藥一邊跟姬善閒聊。

昨夜她跟喝喝被留在別的宮殿睡下，一大早來端則宮找姬善，這才知道竟發生了這麼多事。喝喝還好奇地用樹枝戳了戳樹上的大繭，滿臉全是期待。

姬善以手托腮，蹲在一旁看喝喝戳繭，點了點頭。

「然後，姬大小姐偷偷回到京城，以貴嬪的身分跟羅與海和蕭青密謀，先毒死了陛下，再暗殺皇后？」

姬善又點點頭。

「姬大小姐還碰到了吃吃、看看，帶著她們一起去騙羅與海？」

「對，所以那兩丫頭現在在她手上。」

走走皺眉道：「好奇怪啊……」

「是啊，她為什麼會殺昭尹？」

「不是這個，而是——看看不喜歡她，怎麼會跟她同行？」

姬善一怔。

「姬大小姐能控制和誘騙吃吃我信，看看我不信。」

姬善轉了轉眼珠，道：「有道理。」

走走很發愁地道：「姬大小姐都是將死之人了，還有什麼看不開的？為何還要介入壁國政事，製造內亂呢？」

「原來有這麼多說不通的地方啊……」姬善喃喃道。

「什麼？」

「沒什麼……反正該頭疼的是大人物們，我啊，現在只關心一件事……」姬善走到梅樹前，伸手摸了摸巨繭道：「上次咱們是直接煮了剖開的，這次怎麼來？等他自己出來，還是再煮一次？」

走走和喝喝紛紛搖頭，表示不敢做這個選擇。

姬善只能自己選。「等三天，三天不掉，煮了看看。」

第一天晚上，突然下起了雨。

姬善三人忙從宮中翻出油布罩在巨繭上面，免得挨淋，好一番折騰。

第二天，雨下得更急了不說，還颳起了大風，油布也不頂用了。姬善三人把木案拆了，拼了個木箱扣在巨繭上面，又好一番折騰。

第三天，好不容易雨停了，摘掉木箱和油布一看，裡面發霉了，樹幹上長出好多蘑菇，密密麻麻地蔓延到繭上。

走走震驚道：「咱們之前住這裡時，這棵樹從不長蘑菇啊。」

喝喝則問：「還煮嗎？」

姬善揪下一朵蘑菇，想起山洞裡喝的那碗熊掌湯，不由自主地笑了笑。然後扔掉蘑菇，正色道：「煮吧。」時間到了，她不想再等。

她迫不及待地想見他。

然而，緊跟著來的問題就是：僅有的兩個會武功的丫頭不見了，剩下仨，一個瘸、一個弱、一個是小孩，切不動也搬不動這麼巨大的一個繭。

三人彼此對視，姬善迅速做出決定。「喝喝，去外面叫個暗衛來。」

喝喝應了一聲，剛跑幾步，突又驚叫著退回來，拚命指著湖岸，一個字都說不出來。

姬善和走走順著她指的方向看去——湖邊的柳樹在秋日裡，像年華老去、頭髮稀疏卻又不肯服老的女人，猶在搔首弄姿。

「什麼？我什麼也沒看見啊……」

「我也什麼……」姬善剛說了四個字，搔首弄姿的柳條齊齊斷裂，一刀東來，帶起兩排巨浪，撲到島上。

刀風並未停歇，直奔梅樹而來。

姬善大驚，下意識挺身而出，伸手擋在繭前。但她不會武功，立刻就被吹了起來，橫飛出去，重重跌在地上。

刀風衝向梅樹，一閃，白繭落地。

之前還在頭疼的問題——怎麼把這麼大的繭切下來——瞬間解決了，卻不是以姬善想要的方式。

走走和喝喝連忙過去攙扶姬善，問：「大小姐！妳怎麼樣？」

姬善顧不得疼痛，連忙爬起來喊：「何方高人？出來一見！」

喝喝拉了拉她的袖子，指向某處。

姬善定睛一看，一個少年慢吞吞地從湖裡走出來，懷裡還抱著一把很長很長的刀。

姬善下意識去摸梅樹上的機關，少年突然抬眼，盯著她的手，那眼神，讓她頓時不敢動彈。

「你是誰？」

「刀刀。」少年說著，愛惜地用袖子拭擦長刀。

姬善小聲問走走：「我沒替這人看過病吧？」

「沒有。我確定。」

姬善皺眉問：「你來幹麼的？」

刀刀不再回答，手中長刀轉了一個圈，刀尖筆直地指向白藺道：「這是我剛得的新刀。」

走走不解道：「所以？」

「他是來試刀的。」姬善的臉色很難看。薛采那個廢物，說了保她安全的，結果卻讓這麼個人出現在端則宮。

她的手在袖子裡緊了緊，然後伸出來綰頭髮，臉上則洋溢出一個輕快的笑容道：「好啊，你過來試吧。我也想看看，純鑌打造的刀刃，比普通的厲害多少。」

刀刀提刀走了過來，一步、兩步、三步……

姬善的手一邊繞著長髮，一邊有意無意地靠近樹幹。

再近一點兒，再近一點兒……

然而，就在迷藥所及的分界處，刀刀停下了，道：「他們告訴我不能靠近梅樹十丈，會有陷阱、迷藥、機關。」

姬善心中一沉。

「那你怎麼試刀？」

「這麼試！」刀刀一刀劈出，刀風頓時席捲而至，卻不是劈斬，而是勾動。地上的繭被風捲起，朝他飛了過去。

姬善當即追上前喊：「住手！」

然而已來不及，刀光一閃，鋒刃落下，將繭從中一分為二。白絲「砰」的炸起，像一朵瞬間開放的黃花郎，被風吹著在空中四散飛揚。

若非擔心傷及性命，不得不說，這一幕真是美極了。

絲斷後，露出裡面全身赤裸、昏迷不醒的伏周——姬善這才知道，初見時鹿鹿時為何赤裸，不是故意不穿衣服，而是衣服會被腐蝕掉。

刀刀再次舉刀，毫不遲疑地向伏周劈下去。

「不要……」姬善大叫起來。

刀止、風停，刀刀維持著劈刀的姿勢；刀崩、柄碎，刀刀朝後倒下。

一切不過是眨眼間。

姬善睜大眼睛，就見伏周緩緩坐起，右手指尖夾著一截斷刀，他看了眼刀刃，淡淡道：「鑌不適合做刀，熱處理後雖然鋒利，但易斷裂。」

刀刀從地上一躍而起，怔怔地盯著他。

伏周把斷刀扔到他腳邊，道：「還是老老實實用鐵吧。」

刀刀俯身撿起斷刀，一言不發地扭頭跳進湖中。

走走目瞪口呆道：「就這樣走了？」

「試刀有了結果，再不走就要死了。」姬善說完，開心地衝到伏周面前，對方抬頭，嚴肅高冷的一張臉——謝天謝地，是伏周，不是時鹿鹿！

她很想伸手抱他，很多話想告訴他，但想起江晚衣的叮囑，只能忍住。最後，她脫下披風，替伏周罩上，乾巴巴地說道：「這段時間發生了很多事……」

伏周打斷她的話，道：「我知道。」

「你……在繭中也能聽見？」

「嗯。」

「那……現在圖壁已是多事之秋，我們回宜吧。」

伏周靜靜地看著她，目光過於深邃，呈現出某種疏離來。

姬善的聲音變得有些澀，道：「還是，你要自己回去，不、不想再與我同行？」

跟她一起意味著危險，她想她能理解，無論從哪方面來說，就此分開才是安全的。時鹿鹿已被封印，伏周可以回去繼續當他的大司巫，跟赫奕一起滅巫。等事成之後，再找她想辦法取蠱，這才是最理智的作為。

可是，拔除一個如意門，尚耗費了姬忽十幾年，還要聯合三國之力才成功。那麼，掃除巫族又要多少年？尤其是，如意門禍害四國，四國國主都想除之，才會聯手。而巫族，於其他三國無害，他們不落井下石已算仁慈。

伏周和赫奕僅憑一己之力，能與神抗爭嗎？

一想到如果就此分開，也許很多很多年都不能再見，姬善突然道：「我不接受。」

伏周一怔。

「我們已經分開過十五年，我不接受再次分開。江晚衣說了，生機往往存在於危機之中。你必須帶我同行，如此我才能找出取蠱之法。如果分離，雖然安全，但也意味著毫無進展。」悠悠揚揚飄舞著的白絲間，姬善的眼睛亮如旭日，她道：「而且蠱王證明了——你喜歡我。」

伏周太冷淡了，以至於她一開始以為他不喜歡她，又或者他真的是個藏在男人身體裡的女人。可蠱王拆穿了這層假象——他的拒人千里，恰恰是心動的證明。

伏周定定地看著她，似驚悸，又似悲傷。

「我不是秋薑。我喜歡誰，如果對方也喜歡我，那麼，不管我們之間有多少困難，也一定要——在一起。」姬善說著，朝伏周伸出手。

那是他的定義中，世間最美的一隻手。

呈現出邀請的姿態，帶著與子偕老的承諾，近在眼前。

伏周的睫毛顫了顫，覆下去遮住眼瞳，也遮住了所有掙扎，等再揚起時，就變得跟她一樣明亮。

他伸出手，握住了姬善的手，卻沒有順勢起身，而是開口：「我們不會分離。因為——我們不回去。」

姬善驚訝道：「為什麼？」

伏周這才借力站起，望著恩沛宮方向——那是姜沉魚的住處。「赫奕要來了。」

薛采按照姬善說的去「無盡思」找秋薑，然而人去樓空。秋薑失蹤了，連帶著吃吃、看看一起。

為了安全起見，薛采把頤殊關在一個祕密之地，等璧國的大事解決後再由他親自送回程國。

而這件所謂的璧國大事，真的是件大事——昭尹病逝，太子年幼，太子生母被幽禁，姜沉魚儼然已成璧國第一人，距離稱帝一步之遙。

因此，薛采非常忙碌，一次也沒出現。

姬善跟伏周等人住在端則宮，彷彿被所有人遺忘了。

趁著這段時間，姬善在伏周的幫助下繼續研究蠱蟲，試圖尋找取蠱之法。院子裡的黃花郎散盡凋零，而老梅樹上，漸漸開出了花苞。

璧國的冬天，來到了。

所有人都在等待，等待璧國的歷史被改寫。

對伏周來說，他在等赫奕來。

「姜沉魚一旦稱帝，跟赫奕就算是徹底沒戲了，對吧？」姬善情不自禁地想：不愧是薛采，連擊退情敵的方法都與眾不同。

「但紫微尚未天啟。」伏周仰望夜空，若有所思道：「還有轉機。」

姬善頓時來了興趣，問：「姜沉魚有可能當不上皇帝？」

「不知道……天象很怪，曖昧不明。」

姬善又問：「你在這裡聽不到神諭？」

伏周眼中閃過一抹異色，道：「妳不是已經知道了嗎？」

「什麼？」

「神諭，是不存在的。」他垂下頭，聲音低沉猶如嘆息。「所謂的神諭，不過是人言。為了讓君王的暴政得以實施，為了讓不合理的事情有個藉口，為了安撫浮動的民心，為了遮掩不堪的罪行……神諭，由此而生。大司巫，說穿了不過是帝王的口舌。」

確實如此。一切不過為更好的統治而生。最早的宜王，借神諭來宣告自己的王位名正言順；此後的歷任宜王，以巫神愚弄百姓，讓他們服從、認命、安分守己。一代代灌輸神不可違的理念，導致的後果就是巫權慢慢地超越王權，百姓寧違王命而不敢抗巫言。極致的特權導致極致的腐敗，暴虐斂財，濫權干政，百姓愚昧，民智不開。

在燕、璧都已興科舉而廢士族的新政下，只有宜還在神授一切。勵精圖治如悅帝，怎會甘心？滅巫，勢在必行。

「我覺得荒唐。」姬善提出自己的看法。「若赫奕真是位有大志的帝王，為何會執著於姜沉魚？」

要美人而不要江山的帝王，也許有，但不應該是赫奕。

伏周注視著她，許久方道：「情難自已吧。」

姬善一怔，此話一語雙關，由不得她不多想。

「赫奕是個運氣很好且很聰明的人。從少年起，他學什麼都很快，普通人要非常辛苦才能學會的技能，他隨便玩玩就會。經商也一樣，他投給胡九仙的錢基本都有大回報。他看上的女人，全都喜歡他；甚至皇位，他不要，也會主動送到他跟前……」

「等等！」姬善聽到這裡，好奇地打斷他的話，道：「不是你選了他嗎？」

伏周脣角露出一個有些嘲諷的笑，道：「是先帝希望我選他。」

「為什麼不選澤生？」

「比起澤生，先帝更喜歡赫奕。父親的偏愛，有時毫無道理。」

姬善很想問一句——

那麼他對你呢？他知道你是他兒子吧？他看著你不得不男扮女裝擔任大司巫，就不曾想過要救一救你嗎？還是，於他而言，這樣的你，能更好地守住祕密，幫助赫奕治理宜國，所以放任你身陷囚籠？

難怪時鹿鹿那麼恨，恨祿允，恨赫奕，更恨你。

你本不該承受這一切……本不必做個好人……

這些話在心中翻滾著，但最後都壓在了舌底，沒有說出來。她不能刺激伏周。

「所以，比起彰華，其實赫奕更順風順水——直到他遇到姜沉魚。」

一個他喜歡卻得不到的姑娘。

一個讓他的好運就此失效的姑娘。

一個地位越來越高，眼看就能與他平起平坐的姑娘。

一個比除巫更難的挑戰。

姬善想，確實，如果她是赫奕，肯定也最愛姜沉魚。

「所以，赫奕不會甘心姜沉魚就此稱帝，他一定會來。」

「來做什麼？阻止？他做得到嗎？」

伏周再次把目光投向恩沛宮，夜色下，恩沛宮的燈光十分璀璨，像世間最高不可攀的明珠，令無數人躍躍欲試地想要採擷。

「這……就要看最終的贏家，究竟是薜采，還是他。」最後一句話，伴著嘆息融入風中。

風聲嗚嗚，宣告著一場角逐，即將開始。

十一月初一，圖壁迎來了今年的第一場雪。

雪不大不小，飄灑如黃花郎。姬善坐在宜雙亭的東亭子裡，溫了酒，一邊看雪，一邊欣賞綻放枝頭的白梅，忽然幽幽一嘆。

一旁的伏周問：「怎麼了？」

「此時此景，我很想念秋薑做的薄炙鹿肉。」

伏周的表情明顯一滯。姬善解下腰間令牌，丟給正在煮酒的喝喝，道：「好喝喝，去管御膳房要點兒鹿肉來，咱們烤著吃唄。」

喝喝接了令牌轉身離去。

伏周看著空中飛舞的雪花，道：「還沒找到秋薑？」

「沒準死了。」

伏周詫異地挑了下眉。

「畢竟，貓臨死前都會找個很隱蔽的地方躲起來，不讓人發現。」

伏周皺眉。
「你知道嗎？昭尹的毒，是可以解的。但如果我是秋薑，我也不會讓昭尹活的。燕、宜、程三國都在崛起，昭尹的復活卻只會加速璧的衰落。於公於私，姜沉魚為帝，是璧國最好的選擇。可是，這裡面有矛盾之處。秋薑可以殺昭尹，但不該殺姜沉魚，羅與海說她想自己稱帝，如果她的身體健康，那麼還有可能，可你我都知道，她是強弩之末。所以，其中必定還有一部分我們不知道的原因……」

姬善說著，又替自己倒了一杯酒。「她們活得真累啊……不像我，享著榮華富貴，學著氣息得理，求著百病不生，過著閒雲野鶴……」

「這是妳想要的生活嗎？」伏周深深地凝視著她。

「是呀。命運待我不薄，起碼我無論在哪裡，都過成了這樣。」姬善嫣然一笑道。

此言非虛。在汝丘時，她有姬達和元氏愛護；到了圖璧，有琅琊和昭尹庇護；去了鶴城，也被時鹿鹿精心照顧著；如今回來了，薛采也沒有追究她擅自逃離之罪……她身上有一種神奇的特質，就像是黃花郎一樣，飛到哪裡，就能在哪裡生長。

伏周垂眸看向自己的手，道：「是啊，妳是個……自由之人。」

姬善扭頭反問：「你覺得什麼是自由？」

伏周愣了一下，沉吟不語。

「你在聽神臺十五年，從不下山，你覺得，自由嗎？」

伏周沒有回答這個問題。

「換句話，時鹿鹿，被你囚於暗室十五年，不可看、不可言、不可外出，你覺得，他自由嗎？」

伏周眸光一沉，凝重了起來，問：「妳想說什麼？」

「我想說，你也好，時鹿鹿也罷，都是自由的。」

伏周一震。

「你和時鹿鹿都能聽。你們與外界並未完全隔絕。聽風雨，知時節，習巫術，修己身。你們比這世間大部分人，學得多、懂得多、看得遠。你知道種子在土壤裡時，也是漆黑一片的，但它們的根莖在悄悄生長，汲取力量，等待破壞。這，就是自由。」

伏周第一次聽說這樣的言論，臉上的表情古怪極了。

「你在晚塘住過，當知那裡很窮，深山老林中有幾個村落，村民們能走能跑，孔武有力，卻從不曾想過要出山遷徙。祖祖輩輩在那裡生、在那裡死，沒有一個人認字，沒有一個人思考過何為命運，又為什麼要承受那樣的命運。」姬善想起了喝喝，喝喝就來自那樣的地方。

「你看這株梅樹，多美啊，可它長在這裡，除了咱們幾個，無人能見。而這些黃花郎，看似低賤，卻能御風而行，去各種地方……」

「所以，妳是黃花郎，不是白梅。」

「對。」姬善微笑道，笑容淡化了冷豔慵懶的氣質，呈現出灑脫之意。「囚我於宅，囚我於宮，囚我於山巔，囚我於孤島，都無所謂。我的自由不是別人給的，是我自己的。」

這一刻的她，終於脫去了長年偽裝的白梅外衣，露出真實的模樣來。

伏周的手握緊，眸光飄忽如外面紛紛揚揚的雪花，再也聚焦不上。

這時，喝喝提著一個食盒去而復返，道：「善姊，沒有鹿肉。有雞翅，吃嗎？」

姬善不滿地撇撇嘴道：「好吧，聊勝於無。」

她剛要動手，伏周伸手過來道：「我來。」

「你？」姬善想起那鍋可怕的熊掌蘑菇湯，質疑地看著他。

「妳說的，要多學多思。」

姬善伸手做了個「請」的姿勢。

大雪白梅，她靠著亭柱，看伏周烤翅，如看著世間最美的畫卷。然而，視線盡頭，是數重隱憂。

該如何取出蠱蟲？

該如何……治好這個人？

該如何……真正徹底地圓滿這場因果？

而這一切，都要先取決於一個答案——赫奕和薛采之間，誰能贏？

赫奕跟著懷瑾走進城郊的園子時，雪還在下。他不是一個人，身邊跟著茜色。茜色籠罩在黑色的斗篷中，看起來就像是他的影子。

赫奕望著眼前的風景，感慨萬千道：「我上次來，是三月，梨花滿頭。而這次，白雪壓肩，寒意刺骨啊。」

懷瑾微笑道：「聽聞宜國四季如春，陛下第一次遇冬，確實難免不適應，進屋就好了。」

跟在赫奕身後的茜色忽道：「奴第一次看見雪，甚是欣喜。」

赫奕回頭看了她一眼，笑了笑道：「也是，春光冬景，本就各有特點，朕狹隘了。」說罷，他推開曲廊盡頭的一道門。

門內是個僻靜的院子，院中栽了一棵梨樹，因值寒冬，無葉無花，看上去頗是蕭索，但雅舍精緻，隱約有暖香飄來。

懷瑾躬身道：「陛下請進。這位姑娘請跟我去旁邊的屋子暖和暖和。」

茜色看向赫奕，赫奕點了點頭，她這才跟著懷瑾離開。

赫奕望著雅舍，臉上的表情很是複雜，站了一會兒，才反手將院門合上，走到雅舍前，推門。

兩扇熟悉的素石屏風映入眼簾，依舊是檀木書桌，桌上放著綠綺琴。但窗戶閉合著，窗邊花插裡插著兩枝白梅。除此之外，再無旁物。

赫奕看著白梅，笑了笑，走到琴前開始彈奏。

上一次，他來此地見姜沉魚，彈的是《陽春白雪》，這一次，彈的卻是《別鶴操》。

回鸞抱書字，別鶴繞琴弦。

聲聲思舊事，句句悲別離。

將乖比翼隔天端，山川悠遠路漫漫。

攬衣不寐食忘餐，千愁萬緒難盡言……

赫奕沉浸在琴聲中，彈得忘乎所以，正覺酣暢淋漓之際，一記敲打聲從屏風後響起，「啪」的一聲，像根突然出現的魚刺不上不下地卡住了咽喉，令他琴聲立亂。

赫奕皺了下眉，沒有停，反而彈得更快了些。

於是，又一記敲打聲響起，像捕蛇人的刺槍一下子扎進蛇的七寸處，令他琴弦立斷。

赫奕生氣地拍了一下琴案道：「你就不能讓朕痛痛快快地把這段彈完嗎？」

「不能。難聽。而且，我不喜歡。」屏風後一人如是道，聲音清亮如少女，卻也僅僅是像少女。

赫奕聽著這個聲音，睨著屏風道：「果然是……陷阱啊。」

「我並未邀請，是陛下自己非要來。」

「朕是來見沉魚的。」

「所以出現在此地的人，才是我。」伴隨著這句話，此人從屏風後走了出來，白澤圖騰的白衣，鳳凰圖騰的鞋子。

當今世上，只有一個人擁有兩個圖騰，那就是唯方有史以來最年輕的宰相——薛采。

茜色站在窗邊，一眨不眨地看著雪花。

懷瑾就著爐火烤好山芋，遞了一個給她，道：「天冷，吃個墊墊肚？」

茜色搖頭。懷瑾見她始終不接，只好作罷，自己剝皮吃了起來。

茜色看了她幾眼，問：「妳是姜皇后的婢女？」

「嗯，妳呢？宜王陛下的暗衛？」

「不是。」

「那是什麼？」懷瑾來了興趣，道：「我第一次見他帶人同行。」還是來這裡，明顯信任度不一般。

茜色想了想，道：「我是逐鹿人。」

「什麼叫逐鹿人？」

「就是追隨權勢。勝者為王，誰是王，我追隨誰。」

懷瑾似懂非懂地點了點頭，低頭繼續剝芋頭，然後她就看到芋頭上多了一滴血。她驚訝地伸手擦了一下，兩滴、三滴……越來越多的血流了下來。

她顧不得擦拭，抬頭，血從她頭髮裡源源不斷地流下來，流淌過她的眼睛、鼻子和臉龐。

懷瑾「砰」的朝旁倒了下去。

窗邊的茜色一驚，當即拔出腰間匕首四下環視，道：「誰？出來！」

就在這時，她發現了一個更可怕的事——遠遠的院子那邊傳來的琴聲，沒有了。

陛下出事了？

她立刻跳窗而出，飛過院牆，踢門衝進雅舍，就看見赫奕躺在血泊中，身旁有一把斷了琴弦的琴。

「陛下！」茜色抱住赫奕吼道：「是誰？是誰？」

「薛、薛……」赫奕沒能說完，他的呼吸停止了。

茜色心中一抖，驚呼道：「陛下！陛下！」剛要抱起赫奕，一道刀光從頭頂上方劈落。

茜色一個跟頭翻身滾開，刀未落，刀風切在地上，地面頓時裂了一條大縫。

茜色連忙跳起來，想要再次撈人，這一次刀落了下來，貼著她的鼻尖而過，她一連換了七種身法，才堪堪避過，脊背上不由得冒出一層汗。

而她看見持刀人的臉時，不由得一驚——「刀刀？」

「妳認識我？」刀刀瞇了瞇眼，卻沒有半點留情，又是雷霆一刀，挾著千軍萬馬之勢，劃向她的腰。

茜色識得厲害，縱身後退，退出屋子，一邊繞著梨樹跑，一邊道：「你瘋了？為什麼要殺宜王？」

「奉命行事。」

「奉誰的命令？」

「夫人。」

「什麼？」

刀刀很是理直氣壯地道：「除了如意夫人，還有誰能使喚得動我？」

茜色顧不得驚訝，再看一眼屋裡赫奕的屍體，一咬牙，轉身逃了。

刀刀持刀追了上去。

兩人如同兩匹黑馬，在白雪皚皚的天地間奔馳，不一會兒就消失在遠方。

素石屏風後，薛采再次走出來，望著他們離去的方向，皺眉道：「妳確定這丫頭沒問題？」

「我確定。」另一個聲音答道。

「她可是四面細作，防不勝防。」

「但她有一句話是真的。」

「什麼話？」

「她是個逐鹿人，誰能贏，她幫誰。」

烤得金黃色的雞翅濃香撲鼻，姬善張嘴先咬了一口翅尖，翅尖微焦，骨酥肉爛，好吃極了，當即滿意點頭道：「手藝進步了。」

伏周笑了笑，取了帕子擦手，就此停歇。

姬善揚眉問：「你怎麼不吃？」

「心中有憂，沒有胃口。」

「擔心赫奕？」

「算算時間，他前幾日就到了，卻始終沒有放煙火聯繫我……」

「也許是因為下雪，路上耽擱了。」姬善又咬了一大口翅中。考慮到她口味清淡，伏周沒放什麼佐料，清水焯熟後烤的，火候卻掌握得極好，跟之前的蛇肉簡直天差地別。

她的目光閃了閃，忽扭頭道：「說起來，我還不知道你喜歡吃什麼。」阿十也好，時鹿鹿也罷，都是她吃什麼，他吃什麼，從沒表現出明顯的喜好。

這世上哪有人是真正無欲無求、沒有喜好的呢？之前種種，不過是為了維持大司巫神祕莫測的形象罷了。

伏周低頭看著爐火，火光在他眼底依稀跳躍，他道：「涼拌豆苗。」

姬善一怔，道：「這是我第一次去你那裡蹭飯時吃的第一口菜。」

「對。後來去了聽神臺，再沒吃過。」

「因為那是連洞觀的真人們自己種的，用潭水澆灌，味道與別地不同。」

「嗯，很多東西，離開原地後都會變得不一樣。」

其實也包括感情。姬善一邊想，一邊抬眼看他，心中有個地方瑟瑟發緊，難以平息。

而這時，薛采來了。

他帶著一隊白澤暗衛，健步如飛，白狐皮裘襯得面如美玉，像一株重新植回殿堂的劍蘭，高傲犀利，不可褻瀆。

「吃著呢？」他掃了亭子一眼道。

「是啊，如此雪天，相爺上島有何貴幹？」

「請你們喝酒。」薛采一揮手，暗衛們捧出了數罈美酒，琳琅滿目，什麼品類的都有。

姬善怔了怔道：「你何時變得如此大方了？」

薛采坐下來，拿起一串烤好的雞翅，悠悠一笑道：「害命謀財，大發了一筆。」

姬善頓時領悟道：「赫奕來了？」

「來了。」

「在哪裡？」

「死了。」他以輕描淡寫的口吻，說出了石破天驚的話語。

姬善手裡的雞翅「啪答」落地，而伏周更是面色一白。

薛采張嘴咬了一口雞翅，挑眉道：「為何驚訝？我贏不是理所當然的嗎？」

姬善長吁口氣，點頭道：「我一直看好你。」

薛采眼神如刀，冷冷地掠向伏周道：「你呢？」

伏周沒有回答，他出手了——火爐飛起，直擲薛采面門。

薛采沒有動，兩名暗衛早有防備，瞬間撲過來，一人抱住火爐旋轉離開，一人攔在他前持劍戒備。

再然後，「刷刷刷」，十幾把劍，同時對準伏周。

薛采又咬了一口雞翅，淡淡道：「拿下。」

一時間，刀光劍影，全朝伏周刺去。姬善大急道：「住手！薛采……」

「是他先動的手。」

「是你先殺了宜王！」

「是赫奕先惹怒了我。」

「是你家沉魚先招惹他！」

薛采面色一沉道：「把她也拿下！」

姬善一怔，想要改口已來不及，立刻被按倒在地。

一旁的走走和喝喝大驚，剛要動，也被擒住了。

伏周被十幾人包圍，見狀揮袖將其中幾人掃開，踩著他們的頭飛過來救姬善。然而，人到半途突然一折，直朝薛采撲去。

薛采依舊沒有動，抓著姬善的那名暗衛卻動了，手中劍在姬善喉上一劃，立馬血花噴薄！

空中的伏周一僵，身法微滯。暗衛們立刻上前將他團團圍住。

姬善捂住咽喉，面色慘白，發不出聲音。

走走驚叫：「相爺恕罪！相爺恕罪！」

薛采冷冷道：「吵。」

暗衛立刻把她的嘴巴堵上了。

被包圍著的伏周微瞇了下眼，再睜開時瞳色由淺轉濃，姬善看在眼中，心中了然——他要施展巫術了！

薛采比了一個手勢。

暗衛們突然抄起地上的酒罈向伏周潑去，伏周眼神一亂，連忙閃避，但還是被其中幾人潑中，立馬溼透了。

姬善非常震驚地看向薛采。薛采看出了她的疑惑，微微一笑道：「說來還要多謝妳。」

什麼？

「若不是妳騙出巫毒的解藥最後一味是酒，我和江晚衣也想不到原來蠱蟲怕酒，或者說，嗜酒。酒能令牠放鬆警惕。而且天寒地凍，蠱不願動，正好克制他的巫術。」

血從姬善的指縫間源源不斷地流出來。

伏周沉聲道：「給她療傷！」

「可以。前提是——你束手就擒。」

伏周看向姬善，姬善拚命朝他搖頭，然而，伏周的手還是慢慢地放下了。暗衛們趁機上去將他按倒，捆了起來。

緊跟著，一名暗衛把一顆丹藥餵入伏周口中，伏周的背一下子弓起，顯見痛苦到了極點。

「你給他吃了什麼！」姬善驚呼道。

薛采道：「死不了的。」說罷使了一個眼神。

暗衛提著藥箱過來，要替姬善療傷，被她揮手拍開，從藥箱中取出金創藥和紗布自行包紮。

等她包完，薛采也把雞翅吃完了，將竹籤往几上一插道：「從今日起，不許他們離開此島。等到陛下登基，再做處置。」

他逕自離開了。十幾名白澤暗衛則留了下來，分散站好。

姬善得了自由，連忙衝過去抱住伏周，伏周的手輕輕碰了下她的咽喉，然後掉落。

他暈了過去。

喝喝煮好藥，餵到伏周脣邊。伏周有氣無力地睜開眼，自他服下那顆藥後，就一直渾身乏力，臉頰微紅，很像宿醉。姬善檢查一番後，發現薛采沒有騙人，確實性命無憂，這才放下心來，慢慢調理。

「你說，蠱王到底是怕酒，還是嗜酒？」她滿腦子都在琢磨此事。

伏周眼神迷離地搖了搖頭，看得出，此時的他難受極了。

「難為薛采能想出這麼一招……」姬善感慨道：「更沒想到我們滿心盼著宜王來，卻得替他收屍。」

伏周的表情頓時一痛。

「你看那些大人物，平日裡呼風喚雨，厲害得不行，卻原來也死得這麼容易。姬嬰如此，赫奕也如此……」

走走忍不住道：「大小姐，少說幾句吧。不疼嗎？」

姬善摸了摸喉嚨上的紗布，道：「妳不懂，因為疼，才更想說。死薛采，我一定會報仇的！」

「還是不要了吧？等陛下登了基，咱們能逃就逃，再也別回璧國了。」走走憂心忡忡道：「一回來就發生這麼多事，吃吃、看看至今也不知下落……」

「逃不掉的。妳沒聽薛采說害命謀財嗎？宜王死了，宜現在就是他嘴邊的肥肉，唾手可得，想做什麼，要什麼，全借大司巫之口要就可以了。」

這才是最陰險的地方。

殺了赫奕，但留下伏周，屆時，再借伏周之口立新宜王，予取予求。

姬善看向伏周道：「所以，當務之急是你要好起來。只有好起來，才有一絲生機。」

伏周目光微閃，壓下所有脆弱表情，沉重地點了點頭。

是夜，降雪不歇，越來越大。

姬善裹著被子，一邊琢磨著怎麼才能讓伏周盡快好轉，一邊迷迷糊糊地睡著了。睡得很不安穩。

一會兒夢到江晚衣，對她說：「是大危機，也是大生機。」

一會兒夢到秋薑，對她說：「真心才能換來真心。」

還夢見了元氏，含淚叮囑：「阿善，要做個善良的人。」

連姬嬰都出來湊了個熱鬧道：「妳怎麼還不走？我說過，任爾離去。」

她不耐煩起來，反駁：「我倒是想走，可沒風，我怎麼走？」

風呢？風在哪裡？一直都在的風，為什麼不見了呢？

然後，風小雅就出現了，在很遠很遠的地方，注視著她，問：「走嗎？」

她一愣。

風小雅笑了笑道：「看來，妳並不是在等我啊。」

她呆了半晌，才低聲回答：「我在等船。」

「什麼船？」

「我也不知。但就是知道，有那麼一艘船。」

風小雅「哦」了一聲，朝她伸出手道：「跟我走，然後一起等那艘船。」

她忽然難過起來，自己也說不清為什麼如此難過。

然後她就想起了伏周，不是現實裡的伏周，而是曾經出現在她夢境裡的那個伏周。伏周抓著她的胳膊，對她說：「別去！」

她再次問：「為什麼？」

伏周轉過頭，深深地凝視著她說：「他是騙妳的。」

姬善一下子睜開眼睛，心在「怦怦」直跳。

就在這時，她聽見一個腳步聲朝這邊走來，走到一半，卻又折返，去了裡屋。

伏周就睡在裡屋，她則睡在外間好照顧他。喝喝、走走在隔壁。按理說周圍還有十幾名暗衛，但平日裡感覺不到他們的存在。

所以，這個腳步聲，是外來的。

誰？誰來了？

她想動，卻發現自己動不了，全身酥軟，使不上半點力氣。這是……

以她對毒藥的了解，立刻辨析出——這是巫毒！透過粉末和煙霧散布，能讓吸食者瞬間昏迷不醒，而且無臭無味，比她的迷藥好使很多。但因為她此前接觸此毒一段時間，有了些許抗力，因此沒有徹底昏迷，保持著意識。

是誰？會是誰來了？

電光石火間，想起一人——茜色？

只有她，如今人在璧國且逃離在外；只有她，擁有巫毒；也只有她，會來尋找伏周……

姬善豎起耳朵，極力聆聽，可惜只能聽到模模糊糊的說話聲。

要是喝喝在就好了……

如此，過了盞茶工夫後，一道紅影閃爍，一人突然落到榻旁，姬善沒來得及閉眼，跟對方的視線撞了個正著。

果然是茜色！

她張了張嘴巴，想說話，卻發不出聲音。

茜色什麼也沒說，手一抖，多了個大布袋，朝她套下來。

姬善頓覺眼前一黑，徹底看不見了。緊跟著，茜色把她背起來，開始移動。

這是要去哪裡啊？

她目不能見，耳力又普通，唯獨嗅覺還算靈敏，在袋子裡，先是聞到了油煙味，應該是進了廚房？再然後，有木頭移動的聲音，身體開始下降，鼻子裡全是泥土和潮溼的臭氣。

難道是……密道？

怎麼可能？她住在端則宮好幾年，從不知底下有密道！也不可能是新挖的，因為氣味十分陳舊混濁。

難道是她離開的這三年裡挖的？茜色又為什麼會知道？

帶著種種疑惑，她在布袋裡晃晃蕩蕩地大概待了大半個時辰，終於一陣「喀嚓」聲後，對方停下來，把她放在地上。

茜色把布袋解開，姬善連忙伸頭出去吸了好幾口氣——新鮮的空氣。

睜目眺望，果然已不在密道裡，而是一個非常荒涼的偏殿，前面還有七個巫女——聽神臺的巫女差不多都到齊了！她們正把伏周抬進白色軟轎中。

姬善連忙用眼神示意茜色把自己也抱進轎裡，茜色冷笑道：「妳算什麼東西？還想跟大司巫同起同坐？」

姬善目瞪口呆。

不是吧大姊，之前在宜國時妳不是這態度啊！

「若非妳擅自偷走大司巫，陛下怎會冒險來這個破地方？陛下若不來這裡，根本不會死！」

等等，赫奕不是為了姜沉魚來的嗎？姜沉魚要當皇帝了，他是來阻止的好嗎？只是薛采技高一籌，把他滅了。

「總之，都是妳的錯！若不是大司巫非要帶著妳，我早把妳宰了！」

姬善聽到這裡，突然衝茜色小人得志地一笑，笑得茜色果然大怒，伸手一把把她推倒在地。

「住……手……」轎中，傳出伏周虛弱的聲音。

茜色「哼」了一聲，將姬善連人帶袋重新拎起，走進其中一間屋子裡。

姬善萬萬沒想到，殿內竟還有人——一個女子被五花大綁地捆在柱子上，應是睡夢中被抓來的，只穿了薄薄的褻衣，凍得嘴唇青紫、渾身發抖。

女子聽到聲音，顫抖地抬起頭。藉著微弱的天光，姬善看清了她的臉，頓時大驚——薛茗！

好傢伙！茜色不但把伏周跟她從端則宮弄了出來，還把薛茗抓了來！她是如何在薛采眼皮底下做到這一切的？

薛茗看到她，也是一怔，繼而認出了她，震驚地睜大眼睛。

茜色將姬善扔到她身旁，然後去轎中看望伏周，道：「大人，我已派人送信給薛采，用薛茗換您的解藥，再等等。」

話音剛落，一名巫女從外飛了進來，朝茜色點一點頭。緊跟著，外面響起一連串腳步聲。

茜色立刻竄到薛茗身後，將匕首架在她的喉嚨上，道：「站住，外面說話就好。」

腳步聲果然在門外停下了。緊跟著，薛采的聲音傳了進來：「放了姑姑，饒爾等不死。」

姬善想：喲，難得聽到薛采如此氣息不穩，薛茗果然是他的軟肋之一啊。

茜色冷笑，反手一劃——薛茗的喉嚨上立刻出現一條血線，慢慢地凝結出一顆血珠滑落。

姬善心中一驚，萬萬沒想到此女如此乾脆俐落。

茜色沉聲道：「這道口不大，但也不小。一盞茶內，還能救回。我就等一盞茶，解藥！」

姬善想此刻薛采的表情肯定很好看，可惜她這個角度，什麼也看不到。

薛采沉默了一會兒，才有回應：「朱龍，給她解藥。」

一個瓶子被扔了進來，一名巫女一把接住，毫不猶豫地打開，自己先喝了一口，然後才轉身拿進轎子。

伏周低聲說了幾句話，巫女轉身朝茜色比了個手勢，茜色立刻高聲道：「讓你的人從屋頂上離開，否則……」

她的匕首貼上薛茗的耳朵，道：「我就廢了她雙耳！」

薛采深吸一口氣，才道：「撤！」

屋頂上傳來一陣腳步聲，緊跟著是落地聲。姬善不由自主地抬頭看了看天花板，剛才白澤暗衛們顯然想從上面突圍，可惜，伏周耳力過人，有他在，是不可能近身布局的。

血珠一顆接一顆地從薛茗喉間湧出，流到衣服上。薛茗的臉色越發蒼白，但她從頭到尾，沒有表露出絲毫害怕、絕望、痛苦等情緒。

姬善忽然意識到，自己已經很多年沒見過薛茗了，她變化真大。當初那個倉促穿衣、匆匆走到院門口來迎接昭尹和她的少女，徹底消失了，眼前的女人未老先衰，雙頰深陷，瘦得只剩一把骨頭，但這把骨頭挺得筆直，不再彎曲。

不知為何，姬善看著這樣的薛茗，一顆心異常地難過起來。

轎子裡，忽然傳出一聲深深的呼吸，像長時間憋氣的人終於浮出水面，重獲生機。

姬善立刻扭頭——伏周好了？

果然，下一幕，轎簾挽開一線，露出伏周深沉如海的眼睛。他緩緩開口道：「薛相，此番來璧，是我算錯天機，禍及吾主，罪在我身。只求你將他屍身賜還，我這就回宜，有生之年，永不來犯。你若同意，立簽國書。」

姬善睜大眼睛——不報仇？

門外的薛采，顯然也有點意外，卻沒有鬆口。「不夠。」

「你待如何？」

「宜王送還，大司巫留在此地繼續做客，時機合宜，再走不遲。」

「陛下駕崩，宜需新王。我需盡快返回聽神臺，主持大典。」

「誰？」

「新王人選，我有推薦，保證宜國百姓人人滿意。」

「小公子，夜尚。」

「他才十三歲。」

「宜王當年登基，也不過十五歲，兩年而已，相差不大。」

伏周的眼眸沉了下去，道：「我若不允？」

「那就跟宜王的遺體一起留下。」

伏周轉頭看了眼薛茗，道：「你不在乎你姑姑的性命？」

薛采冷笑了一下，提高聲音道：「姑姑為了我，隨時可以死。對不對？姑姑？」

薛茗直至此刻才說了第一句話：「對。而且陛下走了，我……生無可戀。」

茜色面色微變。

「小忽……」薛茗突然喚道。

姬善愣了一下才反應過來是在叫自己，可她無法出聲，只能抬頭回應。

薛茗異常溫柔地看著她，道：「咱們姊妹一場，有始有終。妳別害怕。」

什麼意思？這是要？

「薛采，不用管我和小忽！到時候把我們的屍體跟陛下一起埋於皇陵，便是你對我最大的孝順了！」

姬善面色一白。

等等，我不打算給昭尹殉葬啊！

然而，伴隨著薛茗的這句話，外面立刻燃起火光。殿內巫女紛紛變色，圍在轎子前面。

茜色厲聲道：「薛采！你們薛家可就剩這麼一個親人了！你真的不管她的死活嗎？」

「你以為這是哪裡？」薛茗忽道。

姬善想，她確實不知道這是哪裡。她鮮少在宮中溜躂，第一次知道還有這麼破的屋子。

「這是冷宮啊！我在這裡住了三年！三年！一千多個日日夜夜，我住夠了！」薛茗放聲大笑，這一笑，脖子上的血流得更急了。「嬤嬤去年也走了，就只有我一個人。如今，能有這麼多人陪我一起去找陛下，我好開心！」

茜色一把將她推開道：「瘋子！」

薛茗被推倒在地，繼續笑，脖子上的血漸漸從血珠變成了血線。

火焰像舌頭一樣伸進門內，然後迅速燒了起來，茜色立刻脫下斗篷撲火。然而，窗戶、屋頂同時「劈里啪啦」地燒了起來。

姬善這才明白過來——剛才白澤暗衛們爬上屋頂，其實是為了放火做準備，從一開始，薛采就打算犧牲薛茗！

往事恍如隔世，那個見姑姑受辱挺身而出用鞭子抽打曦禾夫人馬車的小孩，不見了；那個為了保護家人，一頭撞在柱子上的小孩，不見了；那個哭著接過白澤，發誓要繼承姬嬰遺志的小孩，不見了……

十歲的璧國宰相，在紛飛大雪中點火，鐵腕無情，沒有絲毫猶豫。

姬善看著越來越大的火，和地上猶在瘋狂大笑的薛茗，心頭一片淒涼。

一隻手突然抓住她，緊跟著，她被摟入熟悉的懷抱中，後退數丈，避過了前門的火。抓著她的人，正是伏周。

伏周低頭正要說話，就看見姬善在哭。這是她第三次在他面前為他人而哭，一次為她娘，一次為她爹，而這一次，不知是為薛茗還是為了薛采，抑或者，皆而有之。

四面是火，空氣灼燙，每一口呼吸都似在熏燒肺腑，就在姬善以為會這樣被燒死時，茜色突然翻開床榻上的一塊板，露出一個三尺見方的洞來。

巫女們立刻圍成一圈，以衣撲火，讓伏周先走。

伏周抱著姬善縱身一跳，跳入洞中。

姬善再次聞到了那股混濁發霉的味道。她很驚訝，為何薛茗的冷宮裡也會有密道？為什麼茜色會知道？

這一切都不合理極了，究竟是怎麼回事？

可惜她不能動也不能言，只能任由伏周抱著她在密道中快行。如此走了足足半個時辰，才來到出口。

出口外，是一家看起來再普通不過的布行。晨曦微亮，照著屋子裡的綾羅綢緞，也照著伏周布滿塵灰的臉，呈現出一種劫後餘生的安寧來。

伏周這才將她放下，轉身等著茜色和巫女們出來，然後朝茜色伸手。

茜色立刻識趣地從懷中取出解藥。伏周將解藥餵給姬善，姬善一能出聲，就忙不迭問：「怎麼回事？為什麼會有密道？」

伏周示意茜色回答。

茜色只好不情不願道：「端則宮那條是衛玉衡挖的。」

「什麼！」

「妳的痴情郎為了見妳，花了一年半時間從薛茗住的冷宮挖了一條密道去湖心島，好不容易上島一看，居然不見妳，氣了個半死。」

姬善回想起再見衛玉衡時，他確實說過什麼好不容易進了端則宮的話，居然是用這種方式？

「他怎麼做到的？」

「薛茗那裡人跡罕至，他又收買了值班的守衛。」

「妳又怎麼知道的？」

「能被收買一次的守衛，自然能被收買第二次。」

「那、那冷宮到這裡的這條呢？」

「這條是頤非當年用過的。薛采讓他從這裡進宮，成了百言堂的花子。頤非走後，薛采命人封了密道出入口，但被我們重新打開了。」

「那等火滅了，薛采找不到我們的屍體，肯定知道我們從密道逃了呀！」

「對，所以我們得馬上走。」

一名巫女出去轉了一圈，回來道：「傾腳工來了。」

「走！」

「等等！」姬善絕望道：「我們要跟傾腳工的糞車走？」

「妳看不起傾腳工？妳可知有個叫羅會的人，世副其業，家財萬貫？順帶一說，他是宜國人。」茜色說罷不再理會她，逕自出去了。

伏周將姬善重新抱起，安撫道：「權宜之計，忍忍。妳說的，如今最重要的是盡快回宜。」

姬善沮喪道：「當初聽說頤殊和雲笛就是從糞車溜的，我還笑話過她。天道輪迴啊！」

茜色的聲音冰冷地從外傳來：「要不妳留下來別走了？」

「不行！」姬善一把摟住伏周的脖子道：「阿十在哪裡，我在哪裡，休想再把我們分開！」

一縷光透過門縫正好照在伏周臉上，映亮了他的驚悸和歡喜，就像光映亮海面，終於可見底下魚群游弋，珊瑚叢生。

薛采走進嘉寧宮時，白雪已籠罩了整座宮殿，為之裹上一層厚厚的銀裝。

宮婢們個個面色凝重，無聲地向他行禮。

他揮一揮手，她們便全部退出去。

薛采走進屋內，屋內沒有生火，冷極了。在壁國的皇宮中，嘉寧宮雖不像寶華宮那麼窮奢極欲，卻是最舒適宜人的。然而不過短短兩、三月，就變成了一座冷宮，放眼看去，簾舊了，窗破了，滿目塵灰。

就像一瓶失去水分供養的花，迅速地枯萎了。

暗淡的光影裡，姜沉魚坐在榻旁，靜靜地看著榻上的姜畫月。

姜畫月臉色灰敗，瞳仁發黃，雙手不停地在空中抓著什麼，已是彌留之際。

姜沉魚就這麼靜靜地看著她，眼中無悲亦無喜。

薛采走過去，什麼也沒說，逕自找了個墊子坐下。姜沉魚看姜畫月，他便看姜沉魚。整個世界彷彿都不存在，只剩下他，和他眼中的她。

姜畫月的手突然一把抓住了姜沉魚左耳上的耳環。

姜沉魚一驚，但沒有動。

姜畫月的手指在耳珠上摸動，一直渙散的眼中突然露出一絲光。「長……相……」

第三個「守」字沒能說出來，手無力墜落，眼中的那點兒光就像投石擊出的漣漪，瞬間起，瞬間散，不留痕跡。

姜沉魚忍不住也摸了摸自己的耳珠，輕輕道：「我會好好照顧新野的。」

姜畫月沒有回答，她已經永遠無法再回答了。

姜沉魚用手合上了她的眼睛，然後才深吸口氣，轉頭看向薛采道：「我以為自己會哭的，結果沒有。生死之際，我腦海裡想的全是她的好。仇恨，原來真的是不重要的東西，在死別面前，一點兒都不重要。」

薛采沉默，半晌才「嗯」了一聲。

「你來找我，有事？」

「我放姬善走了。」

姜沉魚驚訝地問：「她回來了？」

「嗯，她因陛下駕崩而回。」

「七七已過，所以她走了？」

薛采垂下眼睛，遮住隱晦不明的情緒，又「嗯」了一聲。

姜沉魚想了想，道：「走了也好。姬忽之名囚了她十五年，也是時候放她自由了。今後，不必再找。」

薛采定定地看著她。

姜沉魚挑了挑眉道：「怎麼？又覺得我婦人之仁了？」

「沒有。」薛采忽然笑了笑道：「妳說得對，死別之後，妳想一個人時，只會想起他的好。」

姜沉魚起身道：「走吧，我去下令厚葬姊姊。」

薛采溫順地跟著她，出了門，看著留在雪地上的腳印，她和他之間，保持著三步的距離。而遲早有一天，這距離將縮短、縮短，直到並肩而行。

他的眼眸深深，蘊滿算計。

因此，他絕不會給姜沉魚想起赫奕時只想到赫奕的好的機會。

絕不。

姬善從傾腳工的車裡探出頭，發現他們已經安全地離開了圖壁。

只要一離開京城，接下去的行程就變得舒適許多，起碼不用再藏在糞車裡了。

「經此一事，我發誓再也不嘲笑頤殊了，她確實是個能幹大事的，不愧是唯方大陸千百年來的第一位女王……」她由衷地感慨道。

伏周聞言笑了笑。

姬善又道：「可惜後面的路沒走好，不想著勵精圖治，沉溺於淫樂報復，就此陷入更為不堪的泥潭……所以，仇恨傷人啊。」

伏周收起笑容，淡淡道：「但仇恨令她強大，若沒有這份惡意，她活不下來。」

「對。但她活下來了，活到了現在，現在，可以選另一種方式了。」

「換種方式，談何容易？魚離水，可能游？」

姬善回視著伏周的目光，理所當然道：「能啊！求魯館的高人跟我說過，魚上岸長出了腳，從鰓變成了肺，從而開始行走於陸地上，活得不一樣了。」

伏周一怔，一時間答不上來。

而這時，視線前方，出現一艘船。

姬善想，看樣子接下去要走水路。

船靠岸後，船夫們排列成行地走到伏周面前，五體投地齊聲道：「大司巫神通！我等聽從神的號令，願為神奉上我最珍愛的一切，財富、自由，乃至生命！」

姬善心中暗道：傳說中的魔教也不過如此了。

伏周沒開口，茜色道：「休要磨嘰，立刻出發！」

一行人上船，船夫揚起風帆，沿著運河南下。

一路上，都有驚無險。據茜色打聽到的消息說：姜貴人和薛皇后先後病逝了，因此薛采分身乏術，不能離開圖璧，只能派手下來追。
幾次遇到白澤追兵，都在宜人的幫助下躲了過去。
這些在璧國謀生的宜人，把能護送伏周視作了無比光榮的事情，真如他們所言，付出財富、性命都在所不惜。
姬善目睹著他們的虔誠和瘋狂，心中感慨萬千。
她忍不住對伏周道：「其實想想，除巫，等於殺死這些人的信仰，令他們從此無從寄託、難得慰藉……錯誤的不是巫神，而是借巫行事的人。」
「妳想說什麼？」
「赫奕死了，你還想除巫嗎？」
冬日海風冰寒，吹著波光粼粼的江面。伏周的眼神也如江面一樣閃爍著，有點冷，有點亂，還有點說不出的疲憊。他道：「先立夜尚為王，其他再徐徐圖之吧。」
姬善沉默片刻，點頭道：「也對，新帝登基，一切以穩定為重……」
「妳會陪我嗎？」伏周忽然問道。
姬善怔了怔，然後眨了眨眼睛道：「當然。我還要為你取蠱。如果我連這種事都成功了，當世第一神醫，非我莫屬！」
她的笑容也像江水一樣閃爍，卻是暖的、燦爛的，充滿了希望。
這笑容落盡伏周眼底，於是他也情不自禁地微微笑了起來。
茜色在船尾，看著這一幕，翻了個白眼，看不下去，進艙去了。

薛采坐在書房中，舉燈看著攤在書案上的璧國輿圖，朱龍站在一旁，用紅筆在輿圖上標記了一連串點。

「他們從桃花渡進彌江，先繞了個圈去了這裡、這裡和這裡，然後從白客口拐回，繼續走運河……分別在九個地方停留，我們的人在其中三個地方做出伏擊之勢，不敵敗退。他們應該沒有起疑。」

薛采盯著那九個點，喃喃道：「千里之堤，潰於蟻穴。這些年，宜王在璧的蟻穴，也太多了……趁機全拔了吧。」

「是！」朱龍應了，卻又有些遲疑。「現在就做？會不會節外生枝？」

「現在做，才能讓對方打碎牙齒往肚子裡嚥，不得不忍。」

「明白了。」

「還有……」薛采說到這裡，抬眸看向皇宮所在的方向。「絕不能讓……」

「讓皇后察覺。放心。」

「嗯。」薛采揮了揮手，朱龍便一個閃躍，消失在房間裡。於是書房裡就只剩下他一個人。他看著輿圖，卻又似沒看輿圖，小小年紀的臉上，始終帶著蕭索之色。

與此同時的恩沛宮中，羅公公將兩張禮單交呈給姜沉魚，道：「皇后娘娘，這是禮部擬的薛夫人和姜貴人的陪葬單子，請您過目。」

姜沉魚接過來翻看，問：「薛夫人那張給薛相看了嗎？」

「看過了。薛相把所有的都刪了。」

姜沉魚一怔，翻到第二張，果然上面的陪葬品全都劃掉了，最後薛采提筆寫了一行字：馬鞭，一根。

「馬鞭？」姜沉魚詫異道。

羅公公臉上露出一個複雜至極的表情，道：「就是、就是把曦禾夫人的馬打到湖裡那根。」

姜沉魚「啊」了一聲，想了起來——

薛茗參佛歸來，在洞達橋上，遇到了曦禾夫人的馬車。

曦禾夫人不肯讓路，雙方僵持之際，七歲的薛采冷冷一笑，出車叱喝道：「區區雀座，安敢抗鳳駕乎？」說完奪過車夫手裡的馬鞭，對著曦禾夫人的馬狠抽一記，馬兒吃痛跳起，連車帶人全部掉下了橋……

彷彿已是上輩子發生的事情，但其實不過只過去了三年。

三年裡，花開花落，燈明燈滅。薛茗的一幅佛經還沒繡完，生命就已走到了盡頭。

姜沉魚忍不住問：「薛茗得的是什麼病？」

「傳乘（註1）。據說已經咯血兩年了。」

註1　肺結核。

「怎麼沒找太醫看？薛采都不知道嗎？」

「薛相後來知道了，但已來不及了。」羅公公遲疑著，壓低了聲音：「恐怕，還跟陛下駕崩有關……」

姜沉魚心中一軟，唏噓萬千。她一直覺得昭尹最喜歡的女人不是曦禾，而是薛茗。但也一直覺得薛茗對昭尹，更多的是為了家族而奉獻。而她的這種奉獻在後來變得越來越偏激，甚至逼迫七歲的薛采扛起重任，負隅前行。

薛茗心中有太多恨、太多怨，也有太多悔、太多悲，最終成了被重重深宮活活吞噬的人命一條。

姜沉魚把禮單合起，遞給羅公公道：「那就這樣吧。傳旨……」

圖璧六年冬，廢后薛茗於冷宮中溘然病逝。姜后大開恩典，賜伊與先帝合葬。新平三年，有史官重書璧史，為伊正名，讚其敏質柔閒、芳衿內穆，無奈為家門所累，不得善終。

故，後人又敬稱伊「賢后」。

——《圖璧・皇后傳》

第二十一回　誘除

船行半月，遇到寒流，多處江道結了冰，費了好一番折騰後決定繞道而行，駛入青海。再沿著海岸，回宜。如此　來，反到了一處尋常沒人會走的地方——東陽關。

姬善望著熟悉無比的海岸和懸崖，她的走屋彷彿還停在沙灘旁，吃吃、喝喝、走走、看看還在忙碌，她還躺在岩石上壓著釣竿睡大覺……

一晃，竟已是一年。

姬善趴在船艙上，感應到源源不斷的暖流從宜境方向襲來，寒冬似乎就此跟著璧國的一切鬧劇被隔離了。

她的眼底多了很多情緒，再無法做個置身事外的局外人。

一件披風披到她肩頭，伏周從船艙內出來，也看著前方海岸，若有所思道：「在想什麼？」

姬善伸手指向某塊岩石，道：「去年，我們就是在那邊，救了時鹿鹿。不，應該說，在你的安排下遇到時鹿鹿。」

伏周目光微閃，道：「對不起，擅自將妳捲入局中。」

「不必道歉，這一年精采紛呈，我收穫頗多。」姬善不以為意地笑了笑。

海風吹拂著她的頭髮，像最美的黑緞一樣在陽光下閃閃發光。他情不自禁地伸出手，想要抓一抓，但手到半途，轉了方向，落在船舷上。

姬善一直望著那塊岩石，眼眸中全是懷念。

伏周想了想，問：「想靠岸走走嗎？」

「可以嗎？」

伏周轉頭對茜色吩咐了幾句。茜色道：「天快黑了，咱們繼續走，天黑前能入境。若在這裡耽擱，只怕……」她沒能把話說完，因為伏周眼神驟冷。

茜色只好命船夫們靠岸。姬善俏皮地朝她吐了吐舌頭，氣得茜色又翻了個白眼。

伏周朝姬善伸手，姬善眨眼道：「發乎禮，止乎情？」

伏周無奈一笑，卻猛地一把拽住她的手，拉著她下船。

姬善一怔，心頭「撲通」亂跳。

這些天，為了避免蠱王再次發作，她跟伏周始終保持著距離，這還是他第一次牽她的手。

故地重遊，本就思緒萬千，再被他微涼的手握住，記憶中某段畫面自行蹦了出來，提醒她，在曾經的曾經，阿十也這樣牽過小姬善的手，帶她去划竹筏。

那時是酷暑，特別特別熱。十姑娘的房間趕上西晒，一到下午就跟蒸籠似的。

小姬善來找她玩，熱得躺在木地板上不肯起來。

十姑娘就一把拽住她的手，拉著她往外走。

她不滿地嚷嚷道：「幹麼去呀？我熱得呼口氣都流汗呢。」

十姑娘不答，拉著她走出道觀，來到瀑布下方的碧潭。小姬善看到一個嶄新的竹筏橫在水面上，筏上擺一矮几，放著茶壺、糕點，頓時驚了，問：「妳做的？」

十姑娘點點頭，把她抱上筏。

瀑布的水花輕柔地撲上身，涼而不溼；壺裡裝的不是茶而是冰鎮過的綠豆湯。她盤腿坐在筏上，喝著綠豆湯，吃著櫻桃糕，只覺神仙境地，不過如是。

「妳好會享受呀，不愧是大戶人家的千金。要我，看到潭水只會想著脫衣服跳下去泡著，完全想不到要編個竹筏放這裡玩呀。」小姬善大大地讚美了她一番。

十姑娘雖然面上不顯，但心中十分受用，聞言還從几下取出一頂草帽，示意小姬善戴上。

小姬善戴上了，卻發現十姑娘沒有，她道：「只有一頂？那妳戴吧。妳這麼白，晒黑了就可惜了。不像我，已經黑無可黑了。」

十姑娘卻執意把草帽給她，於是小姬善只好戴上，對著潭水照了照影子，嘆道：「阿十，妳性子真好，又會玩又溫柔，將來不知道便宜了誰家的郎君。」

十姑娘專注地看著她。相處時間長了，雖然她不說話，但小姬善也能猜出七、八分她的意思。「妳想問我？我已經有人家啦！」

十姑娘詫異地睜大眼睛。

小姬善嘻嘻一笑道：「不過我爹不同意，那人也看不上我，後來又發生了很多事，十有八九會黃掉。」

十姑娘睫毛微垂，若有所思。從小姬善的角度看，她真的美極了，像這瀑布下的潭水，看似幽深不見底，但接觸之後就知道清澈無垢，沁人心脾。

「阿十。」她忽然掬起一捧水，朝她潑過去。

十姑娘下意識抬袖擋住，水潑在袖上，瞬間溼透。她被這溼意冰了一下，如遭小鹿亂撞。

視線中，小姬善以眼瞄她，滿是挑釁和逗弄之意。於是她揮袖一掃，帶起一片水浪，反擊回去。

小姬善「啊呀」一聲，驚呆了，索性不反抗，直挺挺地等待著。

眼看水浪撲至鼻前，卻被十姑娘袖子一捲，又收了回去，落了一場煙雨。

煙雨中，十姑娘衝她皺了皺鼻子，終於露齒一笑……

姬善看著手上的手，再抬頭，這一瞬，伏周的側臉跟兒時阿十的側臉重疊在一起，神態、五官，幾乎沒怎麼改變。

可記憶蘊於心底，挖出來，一幕幕，越美好，就越心慌。

最終，她只能垂下頭，握緊那隻手，假裝平靜地往前走。

岩石很快就到了。

「就是這裡嗎？」

「嗯，就是這裡。」姬善比劃給他看。「當時走走坐在這裡，吃吃和看看抓螃蟹，喝喝不記得在幹麼。我在那裡睡覺。她們發現藍鰭，準備撈來吃，結果一剖肚，裡面居然有個繭。她們就商量著要煮了繅絲。真的滿險，差點時鹿鹿就被吃了呢。」

「然後呢？」伏周鼓勵她往下說。

「然後發現廟裡有人，她們叫我，我一看你的臉，就覺得你必不是凡人，救了會有麻煩，還是煮了吃好。」

伏周笑了，片刻後，眼神溫柔道：「但妳還是救了他。」

「是走走她們非要——」

伏周打斷她的話，道：「妳想救的。妳想救他。」

姬善抿了抿唇，只好承認道：「好吧，是的。我覺得他有點眼熟，但想不起來在哪裡見過。畢竟這些年走南闖北，見過太多人了。後來才想起來，他長得有點像阿十。」

伏周眼神深邃道：「所以，雖然擁有同樣的一張臉，但妳不喜歡小鹿。」

姬善張了張嘴巴，卻又遲疑。

伏周挑眉。

姬善嘆了口氣道：「你知道的，我不能對你說謊。」

「嗯，然後？」

「我……我沒有不喜歡小鹿。恰恰相反，我喜歡。但是……」姬善的話沒有說完，因為伏周伸手一把抱住她。

他抱得是那樣緊，以至於姬善的呼吸滯了一下。

她忍不住提醒：「阿十，小心蠱王……」

伏周的手伸過來，以指背蹭一蹭她的臉。

剎那，她如墜冰窟！

姬善整個人一僵。感應到她的不安，伏周輕輕地、歡愉地、得意地笑了起來。

姬善猛地抬頭，定定地看著近在咫尺的這個人，顫聲道：「你……你……」

「阿善。」眼前的男子笑著，笑出了少年氣。「妳果然喜歡我啊。本來，我都絕望了呢……」

姬善當即就要掙扎，卻被對方抱得更緊。她氣得叫了起來：「你騙我！」

「我從沒說過，我是伏周呀。」他朝她眨了眨眼睛，分明在笑，卻讓人感到不寒而慄。

他是什麼時候變的？一直是他？不可能，回璧途中的「他」教過她醫術，那麼就是在端則宮從繭變回來後？

沒錯，就是那個時候！他出手擋住了刀刀的刀，然後告訴她不回宜國，因為，他要等赫奕來。

「你故意的……你故意的……這一切，都是你的陰謀！」

時鹿鹿的笑容裡多了一抹苦澀，但很快就轉成了得意，道：「是。我是故意的。我本已心灰意冷，我都已經跟赫奕談好條件了，只要把妳趕走，我就繼續當我的大司巫，輔佐赫奕……」

「那是因為你以為他瞎了眼睛！你想讓他也過十五年目不能視的黑暗生活！」

「是。但起碼，那樣他能活著。而現在，他死了。」

姬善極力想要脫離時鹿鹿的懷抱，時鹿鹿一把抓住她的頭髮，逼她與自己對視，沉聲道：「是妳，是妳給了我機會。是妳，導致了赫奕的死。」

「我、我……」姬善顫不能言。

「我知道，妳想救伏周。妳把我私帶出境，與我一路同行，對我百般順從，無非是想感化我。」時鹿鹿的眼瞳又黑又深，與他對視，如看深淵。「那麼，我便給妳機會，也給伏周一個機會。」

所以他在第一次蠱王發作時，趁機退離，讓伏周出現。

伏周出來後，姬善果然態度大變，不但吃醋生氣還開始使小性子，終於有了小女兒的七情六欲。

這些，他都聽得見。

「妳知道聽著妳跟他打情罵俏，我有多嫉妒嗎？」他湊過去，輕咬了一口她的耳朵道：「分明同一張臉，妳對他和對我，卻如此不同……阿善，妳真是偏心啊。」

姬善掙脫不掉，索性不動了，面冷如霜道：「你憑什麼跟他比？」

時鹿鹿面色一變。

「你把我關在懸崖上的黑屋裡，而他，給我鑌絲讓我逃。」

時鹿鹿眯了眯眼睛道：「妳說過，妳無論在哪裡都是自由的。」

「那也不代表我會喜歡琅琊，喜歡昭尹，喜歡你！」姬善冷笑起來道：「你們自比天神，玩弄人心，不但要人服從聽話，還要人真心愛你……憑什麼？」

時鹿鹿的臉色沉了下去。

姬善後面的話就說得更無顧忌：「說什麼喜歡我，如果我不是我，還會得到你們的喜歡嗎？琅琊，為了給姬忽找替身，把二十個孩子以各種藉口弄來，然後又隨意將她們丟棄，她們本來過得雖然苦，卻不痛苦，但在見識了繁華富貴後，再回泥潭，怎麼忍受？沒有一個是因為見了世面而努力奮鬥的，有的只有自暴自棄，好高騖遠和利欲薰心！」

「這只是琅琊玩弄過的二十顆最不重要的棋子，而那些她看中的棋子，命運更慘！姬嬰，完全失去自我成了白澤；姬忽，為了贖罪不得不斷情絕愛以大義為先；我，若我不是我，早就成了最慘的那個，永遠頂著別人的名字、別人的身分活在不見天日的陰影裡！」

「還有昭尹，為了奪嫡娶薛家女、姬家女、姜家女，看上去各個都真心以待，其實全是權宜之計。登基後，予取予奪，為了壓過姬嬰，還故意搶走葉曦禾和姜沉魚。結果呢？薛茗鬱鬱寡歡死在冷宮，姜畫月被屈辱和仇恨吞噬；葉曦禾是我行我素保住了本心，但也一夜白髮、毒發身亡。」

「姜沉魚，看似擺脫了命運，甚至反敗為勝，馬上就要成為一國之主，然而，她想要的，真的是皇位，是天下嗎？而我，若我不是我，昭尹不會以禮相待，不會任我自由，我會成為另一個薛茗或者姜畫月或者葉曦禾，成為被皇宮吞食的鮮活人命一條！至於你……」

姬善終於說到了他，時鹿鹿聞言，下意識屏住呼吸。

「你更可笑！沒錯，命運確實對你不好，但是，皇子的身分註定你這一生，與螻蟻不同。你被胖嬸虐待，但她沒有殺你，更沒有逼你勞作，讓你像真正的山野村孩一般放牛鋤地、挨打餓飯，比起很多人，你已經幸運得多。而你呢？你做什麼了？你逆來順受、渾渾噩噩地活著，你沒有反抗、沒有思考，替你思考、反抗的人是伏周！」

時鹿鹿眼中冒出了怒火。然而，姬善根本不在乎，道：「伏周改變了你的命運，讓你得到了老師，獲得了學習的機會。但你肯定一開始漫不經心、不以為意吧？不然，伏周不會出現提醒你。他比你上進，比你堅韌，更比你聰慧！」

時鹿鹿一把掐住姬善的脖子，想要制止她往下說，可碰到她的肌膚，雙手不由自主地停下了，不敢縮緊，無法縮緊。

他的手起了一陣顫抖。

「然後你來了汝丘，遇到了我。你說那個冷淡的、不愛說話，但會出手救我的人是你？怎麼可能？那明明是伏周！是朝乾夕惕練武讀書，眼裡有人命、有貧苦、有螻蟻的伏周啊！」

姬善的眼眶紅了起來。

「而你，高高在上的皇子殿下，一心復仇的司巫大人，你在乎過人命嗎？你不在乎，你根本不會救一個在你窗外嘰嘰喳喳、把你吵得夠嗆的鄉下丫頭。不要否認，我太了解你了！你眼裡只有赫奕，就算後來裝進了我，也不過是因為我身分特殊、才藝出眾，我跟普通螻蟻，不一樣。」

時鹿鹿的臉一陣紅、一陣白，微微扭曲了起來。

「琅琊喜歡我，她當然應該喜歡我。我最像她想要的假姬忽——靈活、乖巧，還從不替她惹禍。昭尹喜歡我，他當然會喜歡我，我滿足了他對於身側女人的所有要求——體貼、不嫉妒、醫術好，還有弱點——我是假的，他隨時能用這個罪名掐死我。你喜歡我，你當然喜歡我——當今世上，如果有一個人能幫你取出蠱王，只會是我！」

最後一句話，擲地有聲，被海風吹至岩壁，隱隱蕩起回聲。

時鹿鹿定定地看著姬善，臉上的情緒慢慢淡去，最終歸於冷靜，挑眉一笑道：「妳說得對。我確實跟伏周不同。而妳，也確實跟螻蟻，不同。」

他再次伸手，用指背輕蹭她的眉眼、鼻梁和嘴脣，動作很慢，像刻意的一場精神凌遲。

「所以，也只有妳這樣的人，才有資格站在我身邊。我不會放了妳的，阿善。這一次，妳要扮演的角色，是我——時鹿鹿的妻子。」

天黑了下來。時鹿鹿吩咐將船停泊過夜，待明天再入宜。

茜色為此很不高興，瞪了姬善一眼。姬善沒有理會，現在的她，已經無心理會任何人、任何事了。

她感覺自己又重新被關進了懸崖上的小黑屋裡，而這一次，伏周沒有留下自救的工具。

其實一切早有預兆。

那個反覆做了兩次的夢境裡，深陷漩渦、向她求助的人總會變成時鹿鹿，而伏周也總是會出現，告訴她別去。

「他是騙妳的！」

果然是假的。從繭中出來的時鹿鹿，偽裝成伏周，騙她留在端則宮裡，等著赫奕自投羅網。

因為薛采想逼姜沉魚稱帝，而赫奕絕不會袖手旁觀，肯定會想方設法地阻攔。早在三月，赫奕就偷偷赴璧見過姜沉魚，她知道，薛采也知道。

所以，薛采製造了一場虛假的「二度見面」，派出同樣的領路者懷瑾，去往同樣的地點，在那裡殺死赫奕。

但被茜色逃脫了。刀刀沒能追上茜色，反而讓她聯繫上聽神臺的巫女們，從密道潛入端則宮，救出時鹿鹿。

整起事件其實非常容易，但要促成該事件的前提非常非常罕見——

首先，受蠱王的宿主限制，像在宜國時一樣，時鹿鹿不能自己動手，要借薛采之手除掉赫奕。

其次，薛采跟赫奕往日並無恩怨，還有數面之緣，算友非敵，要讓薛采起殺心，必須要有一個巨大的衝突點。

這個衝突點，就是姜沉魚。

誰也想不到昭尹會死，璧國無主，薛采勢必要把姜沉魚推上皇位，這是最快且最穩的選擇。在此期間，所有阻撓姜沉魚稱帝的絆腳石都要剷除。

赫奕的祕密入京，就成了一個主動送上、任人魚肉的好機會。而薛采，跟姬嬰、彰華等人不同，從不心慈手軟，也不講究非要堂堂正正。

所以，他肯定會抓住機會殺死赫奕。

然後，還需要一點點運氣：赫奕死，而茜色活。否則光靠時鹿鹿一人，又人在他國，力量有限，還是逃不出薛采的追捕。

幸好，茜色找到了不為人知的密道，並用薛茗之死和姜畫月之死來阻擋薛采，令他無法親自上陣。

就這樣，時鹿鹿終於功成身退。赫奕已死，他回宜國，萬人之上、無人之下。他的目的達到了。

姬善把整個事件從頭到尾梳理一遍，然後意識到裡面的所有巧合恐怕都不是巧合，而是人為。

比如，秋薑為什麼會殺昭尹？恐怕是時鹿鹿暗中布局促成，因為只有昭尹死，才有薛采和赫奕的衝突。

比如，赫奕為什麼死得如此輕易？恐怕跟茜色逃不了關係。他的眼睛本已被毒瞎，到圖璧赴約時，卻已好了。如果是茜色治好了他，那麼，想在眼疾的藥裡加點什麼導致赫奕失去武功，也不是難辦的事。

再比如，端則宮的密道，恐怕是衛玉衡被囚在宜國時逼問出來的，有了這條密道，時鹿鹿才千方百計地跟她一起留在端則宮，給薛采一種「無法逃脫」的假象。

還有很多很多細節，琢磨起來，一步步，全是局。

時鹿鹿吸取上次宜宮裡失敗的經驗教訓，這一次，終於成功。

而最成功的是，他騙過了她。

姬善想到這裡，捂住了臉。

時鹿鹿輕輕一笑，抓住她的手，強迫她露出臉龐。「阿善，妳是聰明人，當知一個道理——既然無法拒絕，不如坦然接受。」

姬善注視著這張俊美飛揚的臉，淡淡道：「我曾經覺得衛玉衡噁心，現在，你比他還要噁心。」

時鹿鹿面色頓變。

「我可以容忍琅琊，因為對姬家而言，她是個了不起的人；我可以容忍昭尹，因為對璧國而言，他也算是個不錯的君王。但你，不行。」

時鹿鹿一把握緊她的手，她忍著疼痛，繼續道：「伏周的理想是滅巫，幫助赫奕勵精圖治、壯大變強。而你的理想是殺了赫奕，再毀了宜國。宜國一千三百萬人，在你高貴的眼裡，就是螻蟻吧？你找我幹麼？你應該找動不動就要沉了蘆灣的頤殊，你跟她才是一對！」

時鹿鹿抓得更緊，烏黑的眼睛裡，全是憤怒，但他很快壓了下去，再開口又是雲淡風輕：「妳在故意激怒我。我知道的，阿善，妳想激怒我，讓我放了妳，但是不可能的。妳我情蠱在身，我既不能殺了妳，也不能任妳獨自在外，萬一薛采知道我們共生，而對妳下手，我就會很危險。妳想想，於情於理，我們都要在一起的，對不對？」

姬善露出了絕望之色。

「阿善，留在我身邊，繼續感化我。不就是一千三百萬人嘛？妳想救他們，就來哄哄我。我高興了，也許會做出改變。所以，宜國未來的命運……」時鹿鹿湊到她耳邊，聲音低柔恍若詛咒：「其實掌握在妳手中呢。」

說完這句話，時鹿鹿鬆開她的手，她的手腕上腫了一圈烏痕。時鹿鹿取來藥，替她細心敷藥包紮好，這才離開。

船艙裡只剩下姬善一人，她看著手腕上的絲帛，心頭一顫——竟是當初阿十用來救她，後來又被她拿去試探，交還給時鹿鹿的那條披帛。

披帛雖舊，卻一直被悉心保存得很好，因此還是那麼柔軟冰滑。時鹿鹿用它纏住她的手腕，還紮了個漂亮的結。

然而，此情此景下，越是美麗，越是悲涼。

她的阿十，她在這個世界上最心心念念的那個人，居然變成了這樣……

她該怎麼做？怎麼做才能徹底殺死時鹿鹿，只留下伏周？

這大概是當今世上對大夫而言最難的病症，沒有之一。

偏偏她是大夫。

又偏偏，讓她與他有這樣的羈絆和孽緣。

誓言沉如千斤，壓在遙遠的回憶中，也壓在此刻絕望的境地裡，提醒她——不能放棄。

不能放棄啊，揚揚。

是大危機，亦是大生機。

江晚衣的話語於此刻迴響在腦海中。姬善深吸一口氣，緩緩閉上眼睛。

她還沒有絕望。

她必須想出解決之法。

姬善絕望地趴在木榻上，風吹海浪，船身顛簸，她也跟著一蕩一蕩。

她完全想不出有什麼辦法。

這時艙門被敲了敲，她下意識像隻警惕的貓般弓起背來。門開了，進來的人不是時鹿鹿，而是茜色。

也是，時鹿鹿出入從不敲門。她放鬆下來，懶洋洋地重新趴倒，卻被茜色一把抓起手，頓時驚呼出聲：「疼疼疼疼疼！」

衣袖落下，茜色看見了包紮在手腕上的絲帛，冷哼一聲道：「起來，準備洗澡。」

「什麼？」姬善挑眉道：「一，大海之上洗什麼澡？清水值千金啊！」

「妳以為我樂意？大司巫交代的。少廢話，快點準備。」

「二，我都受傷了，手不好使，怎麼洗？」

「妳以為我樂意？我幫妳洗！」

姬善目瞪口呆。

茜色打了一個響指，巫女們便抬著裝滿熱水的木桶進來了——這一幕在聽神臺上時倒是經常發生。

「為什麼？為什麼我要洗澡？」

「明日就入宜了，妳身為大司巫身邊的神女，怎能如此蓬頭垢面、不成體統？」

「等等，神什麼？我？」

「恭喜妳，大人專門為妳加了一個職位——神女。從今往後，妳在巫族裡的地位，僅次於他。」

姬善冷笑道：「他打算繼續男扮女裝、欺世盜名下去呢？」說什麼妻子，結果還不是見不得光？

「閉嘴！不得對大司巫不敬！」茜色推了她一把，將她推到木桶前。

姬善想，洗就洗吧，不管怎麼說，洗澡是件很舒服的事。

巫女們退了出去，茜色挽起袖子，見姬善還在一旁慢吞吞地脫衣服，當即不耐煩地一把將她拉過來，按進水裡。

姬善驚叫：「我還沒準備好呢！」

「準備什麼？」

姬善有些羞澀地低下頭，但最終一咬牙，豁出去道：「不管怎麼說，都溼了，來吧！」

「婆婆媽媽！」茜色說著，「刷刷」幾下把她的舊衣服扯破了，然後抓起她的頭髮一陣亂搓……

三個船艙之隔的房間裡，時鹿鹿正在翻看包裹裡的東西——這些東西，正是小姬善想要送給十姑娘的臨別禮物。這一次出來，他沒有忘記，讓茜色一起帶上了。唯獨可惜了那包黃花郎種子，被伏周吃了。

水花四濺聲、姬善的尖叫聲、茜色的抱怨聲……清晰地傳入他的耳朵。他看著這些禮物，聽著遠處的動靜，想著姬善憤怒鮮活的模樣，脣角微揚。

姬善之前對他，一直很冷淡。

他以為她生性如此，但直到風小雅事件，他才意識到，姬善是有情緒的。

而如今，她對他也終於有了情緒。他渴望她的愛，卻也享受她的恨。對被關在黑暗中十五年的人來說，風吹草動皆是情趣，最怕的是沒有聲音。

而那十五年裡，其實有聲音的時候不多，大多數時候伏周都很安靜，安靜地發呆，安靜地拒人千里，安靜得讓他……備受煎熬。

赫奕，已經死了。

下一個該死的，其實應該是伏周。

可他沒辦法殺死自己，只能先這樣。他不知道下一次伏周會在什麼契機下出現，但這不是很有趣嗎？

越危險，越有趣。

他本就置身在深淵中。

姬善那邊的水聲終於停止了。過不多會兒，兩個腳步聲走過過道，來到門外。茜色的聲音隔著門板畢恭畢敬道：「司巫大人，她好了。」說罷一推，將姬善推進房內，再「砰」的關上門。

時鹿鹿忍不住想：這個下屬，確實好用，雖然不夠忠誠，但機敏識趣，遠超其他巫女。

姬善踉蹌兩步，扶住一個矮櫃才站穩。她的長髮披散著，剛被熏乾，蓬鬆得如雲如霧；因為沒有自己的衣服，穿了巫女的衣服。其實她氣質偏冷冽，平日裡也大多穿寬大的素色衣袍，腳踩木屐，顯得懶散不羈。如今穿了彩色羽衣，加上額頭耳朵圖騰猶在，多了幾分魅邪之感，倒是別樣的豔麗。

時鹿鹿不是第一次見出浴的她，但這一次的她，經由茜色的巧手裝扮後，最是符合他的喜好。

他忍不住朝她伸出手。

姬善涼涼地看著他的手，半點搭上來的意思都沒有。時鹿鹿便笑了，突上前兩步，將她整個人抱住。

「別動。我替妳戴耳環。」他摘下自己的耳環，替她戴上。

姬善皺了皺眉，雖沒反抗，嘴裡卻道：「大晚上的戴這個給誰看？」

「給我看啊。」時鹿鹿戴好一只，再戴另一只。「我喜歡妳這身打扮。當初在聽神臺時就該讓妳這麼穿的，幸好，還來得及……」

姬善不悅地睨著他。他卻滿眼都是溫存笑意，看著羽毛耳環在他最愛的烏髮間飄蕩，便覺得心也跟著一勾一勾。

「阿善，我都想好了。回到宜國後，我先對外公布妳的神女身分，讓所有人都知道妳；然後妳說幾句大預言，一一靈驗後，讓他們看到妳的神通；再把大司巫一職傳給妳，我則對外宣稱飛昇。飛昇前做出最後的預言是——先帝有子在外，名時鹿，神擇鹿為宜新主，不得有違。如此一來，妳成為大司巫，我成為宜王——」

姬善打斷他的話，道：「你要自己稱帝？」

「對。我想來想去，妳說得對，讓一千三百萬人死，不難；讓一千三百萬人生，才有挑戰。我既得妳相伴，總要做些妳喜歡的事，讓妳開心點兒。」

姬善不敢置信地看著時鹿鹿，時鹿鹿是不能對她說謊的，也就是說，他真的改變主意了。

怎麼、怎麼會這樣……

「阿善，如此一來，我與妳……」

「等等！你是宜王，我是大司巫——我們怎麼做夫妻？」

時鹿鹿哈哈笑了起來，笑得快樂極了，他道：「這才是最有意思的地方——瀆神！我父、我母，不就是這樣有了我？」

姬善的心沉了下去。她還以為他有所悔改了，結果是他找到了比毀滅宜國更有趣的事。

祿允和十月的私情是一切悲劇的根由，給伏周也好，時鹿鹿也罷，造成了不可磨滅的創傷。

為了治癒這個傷口，伏周選擇盡心盡力地改變宜國，而時鹿鹿選擇……重蹈覆轍。

同一個人，為何會有兩種如此截然相反的性格？

「阿善！我一想到到時候能在聽神臺與妳私會，就……」時鹿鹿說著，握住她的手按在自己心口，讓她感受急促的心跳聲：「好期待。」

「我不期待。」

姬善剛要把手抽回，他卻抓著她的手輕輕吻了一下，道：「也好激動。」

「我不激動。」姬善突然皺眉，疑惑道：「你怎麼敢……你不怕？」

「阿善，妳還沒發現嗎？伏周對蠱王的控制在減弱，但我對蠱王的控制，在變強啊。比如此刻，我告訴牠——不許動。」時鹿鹿的眼瞳一黯，復又亮起，面色如常地伸出另一隻手。

「我第一眼看見妳時，妳有兩綹散髮，一綹在這裡……」他用指背滑過姬善的耳朵。

「還有一綹，在這裡……」指背沿著姬善弧線優美的脖子一路往下，伸進羽衣中……

「阿善，我當時就想這麼做，但做不到。現在妳看，可以了。」

姬善閉了閉眼睛，再睜開時，忽然笑了，道：「那你為什麼不做得徹底些？光摸就滿足了？」

薄唇塗丹，羽衣輕敞，由白梅變成紅梅，白梅不可褻瀆，紅梅卻在邀人攀折。

時鹿鹿看著巧笑嫣然的姬善，眼眸再次黯了下去。

百丈開外的懸崖上，兩個人站在樹旁，其中一人用一樣金屬圓柱物眺望著海上的船。在漆黑無月的夜裡，點著燈光的船隻像蟄伏的凶獸睜著明黃色的眼睛，警惕著周遭的一切。

「此物名靉靆，改良後，視力更遠，可惜夜裡視野不佳，勉強看個輪廓。」一人道。

另一人道：「要不靠近些？」

「不可。時鹿鹿聽力可達百丈，而且對你的呼吸太過熟悉，再近必被發現。」

「也是……」那人長長一嘆，看了看懸崖峭壁道：「這一回，妳我可真是壁上觀了。」

「我們自覺是大人物，天下大事由我們一掌乾坤，卻不知很多歷史成敗，由普通人決定。比如——這一次。」最後三字幽幽，蘊滿深意。

時鹿鹿沒有動。

動的人是姬善。她反手抓住他的衣領，將他揪到跟前，鼻尖相貼，溫熱的氣息曖昧地撲到對方脣上。

時鹿鹿忍不住開口道：「阿……」

一根手指壓在他脣上，再然後，學他的樣子用指背輕滑而過。

時鹿鹿的呼吸，明顯亂了。

姬善的眸光閃了閃，輕吐舌尖緩緩道：「瀆神不是嗎？來……」伴隨著最後一個字的尾音，她低下頭，吻住他。

嘴唇貼合，再沒有絲毫縫隙。

時鹿鹿一顫，似要動，但姬善用舌尖舔開了他的唇，氣息越發急促，體溫迅速升高。

「陛下，與巫女如此，開心嗎？」

低迷的聲音，含糊不清，卻讓時鹿鹿從頭髮絲到腳趾頭都開始顫動，興奮地顫動。

他突然上前一步，反客為主，將姬善壓在牆上，捧住她的臉炙熱地吻了起來。

姬善微微睜開眼睛，看到鴉羽般的睫毛下滾燙鮮活的漆黑瞳仁，就是現在——她狠狠地咬了下去！

鹹甜的血腥味立刻溢滿口腔，她咬的卻是自己的舌頭。

時鹿鹿一驚，剛要把她推開，姬善卻緊抓著他，用咬破的舌頭繼續捲住對方的舌頭瘋狂地吻回去。

「痛苦、快活，還是皆而有之呢？」

她的喘息聲噴進他耳裡，又癢又酥。於是，想要推開的念頭就此消止。時鹿鹿剛要繼續，心口猛地傳來一股熟悉的騷動！

一直乖乖蟄伏的蠱王，嘗到了姬善的血，瞬間興奮了。

而這一次，不再只是騷動，牠開始一路往上遊竄。

姬善手中不知何時多了幾根銀針，用力扎到他背上的穴位上。時鹿鹿一震，當即振臂將她推開。

姬善被推到一旁的矮櫃上，撲滅了好幾盞燈，只留下最遠角落的燈，照著她翹起的脣角，脣上還帶著鮮血，看上去邪魅如催命的女鬼。

時鹿鹿反手拔掉銀針，但是已來不及，這幾根針為蠱王打開了方便之門，一股劇痛從小腹一路上竄，來至咽喉。他想吞嚥壓下，喉嚨卻仍不由自主地一點點張開了。

嘗到情蠱之人的鮮血後，蠱王不再受他的控制，亟欲出來吞噬讓牠瘋狂的對手。

這種感覺跟兒時母親將老蠱王放到他體內時一樣，老蠱王急著消滅對手，根本不顧宿主的死活。只是那一次，牠們在他體內，而這一次，牠要出來。

時鹿鹿發出一聲嘶吼，拚命掐著自己的咽喉，然後，他的喉嚨上就多了一個洞，一個活生生的洞。

一樣東西從洞裡鑽出來，朝血腥味的來源處——姬善飛去。

時鹿鹿隨手撕下一片簾子包住咽喉，再撲向姬善想要救她。可手伸到一半，母親潰爛的臉在腦海中閃了一下，就這一下，讓他動作一停。

這一瞬極短，卻又極長，長得像是能夠把跟姬善相識以來的所有過程全部重溫一遍——

那個從燈旁轉頭問他「醒了」的搗藥女子。

那個大火之時也不忘用棉被先裹住他，再抱他跳車的女子。

那個看似不耐煩卻認認真真為他針灸療傷想讓他舒服一點的女子。

那個說著不要再見卻在聽神臺上意外重逢的女子。

那個跟他說想知道深淵是什麼親自下去看看就知道了的女子。

那個用匕首刺他一刀卻是為了救另一個他的女子。

那個把他從聽神臺偷走的女子。

那個被他從端則宮帶回的女子……

那麼那麼多個她，他的阿善，馬上，要死了。

時鹿鹿睜大眼睛，就像小時候看著十月一樣。這一刻他明白了，小時候不救娘親，他以為是因為自己弱小，如今分明能救，卻還是選了不救。也就是說，從小到大，他都是一個怯懦自私的人，所以最終，伏周才出來，取代了他。

一滴眼淚流了下來。

為曾經的娘親，為此刻的阿善，或許，也是為他自己。

蠱王飛出的時候，一道刀光落在船上，將船一分為二。

緊跟著，琴聲響起，海浪滔天，琴弦如線，將其中一間艙室瞬間捆住——正是姬善和時鹿鹿所在的那間。

再然後，是一桿槍，槍尖猛地扎進艙室側端，像一根定海神針，穩住艙室。

一切不過發生在瞬間，船身徹底分開墜落於海。琴弦旋轉，就像是剝開橘子皮一樣，把艙室的四面牆板全部帶離，露出裡面的模樣，變成了一塊漂浮在水面上的竹筏。

而時鹿鹿的眼淚，此時堪堪流到下巴上。

緊跟著刀風、琴弦、槍尖兩線一點，伴隨著越發高亢的琴音，匯聚在某一處——姬善喉前三分處。

如疾雷、如迅電、如鷹拿、如雁捉——如這世間所有極致的快。

「絲……」

一個細微的聲音響起。

琴聲停，一黑影瞬間飄過，手中舉著一個瓶子，瓶口開啟，將那個看不清的東西吸入瓶中，然後，蓋上蓋子。

時鹿鹿至此終於回過神來，震驚地看著平空出現在姬善面前的這個人——風小雅。他的臉一下子扭曲了起來。「是你！」

「嗯。」風小雅扶起姬善。

「放開她！」時鹿鹿當即就要衝過去，又三道人影乍現，跳上船板，攔在他面前。

一個是刀刀，一個是雲閃閃，還有一個人不認識。

那個不認識的人，倨傲地抬頭道：「在下馬覆。」

馬覆？他不是跟周笑蓮一起失蹤了嗎？怎麼會跟風小雅、刀刀和雲閃閃一起出現在此？

然後他終於聽見了聲音——在整個過程裡，他的注意力一直在姬善身上，沒有聽見的聲音——有兩個人慢吞吞地從懸崖那邊走來，而被劈開的船旁，巫女們在拚命掙扎，再被水中的茜色一個接一個地幹掉。

有一個巫女扭身逃脫，游過來抓住了船板，嘶聲道：「救我，大司巫……」

然而，時鹿鹿沒有理會。他的視線一直盯著風小雅，和他攙扶著的姬善。

姬善抹了把唇上的血，依舊在笑。

於是他明白了，這一切的一切，都是陷阱。

「妳找到了取出蠱王的辦法。」他的聲音因為喉嚨受傷變得又啞又沙。

而姬善的聲音又脆又甜：「對，我找到了。」

江晚衣說得沒錯，是大危機，卻也是大生機。

在此之前，沒有大司巫給別人下過情蠱，而情蠱受到宿主情慾的影響，會讓蠱王非常驚恐——這是生物對於危險與生俱來的本能。

所以，牠會不顧一切地吞噬掉威脅到宿主的蟲子。

但十月的經歷也說明了三點：一，不能碰觸蠱王，會潰爛無解；二，蠱王離開宿主身體也能存活，只要及時冰凍，可以不死，回到人體後重新復活；三，蠱王不會主動離開宿主的身體。

於是，姬善提出了一個大膽的想法——如果蠱王發現，牠可以鑽到另一人體內吃掉對牠威脅最大的情蠱呢？那麼，是會將另一個人變成新的宿主，還是企圖重新返回原宿主體內？

這一點因為之前無人試過，所以無法驗證。十月雖然取了老蠱王放入時鹿鹿體內，但最後真正成為蠱王的，是他體內原有的那隻，因為牠在母蠱的幫助下贏了；如果是孤軍奮戰的情蠱，基本上是沒有勝算的。也就是說，姬善很可能變成新的宿主，然後死掉，蠱王重新回到跟牠有血脈關係的原宿主體內。

一切都會功虧一簣。

想要贏，只有一個辦法——在蠱王離體之際，殺了牠。

從巫神殿的檔籍中，可以推測出蠱蟲十分小，可能比芝麻還要小。這麼小的一隻蟲子飛在空中時，怎麼殺？

帶著種種疑惑，姬善前往「無盡思」。

她推開茅屋的門，裡面果然有人。

她一直緊繃的心，至此鬆了鬆，然後挑眉道：「怎麼回事？」

那人轉過身來，正是秋薑。

「有妳在，昭尹還能死了？」

「我殺的。」秋薑神色淡淡地道，卻讓姬善大吃一驚。

她呆立了半天，才開口道：「他的毒有解藥。」

「我知道。」

「吃了解藥，再調養個一年半載，能好起來的。」

「我知道。」

「那、那為什麼？」

秋薑將一本冊子遞給她。姬善打開一看，心中一沉，看到最後，手指一鬆，冊子墜落於地。

「時鹿鹿幹的？」

秋薑點了點頭。

姬善咬牙，手在袖中捏緊。

「蕭青的客卿裡有一個宜人，此人向蕭青獻策，說巫蠱神奇，可操控人心。蕭青便收買姜畫月的婢女，命她把蠱蟲蟲卵摻在水中餵昭尹，一開始屢試屢敗，但七月時有一天特別熱，居然成功了，蟲卵順利在他體內孵化。等我回來發現時，為時已晚。與其等他們喚醒他，把他變成傀儡，不如就此讓他走。」

「什麼時候開始的？」

「半年前。」

「當時的時鹿鹿毒瞎了赫奕的眼睛，已經達成所願，為何還要對璧王出手？」

「因為他要赫奕痛苦。赫奕的軟肋有兩個：一，宜國；二，姜沉魚。前者有一定難度，而且他還要留著慢慢折磨。所以便把主意打到了姜沉魚身上。昭尹一死，姜沉魚會成為太后，或者成為新王，無論哪一種，赫奕都會痛失所愛。」

「那妳做了什麼？」

秋薑嘆了口氣道：「將計就計。」

秋薑頂著姬貴嬪的身分出現，跟羅與海見面，告訴他雖然用蠱蟲控制昭尹，是個很好的辦法，但是，蠱是蕭青下的，到時候很可能只聽蕭青的話。而殺死昭尹就不一樣。

她從小得他照拂，姬家又落入薛采之手，今後只能倚靠他。她成為太后，比姜畫月更合適，因為一個母親，為了孩子什麼都幹得出來，等新野大了肯定過河拆橋，到時候他和蕭青，就是前兩個被拆掉的橋。而她，不是新野的生母，不會優先考慮新野的利益，能更緊密地跟他和蕭青合作。

她巧舌如簧，又剖析利害關係，最終，說服了羅與海。

「羅與海把我給的毒藥讓昭尹服下，那晚我潛入宮中，趁姜沉魚不在，看了昭尹一眼。」

那是秋薑再見昭尹的第二面。

第一次見他，他尚是孩童；第二次再見，就已是死別。

昭尹躺在龍榻上，面容平靜。看得出被照顧得很好，全身上下乾乾淨淨，四肢沒有萎縮。他就像是睡著了，輕輕一喚便能醒來。

秋薑坐到榻旁，伸手撫摸他的臉。

「你跟阿嬰都長得像娘。以至於，我現在看著你，就會想起娘來。這些年，我也試著開解自己，娘的處境艱難。爹是扶不起的阿斗，一大家子千口人，全指著娘吃飯，王家、姜家和薛家又咄咄逼人。她沒有選擇，不想被吞噬就只能繼續擴張。而她對姬家來說，是個嫁進門的外姓，又是女人，沒有人真正服她，很多手段用了也沒用。她唯一能指望的，只有她親自生下來的三個孩子——我、阿嬰，還有你。」

「她長於禮儀之家，從小被灌輸的理念就是奉獻。為夫君奉獻，為家族奉獻，天經地義。有意思吧？那麼好強的一個女人，卻從不曾想過——憑什麼，為他人、為他族而活呢？」

那是上一個百年，不，唯方大陸有史以來所有王朝的通病：宜國，用巫神控制人心，讓子民奉獻；璧國和燕國，用門閥禮法，讓子民奉獻；程國，以武治國，讓子民奉獻……

在那樣一代代的馴化和禁錮裡，不允許有人質疑、思索和反抗。

直到這一個百年。

這一個百年裡，出現了言睿。再然後，有了姬嬰、薛采、姜沉魚、彰華、風小雅、頤非、頤殊、赫奕、伏周……一連串的叛逆者。

正如她之前對朱龍所言的那樣——越來越多的人在抗拒命運，在擺脫束縛，在找回自我。君王在革新，士族在反省，百姓在奮鬥，能人異士層出不窮，星星火光，已有燎原之勢。

一切落後的、陳舊的、腐朽的制度，都將跟此時龍榻上的昭尹一樣，被推翻、被淘汰。

「阿尹，娘費盡心機助你稱帝，言睿也對你悉心教導，期成明君。你表面做得極好，知人善用，賞罰分明，但私下裡剛愎自用、窮奢極欲，需求無厭，完全不理會百姓死活。曦禾的琉璃宮殿，不是她要的，是你想要；姬善的湖心島，是你嚮往；你對薛家出手，因為覺得受了他們的挾制，但更因為貪圖他們的富足；你明知姜仲貪腐，但因為他迎合聖意，你毫不理會……」

「阿尹，你沒有離開過圖壁，沒有親眼看一看你的大好河山，在謝長晏書中，是何等的千瘡百孔。飢荒、水災、旱災，為何連綿不絕？皆是因為施政不實。地方官員知你好大喜功，處處欺瞞、層層盤剝……而這些，你都看不見。你只看見自己多麼悲慘，只看見姬嬰比你幸福，只看見所有人對你俯首稱臣，你覺得，這便是王權，這便是霸業！」

「老師說阿嬰過柔、阿善過懶、我過剛，而到了你，三個字——教不動。你不聽他的，你不聽所有人的，你只聽你自己的。而你自己，受天賦、見識、歷練所限，不過是井底之蛙罷了。」

秋薑收回手，緩緩起身，看了昭尹最後一眼。「還了吧。本就不該是你的東西，到頭來會發現，終究不是你的。」

她說完，轉身離開。

讓離開的回去，讓偏差的糾正，讓一切回到原點。讓程國重新成為程國，讓璧國重新成為璧國，讓姬氏重新成為姬氏。

讓這把星星之火，燃燒得更旺一些。

燒出一個——太平盛世來！

第二十二回　焚燒

「阿嬰臨終之際，為璧國選了兩人：一沉魚，一薛采。」

在「無盡思」裡，秋薑告訴姬善道：「二人性格互補，能彼此牽制，達到一個巧妙的平衡。我贊同他的選擇。所以是時候，讓璧國迎來一個新的時代了。」

姬善聽到這裡，皺眉嘆道：「好麻煩。你們這些天之驕子，就是想得太複雜太多。」

秋薑笑了，睨著她道：「那麼平民百姓的揚揚姑娘，如果是妳，妳怎麼做？」

「一切與我無關，誰當皇帝對我沒有區別。我只要把伏周治好了就行。別對一個大夫要求性命之外的東西。」

秋薑的目光閃了閃，嘆道：「沒錯。妳跟晚衣走的都是另一條路。我們或顛覆或革新或改變著歷史這輛大車，但只有妳、晚衣、公輸蛙這樣的人，才是真正在推動車輪前進。」

姬善咬了咬下唇，低聲道：「我沒有江晚衣做得好。」

「妳跟他走的，是不同的醫術之道。只有互補，沒有好次。」

姬善定定地看著秋薑，忽然受不了地揉了揉胳膊，道：「不行不行，我得走了。再跟妳聊下去，等妳死了，我得多難受啊。」

「好。」秋薑絲毫不以為意，微笑道：「那麼長話短說。妳要救伏周，就必須粉碎時鹿鹿的陰謀。我和薛采會配合妳，我們打算……」

「且慢！」姬善制止了她道：「你們的計畫別告訴我。我身中情蠱，不能對時鹿鹿撒謊，知道的越多，越會露出馬腳。就跟之前赫奕和伏周設計我遇到時鹿鹿一樣，讓我在不知情的情況下入局吧。只有如此，才會成功。」

秋薑點點頭道：「也是。那麼，擬定一個暗語，當妳聽見這個詞時，就意味著——開始行動。」

「什麼暗語？」

秋薑一字一字道：「妳以為我樂意。」

「一，大海之上洗什麼澡？清水值千金啊！」

「妳以為我樂意？大司巫交代的。少廢話，快點準備。」

「二，我都受傷了，手不好使，怎麼洗？」

「妳以為我樂意？我幫妳洗！」

姬善目瞪口呆——她萬萬沒想到，來通知她行動開始的人，會是此人！

巫女們退了出去，茜色一把將她拉過來，按進水裡，與此同時，一條亞麻澡巾在她面前展開，上面用木炭寫著一行字：誘出蠱王，擊殺之。

姬善驚叫：「我還沒準備好！」

「準備什麼？」

姬善有些羞澀地低下頭，但最終一咬牙，豁出去道：「不管怎麼說，都溼了，來吧！」

「婆婆媽媽！」茜色說著，「唰唰」幾下把她的舊衣服扯破了，抓起她的頭髮一陣亂搓，然後姬善看到了長長澡巾後面還有字。

合風小雅等四人之力，勿怕。就算不成，亦可將妳救走！再議後事。

炭字一入水就化了，成了真正的澡巾。

姬善一邊撩水，一邊由著茜色為她洗頭，忍不住道：「但怎麼會是妳呢？為什麼派妳來？我討厭妳。」

茜色氣樂了，道：「妳以為我樂意？」

好吧，一語雙關，提醒她一切都是幕後大人安排的。

「妳出去吧。接下去的我自己洗！」

「行。」茜色鬆手，走了幾步，突又拿起一旁的一盞燈，當著她的面，表情凝重地吹熄。「記得，洗完一定要把燈吹了！我就知道妳好了，然後進來替妳熏乾頭髮。」

姬善看著那盞熄滅的燈，點點頭道：「知道了。」

於是，船艙中，姬善被時鹿鹿推到一旁的矮櫃上時，故意撲滅了好幾盞燈，只留下最遠角落的燈撲不到。

但驟然變弱的燈光，還是給了潛伏在外的四人信號。他們出手劈開船艙，再然後，風小雅捕捉到了蠱王，抓住了牠。

時鹿鹿看著風小雅手中的瓶子，恨得雙眼赤紅，道：「還給我！」

風小雅搖了搖瓶子，竟然真的丟還給時鹿鹿。

時鹿鹿忙不迭接住，雙手卻被燙得「嘶」了一聲，下意識鬆手，瓶子落地，「匡噹」砸了個粉碎，一抹餘灰跟著飄起，像冬日裡哈出的一口氣，很快消散在風中。

時鹿鹿連忙撲到地上摸索，然而，除了依舊燙手的瓶子碎片，什麼也沒有。

「你殺了蠱王？」他猛地抬頭，怒視著風小雅。

風小雅「嗯」了一聲道：「不殺，難道給牠回到你體內的機會？」

時鹿鹿大怒地朝他撲去，卻被風小雅伸臂輕輕一擋，再一振，橫飛出去，「砰」的砸進海裡。

下一瞬，他一個縱身又跳了起來，跳回船板上，渾身溼透，狼狽不堪。

風小雅淡淡道：「蠱王離身，你大傷元氣，應該好好休養。」

時鹿鹿脖子上匆匆包住的傷口源源不斷地流出血來，染溼了布條。可他一點兒都不在乎，而是將目光移向姬善，道：「妳，很好，非常好。」

姬善直到此刻，才把嘴裡的血擦乾，道：「我取蠱成功，當然好。」

時鹿鹿嘲諷地勾起脣角，道：「那妳如何取出自己體內的情蠱？」

「這個就不勞閣下費心了，天無絕人之路。」

時鹿鹿眼中的憤怒轉成了悲哀，道：「這是妳，第二次出賣我。」

「你的神不是告訴過你——你會死於姬善之手嗎？」

一個清風明月般的聲音遠遠傳來——那兩個從懸崖上下來的人，終於走到了岸邊。一個是秋薑，一個竟是赫奕。

時鹿鹿聽到赫奕的聲音回頭，盯著他半天，道：「你果然沒有死。」

赫奕笑了笑道：「可能老天看朕太順眼，捨不得收朕？」

時鹿鹿冷冷道：「很好。你死了我本還覺得可惜，沒死就太好了。那就一起看吧。」

「看什麼？」

「看你的姜沉魚，成為璧王。」

赫奕注視著他的眼眸，臉上的表情很古怪，然後扭頭對秋薑道：「妳看，朕跟妳說朕的志向是陶朱歸五湖，妳始終不信。朕的大司巫，卻是深信不疑啊！」

「他信。因為他是個痴情人。」秋薑看著血流了一身的時鹿鹿，心中無限唏噓。若時鹿鹿像昭尹一樣，此計就絕不能成。他們之所以能成功，是因為時鹿鹿對姬善確實動了真心。

他是個殺人不眨眼的魔頭，卻始終不肯殺姬善。不但不殺，還各種討好，連情蠱那種東西都給姬善種下，把自己的命跟她綁在一起。想想，確實還是少年，又殘忍又天真。

「是啊，朕這一家子全是情種。父王痴迷阿月，皇兄獨愛髮妻，而小鹿，對阿善姑娘也是情有獨鍾。」赫奕說到這裡，話音一轉：「所以朕，也確實傾慕小虞。」

「你聽出區別了？」秋薑問時鹿鹿。

時鹿鹿眯了眯眼睛，沒接話。

「宜王陛下喜歡的是去程國的藥女小虞姑娘，而不是真正的姜沉魚。」

「此言差矣。朕固然對小虞念念不忘，魂縈夢牽，但三月見了姜皇后的真容，頓時覺得……」

「覺得什麼？」

「比朕想像的更好呢。」

秋薑冷冷道：「宜王陛下，請慎言。」

赫奕坦蕩地笑了起來，道：「窈窕淑女，君子好逑，有什麼好遮遮掩掩的？但是，小鹿，哥哥與你有一樣最大的區別——那就是，我絕不會為了一己私欲，阻撓心儀的女子稱帝。甚至，我可以做到保持距離，遠遠看著，絕不打擾。」他說後半句話時，收起了笑容，神色嚴肅又溫柔。「學學伏周，別總想著把姑娘關起來，放她自由，也許，她反而會喜歡你。」

時鹿鹿的臉一陣紅、一陣白，突又扭身跳入海中，扭住一人的胳膊，將她拖上船板，狠狠一腳踩在對方心口上。

姬善和風小雅同時驚呼：「住手！」

姬善喊完，聽到風小雅的聲音，立刻停了。

風小雅繼續道：「放開她！」

時鹿鹿冷冷道：「別動，雖然我元氣大傷，但殺她還是很容易的。」說著低頭，盯著腳下的茜色，沉聲道：「我確實不會傷害阿善，但妳……」

茜色抓著他的腳，手上的青筋一根根暴起，分明是受了重傷，但因為感覺不到疼痛，神色非常平靜。

這種平靜，令時鹿鹿眼中的戾氣更重，他道：「區區螻蟻，也敢背叛我！」

時鹿鹿腳下一用力，茜色「噗」的吐出大口血來。

風小雅急聲道：「你想要什麼？我們談談。」

「事到如今，我還會要什麼？」時鹿鹿哈哈一笑道，笑得又諷刺又悲涼。「我還敢要什麼嗎？我身邊的人，全想我死！」

「我沒想你死！」姬善反駁道。

「你想我消失，想讓這具身體徹底變成伏周！」

姬善沒法再反駁，她確實是這麼想的。

「妳呢？妳為什麼背叛我？」時鹿鹿低下頭，看著茜色問。

茜色喘著氣道：「我、只幫……王者。」

「王者？」時鹿鹿扭頭看了赫奕一眼，道：「妳認為，他比我強？」

「目前看來，確實如此。」

時鹿鹿眼中閃過一絲寒意，道：「那麼，為了不讓妳再次背叛我，去死吧！」

「且慢！」

這次，同時出聲的人是赫奕和風小雅。

赫奕道：「小鹿，看在她跟你娘有點像的分上，放了她吧。」

「有點像？」時鹿鹿瞇了下眼睛，似在懷念，但隨即變得更加狠戾。「確實像！十月是個賤人！她也是個賤人！」

赫奕一怔，沒想到竟然起了反作用。

姬善輕嘆一聲道：「他都能把他娘的骸骨挖出來用來威脅伏周，你覺得他對十月能有幾分感情？」

「可他跟朕說因為妳的頭髮和手都像阿月，所以才對妳……」赫奕說到這裡，吞下了後面的話。

「頭髮和手，是十月安撫他時留給他的畫面，是對他有利的，能夠取悅他的；而骸骨，是他見到十月時感到害怕的、不安的東西。他把這些分得很清楚。所以，才會得這種病。」

這樣充分解釋了為什麼時鹿鹿對她如此迷戀。

因為伏周一直跟時鹿鹿暗示「他會死於姬善之手」，這句話讓姬善有別於這世上的其他任何一個人，變成了讓他害怕和畏懼的東西。可這樣東西身上，又有他最喜歡的美麗蓬鬆的秀髮、纖細靈巧的手、能夠幫他取出蠱王的醫術，以及若即若離、冷淡疏慢的性子。

她對他來說就是深淵。

時鹿鹿喜歡她，是因為她又危險又迷人，讓他難以抗拒，只想與她共沉淪，而不是僅僅因為她有十月那樣的長髮和手。

風小雅看著嘔血不止的茜色，沉聲道：「怎樣才能放了她？」

時鹿鹿瞥向姬善。

姬善上前一步道：「我替她。」

「呵呵。」時鹿鹿冷笑一聲。

「你殺了她，也不過是弄死一隻螻蟻，有什麼意思？我就不一樣了，任你揉捏，想怎麼報復都可以。」姬善說著笑了笑，輕輕道：「蠱王沒了，你再無禁忌了。」

時鹿鹿眼眸一沉，但隨即露出嘲諷的譏笑，道：「妳以為，我還會上當？」

「我覺得你會。」姬善往前走了一步。

風小雅阻止道：「善姑娘！」

姬善沒有理會他，直勾勾地盯著時鹿鹿道：「你不肯？不敢？不想嗎？」

狐疑和渴望在他眼中交織變化，眼看就要應允，秋薑突然開口：「停！」

一時間，萬籟俱靜。

秋薑上前拽住姬善的手，將她拖了回來道：「這麼多人在，還輪不到妳自我犧牲！」

姬善一怔。

「時鹿鹿，你已經一敗塗地。現在之所以還活著，一，姬善體內的情蠱沒有取出來，你死，她也會跟著死；二，宜王還幻想著能治好你，讓伏周存活下來。這兩點，你心中很清楚，對吧？」

「沒錯。」時鹿鹿慢悠悠地勾動脣角，眼神得意地道：「我是輸了，你們又能奈我何呢？」

「那麼，如果你不立刻放了這個賤人，我就動手殺了她。」秋薑抬起手，手裡的戒指，不偏不倚地對準地上的茜色。「你可以比比看，是我快，還是你快。」

風小雅一驚，但他沒有回頭，哪怕他最想念的人距離他只有三步遠。然而這三步，隔著天涯海角的距離，沉甸甸地壓在心上，令他不敢動，只能聽。

秋薑也從頭到尾沒看他一眼，繼續對時鹿鹿道：「然後，我保證，你會被關進黑屋裡，而且這一次，什麼都聽不見。你會活著，死不了，繼續過十五年這樣的日子。反正，沒了你，宜王能再選個志同道合的大司巫，姬善也能繼續瀟灑當她的名醫。」

時鹿鹿的眼角抽動著，扭曲了起來，道：「妳……」

「我說到做到。我數三聲，一……」

時鹿鹿低頭看著氣息越來越弱的茜色。

「二……」

時鹿鹿抬頭看向姬善。
「三……」秋薑剛要按動戒指，時鹿鹿一腳將茜色踢回水中。
風小雅立刻跳下去把她撈起來，帶到了沙灘上。
姬善目不轉睛地望著風小雅和茜色，臉上的表情有點古怪。
這一幕落到時鹿鹿眼中，忽然喚道：「阿善……」
姬善下意識回頭，時鹿鹿一把扯掉脖子上的布條，道：「這一次，是真的——跟我一起死吧！」
他的手猛地朝喉間的洞插入！
姬善一下子睜大了眼睛——

姬善感覺自己做了很長很長的一個夢。
夢境裡出現一個人，那人問她：「妳長大想當一個什麼樣的人？」
「我想當天下第一的大夫！」年幼的她野心勃勃地回答：「像扁鵲、華佗一樣厲害！把江晚衣那小子狠狠地踩在腳下，讓所有家人看到我才是最棒的那一個！」
那人打量著她，若有所思。
她頓時不滿起來道：「你是不是也覺得我不行？你覺得我一個女孩子，做不到？唯方迄今沒有女王，也沒有女大夫，對吧？我跟你講，我就要當第一個！」
那人哈哈一笑，摸了摸她的頭道：「好好好，天下第一的女神醫！那麼，就從醫治他開始吧。」

「誰？」

那人手一指，指向了花叢中的某個人。花團錦簇模糊了對方的樣子，她在夢境中，認不出此人是誰。

但她看見自己信心十足地回答：「沒問題！」

她想了好多好多辦法，試了很多很多藥，都沒有用，於是備受打擊地想：原來我做不到……我做不到啊……我比不上江晚衣嗎？我成為不了扁鵲、華佗嗎？我的人生，只能跟鄰家的王姊姊、李姊姊一樣，天真無知地活著，長到十八歲，然後乖乖嫁人，相夫教子嗎？

她覺得自己被罩在一個籠子裡，籠子越來越小，她的活動範圍也越來越小，到最後連手腳都不能動了。

就在那時，她看見了一簇黃花郎。

黃花郎長在路邊最不起眼的角落裡，旁邊還有各種嬌豔的鮮花，它看起來是那麼的不起眼。可是，一陣風來，其他花朵都破了散了，唯獨它，飛了起來——

它飛起來了，一朵朵白傘在陽光下翩翩起舞，恍如點點星光。

她在籠子裡跟隨著它們的足跡，看到的東西越來越多，看到的世界越來越大……最後，身上的籠子散落，她也飛了起來，變成一朵小小的、白白的，卻是自由的黃花郎，朝天邊、朝海角、朝無限廣闊的世界裡飛了過去……

啊，這才是她，她的乳名叫揚揚。

然後她看見自己飛到一個地方，風停了，她落到一個女人的髮髻上。

這個女人病了。她想，她應該治好對方。可隨即又沮喪地想起自己是個廢物。這般廢物的自己，是救不了這個女人的吧。

她好累，正好風也停了，她不飛了，就那麼乖乖地插在對方的髮髻上，看著女人紡紗織布、刺繡裁衣。

直到有一天，風又來了，把她吹到樹上。再然後，一條披帛捲住她，將她插在花瓶裡。站在瓶前看她的姑娘，居然長著一雙重瞳的眼睛。

啊！她還是第一次見到傳說中的重瞳！她又好奇又驚訝，試圖弄明白為什麼。於是她安安分分地留在花瓶裡，那姑娘每天幫她澆水，悉心照料，但不肯跟她說話。

然後她發現這個姑娘也有病，而且是很奇怪的病，誰也瞧不出，誰也治不好。

姑娘病得越來越嚴重，眼看就要奄奄一息，卻掙扎著起身，走到花瓶前對她輕輕道：「我要死了。」

她忽然覺得難過，她想她要不這麼廢物就好了，要能救好這些人，該多好啊？

她的眼淚掉出來，為自己的平庸，為理想的擱置，為命運的顛覆。

姑娘伸出手指，溫柔地替她擦掉眼淚，然後捧著花瓶走到窗邊，推開窗戶道：「飛吧。繼續去飛吧。」

風來了。她知道她又能飛了。

可她捨不得這個姑娘。

「我要救妳！妳能不能不要死？等等我，等我長大了，變厲害了，一定來救妳！」

姑娘虛弱地笑了，沒說什麼，只將她往外又遞了幾分，風把她吹得飛了起來，慢悠悠地飄離。

她再次喊：「要等我！我一定會救妳的！我啊，一定一定，要成為天下最厲害的大夫啊！」

這一刻，她重拾夢想，朝著山川河流飛過去，把種子播撒在每個停留的地方。有的種子順利發芽開花，有的遇到麻煩沒能存活。但是沒關係，只要她飛得夠遠、夠久，存活的種子就會越來越多，最後綿綿不息，遍布天下……

很久很久以後，她終於又遇到了這個姑娘，她開開心心地飛過去，對姑娘說：「我來兌現承諾啦！」

姑娘卻一把抓住她，抬起頭，已經是另一張不認識的臉了。

「跟我一起死吧……」

姬善一震，清醒過來。

與此同時，兩道人影閃現，一人一條胳膊地抓住了時鹿鹿，一個是風小雅，另一個是赫奕。

他們止住了他的繼續深入，卻無法將他拉出，也不敢拉出。

一時間，雙方僵持。然而血流成河，若不及時止住，終將血盡而死。

就在這時，姬善開口了：「你，不想知道我為什麼喜歡風小雅嗎？」

時鹿鹿整個人顫抖了一下。

這是一個……困擾他許久的問題。

姬善在他面前第一次露出情緒，是在聽說風小雅要娶茜色為妻之際。這讓當時的他立刻敏銳地意識到：風小雅對她來說與眾不同。

後來，情蠱證明了姬善心中偶爾會思念風小雅。但因為看看說過姬善只是想替風小雅看病，所以他姑且接受了這個答案。

再然後，姬善就很少表露出對風小雅的特殊了，也當著他的面澄清過。

可是今晚，風小雅出現了，就站在她面前時，她又表現得不太正常了。

她對風小雅，確實有一種非常古怪的情緒。

是什麼？為什麼？

這一連串的問題，在姬善問出來後，成功吸引了他的全部注意力。

時鹿鹿啞聲道：「為、什、麼？」

「你先止血，我才說。我說完，如果你還想跟我一起死，那麼，我滿足你——我不能撒謊，你是知道的。」

時鹿鹿看著臉色素白但情蠱並沒有發作的姬善，最終緩緩拔出手指。姬善走上前，從袖中取出銀針，扎在他的脖子上，然後把包紮在自己手腕上的絲帛撕下一半，替他包上。

整個過程中，其他人全都一聲不吭，有一頭霧水的，比如雲閃閃；有對此不感興趣的，比如刀刀；有專心看戲的，比如馬覆；有心事重重的，比如赫奕……而所有人裡，最震驚的就是風小雅。

他不敢置信地看著姬善。似乎所有人都知道姬善喜歡他，獨獨他不知道。

什麼時候的事？是上次他被茜色捅傷，她為他療傷之時嗎？

一念至此，他低頭看向茜色，茜色又吐出一大口血來——她也亟需治療。

「海風吹夠了，想聽故事的話，是不是該換個地，來壺茶，慢慢聽？」秋薑忽然開口，格外看了時鹿鹿一眼。「否則就你們倆，故事沒講完，已先掛了。」

時鹿鹿看著姬善手腕上的絲帛，再低頭看到自己脖子上的絲帛。一瞬間，腦海中全是兒時的相處畫面——燦如寶石，美似夢境。

再然後，姬善伸出雙手，用指背輕輕地搭在他臉上蹭了蹭。

時鹿鹿的眼睛一下子紅了。

十里外有一荒廢的獵人小屋，被打掃成了臨時居所。之前就是在這裡，秋薑等人商議決定在東陽關開始行動。

因為，對時鹿鹿而言，赫奕已死，宜國已是他的囊中物；而東陽關，是他初遇姬善之地，此地又素來人跡罕至……對時鹿鹿而言，這是一個很安全的地方，也是一個很有意義的地方，勢必會在這裡稍作停留。

問題是，怎麼讓他經過此地？

求魯館的高人給了良策——璧國可不是宜國，冬天，是很冷的。只要河道結冰，時鹿鹿的船不得不繞行，只能走東陽關。而根據他們推測，今年的璧國比往年冷，河道必定結冰。

天時地利，都一 就緒，下面，該人和了。

讓誰埋伏？

誰能對蠱王一擊必中？誰能壓制住武功極高的時鹿鹿？

眾人想了很久，最後秋薑道：「一個人做不到的話，可以多幾個人。」

他們找了當今世上最快的一把刀、一桿槍、一把琴，以及身法最快的一個人，將他們匯聚起來，祕密訓練了一段時間。其中只有雲閃閃是主動要求的，他的槍法也是最差的，但最終進步之神速，令所有人刮目相看。

秋薑曾問他為何幫忙，他說對時鹿鹿對他施展巫術一事念念不忘，很想親口問一問，是怎麼做到的。

而馬覆的加入，是為了報答茜色，據說茜色在海難時救過他。

至於刀刀，秋薑又給了他一把新刀，他決定再找時鹿鹿試一次刀。

如此，剩下最後一個問題——怎麼埋伏？

他聽力過人，任何百丈內的風吹草動都逃不過他的耳朵。百丈之外，又太過遙遠，雲閃閃的槍、刀刀的刀、馬覆的琴弦，都不足以瞬間抵達。

幸好這時，茜色給了他們答案——一路上，她負責船隻的採買補給，有機會離船來跟他們碰頭。

茜色道：「大司巫確實能聽到百丈內的任何聲音，但是有個前提——不分心時。」

「妳的意思是，如果他為某事分心了，就會忽略很多聲音？」

「對。在聽神臺上，我試過。當他獨處，或跟巫女們說話時，無論我在屋外做什麼，他都知道。唯獨一個時候，他會聽不見。」

秋薑猜到了。「跟姬善相處時？」

「不夠，必須是當姬善特別引起他的專注力時。有一次，巫女們伺候姬善洗澡，大司巫在一旁看著，我故意在門外打翻水盆砸毀新栽的鐵線牡丹。若換平時，他肯定生氣，可那一次，他沒有。並且事後找試探過——他以為那塊地的大坑是姬善砸的。」

秋薑定定地看著茜色，嘆服道：「人才。」

真是個人才啊，不愧是四面細作。

就這樣，刀刀、馬覆、雲閃閃和風小雅四人藏在沙子下的坑裡，等著船隻經過，等著姬善和時鹿鹿下船，再等著天黑，船隻停宿。

整整等了一天。

沒有食物，沒有水，甚至連空氣都很稀薄。

但四人全都堅持了下來，並終於等到行動的機會，一擊而中。

在木屋中，赫奕再看四人時，內心湧出無限感慨：這四人，全是白衣，沒有任何功名、官職在身，再加姬善和茜色，六人一起完成了這個計畫。而他和秋薑確實只能在旁看著。

就如此刻，他們回到木屋，卻依舊也只能看著。

姬善將時鹿鹿放到榻上，然後開始治療茜色。銀針在她手上，就像名劍遇到劍客，好筆遇到大家，如臂使指，出神入化。

除了秋薑跟時鹿鹿，這是其他人第一次看她用針——雖然隔著一道紗簾，但還是能看出大致水準。

赫奕見過伏周施針，也見過江晚衣施針，伏周精準，江晚衣細緻，而姬善比他們都要大膽得多，也快得多，大開大合，自成一派。

「江晚衣喜歡針灸，因為對窮人來說，這是一種不用花錢買藥的治病之法。」姬善緩緩道：「伏周也喜歡，因為能幫他辨識蟲蠱所在。而我，一點兒也不喜歡。」

不得不說，這句話出乎所有人的意料。

雲閃閃忍不住道：「那妳還學？」

「我爹不讓我學，我為了跟他作對，拚命學會的。」

「為什麼？」

「因為，女大夫替男人把脈已是極限，怎麼能赤身裸體地接觸呢？還要不要嫁人了？」

確實，針灸之時，需要脫衣。比如茜色此刻就是上身赤裸。

「還要不要嫁人啦？以及，妳就算學了，也比不上晚衣的——是我兒時常常聽到的兩句話。」

雲閃閃憐惜道：「妳爹太過分了！」

「所以，八歲之前，我有兩個目標——一，找個人把親事訂了；二，在醫術上超過江晚衣！」

雲閃閃拱手做了個「佩服」的手勢。

時鹿鹿則專注地注視著姬善，須臾不離。

姬善抬頭看了他一眼，道：「然後，我遇到了一個人，成功完成了第一個目標。」

時鹿鹿一怔。

雲閃閃配合地問出大家的心聲：「誰呀？」

「一個天生怪病、群醫無策、身分高貴、相貌出眾的人……」姬善說著，從簾裡伸出一根指頭，指向了其中一人。

所有人扭頭。

除了被指中的那個人——風小雅。

風小雅本是坐著休息的，在沙下埋伏一天，他已疲憊至極，此刻強撐著等姬善治療茜色。然後，聽到這句話，他一下子站起來，雙目圓睜，如遭雷擊。

秋薑至此才側目看他，輕輕一嘆道：「我本以為，你能認出她的。」

雲閃閃驚呼：「什麼？妳是鶴公以前的夫人？十一個夫人裡的哪個？」

「我不是十一個裡的哪個。」姬善把手指縮了回去，冷冷道。

「妳是……江、江？」風小雅顫聲說出了最後兩個字。十五年，這兩個字是懸在他心口的一把劍，悠悠蕩蕩。他為此而生，為此而活，為此有了十五年的追尋探索。

一度，他以為找到了，結果對方告訴他，不是。

後來，他又以為找到了，結果對方捅了他一刀。

而此刻，竟然有人自稱是江江，這個人，居然是姬善！

怎麼可能！

風小雅瞬間失去了全部聲音。

比起風小雅的悸顫，時鹿鹿平和得多。原來如此，他一遍遍地想，原來如此……

赫奕看看風小雅再看看簾子後的姬善，再看看秋薑道：「妳知道，」

「嗯。」

「妳什麼時候知道的？」

「我到鶴城的第一個晚上。」

朱龍抱著寶劍沉沉睡著了。

姬善提著一盞燈籠，燈籠裡有兩根蠟燭，她把含有迷煙的那根吹熄，然後拈起刻意穿上的紅紗裙走進屋內。

屋內的秋薑，似是睡著了，但她知道，秋薑沒睡，今夜，她在等江江。

「我知道妳醒著。我也知道，妳動不了。但妳能說話，有什麼想問我的嗎？」

秋薑問：「妳是江江？」

「我是。」她的確就是江江。

「妳是何時知道自己的真實身分的？」

「從未忘過。」

「這麼多年，為何不逃？」

「不得自由。」

「現在妳已經自由了。」

「還沒有。」

「為什麼？」

「因為我還有一些事沒有辦。」

「妳要殺風小雅？」

「不。」

那晚的對話裡，她沒有說謊。所以，當秋蕾把她當成茜色，問她「那妳為何答應婚事？」時，她拉開簾子，讓秋蕾看到她的臉。「這也是……我想知道的。」

秋蕾一驚，然後仔細辨認道：「妳不是茜色！妳是……」

姬善等待著。

然後，千知鳥的記憶沒有辜負她的期待，秋蕾認出了她。「姬善？」

姬善凝眸一笑道：「對。是我。」

「我祖父江玎，跟江淮是堂兄弟，後來跟我爹江運去了燕國，在玉京開了一家藥鋪，名叫復春堂。所以，江晚衣是我堂叔，我們小時候見過幾次面。我從小在他的光環下長大，活得很憋屈。」姬善說到這裡，撇了撇嘴。

時鹿鹿想：難怪姬善一開口就問江晚衣在巫神殿有多少頁，得知自己比他多後就顯得很開心；難怪江晚衣來後叫她揚揚，當時他在木屋裡聽到了，還覺得他叫得過於親密了；難怪姬善總是提起江晚衣的醫術……這些曾經的疑惑，都有了答案。

「我娘生了我後，性情大變，她原本是個溫柔活潑的女人，可生了我後開始天天哭，不吃飯，我爹治不好，請了江伯伯來也治不好。江伯伯說，娘是產後抑鬱成疾，得了心病。如此我大概四歲時，有一天，她突然說要出去走走，丟下我，投湖死了。」

時鹿鹿的手抖了一下——他一直以為元氏是她娘，她是個在元氏寵愛下長大的小姑娘，所以才那麼開朗活潑。

「我那時候已經有點記憶了，記得她鬱鬱寡歡的模樣。我便立志學醫，想弄明白為什麼她要自殺，為什麼她不愛我。」

雲閃閃聽得眼淚都要流下來了，道：「我娘也是，我娘也是生了我沒半年就死了，也說是得了心病，天天以淚洗面……」

「後來我走過很多很多地方，看到很多生完孩子的產婦都有這種病。這才知道我娘之死，跟我無關。」

「那是為什麼？」

「心病。構成的原因非常複雜，我摸索出了一套治療之法，試過幾個，都成功了。」

「怎麼治？」

「陪伴。父母、夫君、最親近之人的陪伴，是治這種心病最好的心藥。」姬善發現話題扯遠了，便收回來道：「總之，發現我對醫術很感興趣後，我爹一開始很高興，後來就開始勸阻。他希望我能安安分分嫁人，不要鬧事。我不服氣，就這樣認識了——他。」

姬善的手指再次從簾中伸出，指向了風小雅。

而這一次，風小雅終於回過神來，道：「我第一次見妳……」

「我爹阻撓我學醫，希望我嫁人，我就琢磨著怎麼嫁呢？這時，夥計要去送藥給你，我知道你天生是個病秧子，相爺遍尋名醫都治不好你，我十分好奇，於是那天我替夥計送藥。進府後，看見你坐在滑竿上看人放風箏，一臉羨慕。」

「是……然後妳把風箏搶過來，硬塞到我手上，跟我說『躺著也能放』。」

「你看，你都記得這件小事，為何不拿去跟茜色對質？還把她認作我，氣死我了。」

風小雅苦笑道：「她說她不記得入如意門前的事了。」

「那你也該好好觀察，她的聲音、表情、動作、脾性，可有與我相像之處？」

「她懂一點兒醫術，跟妳長得有三分相像。」

「就這？」

風小雅無言了一會兒，最後嘆口氣道：「我其實，也不太記得小時候的妳了。」

「這才是真話。若我此刻不提，你肯定也想不起來放風箏那事。因為——你小時候根本不喜歡我！」

風小雅垂下眼睛——被她說中了。他此生確實為江江而活，要說有多喜歡小時候的江江，卻是基本沒有的。他對江江，更多的是愧疚、是責任。而後來遇到秋薑，才是真正的……情難自已。

秋薑此刻就在一旁坐著，然而，他連轉頭看她一眼的勇氣都沒有。

「無所謂，其實我也不喜歡你。但是呢，我又特別想弄明白你的病，所以此後去你府上送藥的，全是我。一來二去，跟相爺也混熟了。啊，我可真喜歡他，尤其是他問我想不想嫁給你。我一聽，這不是正想打瞌睡就有人遞枕頭嗎？我當然同意！只要訂下了親事，我爹就不能阻撓我了！而且，相爺比我爹開明多了，他有一屋子的醫書，全都任我拿。就這樣，我答應了！」

姬善的這番話，跟風樂天當時與秋薑描述的江江的話完美重合了。秋薑聽著江江小時候的事情，想起那位笑如彌勒的老人，心中又是一陣抽疼。這麼多年過去了，手上似乎還殘留著割下風樂天頭顱時的感覺，這種感覺像是浸滿水的紙張，一直貼在她臉上，讓她面無表情，可以繼續假裝平靜，也讓她呼吸艱難，悒悒難樂。

「我爹這個時候又開始捨不得了，覺得你會短命，上門哭求，結果反把你爹的玩笑話坐了實。就那樣，我跟你訂親了。」

「後來……」風小雅艱難地開口，深呼吸了好幾次，聲音又乾又澀。「幸川放燈時，究竟發生了什麼？」

「當時你爹跟我說，讓我有個心理準備，你可能活不過那個冬天。消息不知怎的傳出去了，你爹聲望極高，又只有你一個孩子，大夥不忍他中年喪子，就全去幸川放燈為你祈福。我爹逼我也去。我說要是放個燈就能治病，那還要大夫幹麼？把做燈的工匠招進太醫院得了！」

雲閃閃「噗哧」一笑，連馬覆也忍俊不禁。不得不說，雖然姬善此刻講述的是個悲劇，但她偏有本事說得風趣可愛。

「我跟我爹大吵一架，最後還是生氣地提燈去了。結果路上看到了一件新鮮事：有個婆婆伸手往一落單的男娃面前一拍，那男娃就暈了。我好奇極了，這是什麼迷魂藥，這麼有效，當即追了上去！」

時鹿鹿至此，忍不住說了進木屋以來的第一句話：「不愧是妳。」

風小雅也長嘆一聲道：「不愧是妳。」

雲閃閃再次拱手表達佩服。

秋薑不由自主地勾了勾唇。姬善確實跟她不像，遇到這種事，她肯定第一時間叫人，而不會單槍匹馬跟過去。

「我追問婆婆用的是什麼藥，她又氣又急，根本不理我，只管帶著男孩走。我就拖住那個男孩不讓走，非讓婆婆給我也來拍一拍。結果……」

「她把妳也拍走啦？」雲閃閃好奇地睜大眼睛問。

「她說我年紀大，又醜，還是女的，不要我。」

雲閃閃的眼淚又流了下來，這一次，是笑的。

時鹿鹿冷哼一聲道：「瞎眼的！」

姬善朝他投去一瞥，繼續道：「最後，婆婆被我纏得沒辦法，說那藥身上沒了，讓我上車，帶我去親眼看。」

「妳就上車啦？」

「對。然後我就被略走了。」

眾人全都無語。連被略都略得如此與眾不同，不愧是她。

「我坐著馬車到了一個農舍，那裡有個姑姑，聽說了我的去意，就真的給我看了那種藥。我追問怎麼煉製，她不肯說。我就不走，賴在那裡。你知道嗎？農舍裡有十幾個孩童，他們天天哭，都不怎麼吃東西。」

「一開始，因為發現我一個人吃得跟十幾個人一樣多，姑姑很生氣，說再不走就殺了我。正好那時一個孩子病了，我過去看了看，報了個藥方。姑姑將信將疑地跟著抓藥，治好了他。姑姑頓時捨不得殺我了，也不再說趕我走了。我就跟著姑姑上了船。」

「妳不想家？」

「我跟我爹在吵架，根本不想回家，而且風小雅要死了，他肯定又要唸叨嫁人嫁人什麼的。我就想著跟那姑姑，走走看看，見識見識。」

風小雅的目光閃爍幾下，低聲道：「所以……妳是自願走的。」

姬善收了銀針，掀簾下榻，走到風小雅面前，正色道：「對。所以，你不用這麼愧疚了。」

風小雅的眼尾紅了起來。這一刻的心情複雜到了極點。

這麼多年，幸川和孔明燈都是他的禁忌，多少午夜夢迴，惦念著江江的遭遇，淚溼衣襟。

這一刻，救贖終於來到，卻遲了這麼這麼多年……

他望著姬善，一字一字地問：「妳，為什麼，不早點告訴我？」

「我還沒有講完我的故事。等你聽完了，若還想問這個問題，我再給你答案。」姬善說著，走到秋薑身邊，秋薑拍了拍她的手，帶著安撫之意。姬善這才覺得好過些了，在她身旁坐下來。

她在盡量用歡快的口吻描述過程，但事實上，真正的過程哪有這麼輕描淡寫？

她自小在藥鋪長大，見識過無數人世間最悲慘的事情：有病人在醫館孤獨地死去，無人問津；有病人屍骨未寒，子女就已為家產打了起來；有貧窮的母親抱著絕症的孩子拚命磕頭，求大夫施以援手；有富有的孩子卻無藥可救，只能眼睜睜等死……

小小一家藥鋪，濃縮世情冷暖。

但那些，都沒有青花船可怕。

姑姑和婆婆都是無知的婦人，因為無知，她們壞得也很質樸，對孩童的手段不過打罵。因她小小年紀醫術就很不錯，對她還有點敬畏討好。可青花船上的船員，是唸過書、識得字的。他們的壞，突破了她的想像。

第二十三回　悟道

江江跟在姑姑身後上船，好奇地東張西望。

姑姑連忙回頭提醒她：「等會兒見了小吳哥，機靈些，他性子冷，不喜歡吵鬧。」

「小吳哥就是迷藥的研製者嗎？」

姑姑點頭。

江江雀躍起來，立刻比了個閉嘴的手勢。

船不大，上下兩層，上面偽裝成漁船模樣，下層住人，而原本用來壓石的底艙裡，塞滿了略來的孩童。

江江因為嘴甜又會來事，哄得姑姑很喜歡她，所以跟姑姑一起住在下層，不必去底艙擠。姑姑帶她去夾板上拜見小吳哥。

她記得很清楚，那天海上下著雨，風大雨急。然而船頭放著一把躺椅，椅旁兩個船員合撐一把巨型紅傘，為躺在椅上的那人擋雨。

那人一邊躺著欣賞海上的風雨，一邊喝茶。

姑姑帶著江江過去，她們沒有傘，很快就被雨澆透了。

姑姑半點也不敢問為何不回船艙，畏懼溫順地行了一禮道：「小吳哥，這是今年最後一撥，共計男童十二人，女童四人，請您查收。」

小吳哥喝著茶，望著濃黑如墨的天空，沒有說話。

姑姑忙又道：「我知道今年人數不如往年，但燕國如今查得越來越嚴，這活也越來越難辦，還請小吳哥不要生氣。來年、來年開春了我肯定能補上的！」

小吳哥依舊慢條斯理地喝著茶不說話。

姑姑被大雨淋得渾身溼透，冬雨寒冷，她瑟瑟發抖，卻又不敢離開。

江江在一旁也瑟瑟發抖，忽開口道：「你不應該喝茶，應該喝酒呀。」

姑姑大驚，連忙用眼神喝止，但已來不及。小吳哥回眸瞥了江江一眼，他不過二十出頭的年紀，看起來又黑又瘦，很不健康的那種瘦，眼底有兩個大大的黑眼圈，看人時自帶一股陰惻惻的探究。

「你體內躁熱發乾，所以在這裡吹風吸雨喝涼茶。但茶的效果沒有酒好，你不妨試試。」江江又道。

姑姑一聽，眼底露出些許喜意。

而小吳哥的眉毛果然斜斜地揚了起來，道：「哦？」

姑姑忙躬身道：「這是我們此行最大的收穫——這個孩子聰明極了，還會醫術，路上幫忙治好了兩個風寒發熱的……」

小吳哥冷冷地橫了她一眼，她立刻嚇得不敢再往下說。

然後，他才又繼續抬頭看天道：「二十。」

姑姑臉上的血色「刷」的沒了。江江知道這句話的意思，本來每個月要交二十個孩童給他，可這次加上她才勉強湊了十六個。姑姑上船前就因為這事愁了好久，最後硬著頭皮來的。

她問姑姑為什麼不逃？姑姑苦笑了一下，說了一句：「逃不掉的。做了鬼，哪還能回去做人呢？」

江江路上也聽婆婆說過一些姑姑的事，童養媳出身，嫁給瞎眼的夫君，沒有孩子，遭到公婆虐打，最後放一把火燒了全家，關了十年，燕王大赦出來，身無分文、走投無路，一咬牙跟著獄裡認識的婆婆走上這條路。她因為無子而被虐打多年，對孩童尤其是男童又羨慕又嫉妒，好起來時願意讓他們看病，壞起來就成心不給吃的，然後又因為愧疚再讓他們看病……周而復始。

江江覺得，她也有病，病得不輕。

姑姑「撲通」跪在地上，磕頭道：「求求您，求求您，我來年一定補上……」

小吳哥道：「來年若更風調雨順，戒備森嚴，怎麼辦？」

姑姑呆住了，答不上來。

江江想了想，開口道：「風調雨順時，賣兒鬻女的是少了，但外出遊玩的會多呀。多拿點兒藥，拍回來不就行了？」

姑姑應和：「對對對，還請小吳哥多給點兒『神花』。」

那種一拍就跟著走的迷藥叫神花。據說就是這位小吳哥研製出來的，因此他年紀輕輕就成了燕國青花的頭。

小吳哥冷哼道：「多給點兒？妳以為神花是街邊的野草，長一茬拔一茬？」

江江立刻道：「我幫你種！我特別會伺候草藥！」

小吳哥的目光一下子犀利了，打了個手勢後，就有船員過來抓著江江的手拉到他跟前。

小吳哥細細地打量著江江，道：「妳很愛說話？」

「也可以不說。但看到你，忍不住就想多說。神花真的好神奇，我琢磨了半天也沒弄明白。你可以教教我怎麼做出來的嗎？」

「教妳？」小吳哥的眼睛危險地瞇了起來，道：「妳想取代我？」

「我拜你為師！幫你做事！」

一旁的船員們全都嗤笑了起來。江江不解道：「你們笑什麼？」

「妳長得難看，想得倒挺美。」大家哈哈大笑道。

江江發育得慢，這兩年才開始換牙，因此堪堪只長出了門牙，再加上又瘦又小，看上去就像是土撥鼠，確實不怎麼好看。可她從來就不知道何為自卑，當即道：「長得醜就不能想得美了？你們不也是？窮成這樣，還天天做夢發財呢！」

船員們笑得更厲害了。

小吳哥淡淡道：「我不收弟子，更不會把神花的配方傳授他人。你們沒有完成我的命令，必須接受懲罰。否則，對其他完成命令的人，不公平。」

姑姑大急，拚命磕頭道：「求求您！再給個機會吧，小吳哥，我、我還有用處，我可以像往年一樣，以、以身抵債……」

船員們擠眉弄眼地笑了起來，道：「妳這具臭皮囊，我們已經玩膩了！小吳哥，玉京那塊就換個新妹子唄。」

小吳哥揮了揮手，船員們立刻把姑姑扛起來，姑姑發出淒厲的叫聲，拚命掙扎，但無濟於事。她被綁上一塊大石頭，扔進了海裡。

江江聽到「砰」的一聲巨響，整個人都不好了。

她長這麼大，見過很多生老病死，但還是第一次見到如此不以為意的殺人。就在片刻前，還鮮活地叮囑她不要多言的人，轉瞬間，就跟條爛魚一樣被丟掉了。

大雨「嘩啦啦」地下著，她全身溼透，卻不發抖了，只覺得一股火在胸口燒了起來。

「小吳哥，這丫頭也扔下去？這年紀、這模樣，賣不了幾個錢吧？」

「讓我留在船上吧。」她輕輕道：「如果有人病了，我能看病。」

一名船員笑嘻嘻地彎腰對她道：「小丫頭，咱們的青花有三不：一，如果船上有人病了，不治，統統扔海裡；二，不收六歲以上的孩童；三，如果有出挑的小孩出現，不要，也扔了。」

「為什麼？」

「因為小吳哥說了，出挑就是冒險。咱們這行最重要的一個字就是——穩。」

「話太多了。」小吳哥突然道。

該名船員面色頓變，連忙扛起江江就往船舷邊走。

冰冷的雨水無情地拍打著江江的臉，讓她意識到了一個事實——她並不像自己想得那麼有用，這個世上並不是所有人都會對她好。

眼看船舷已到，船員開始往她身上綁石頭，她馬上就要步入姑姑的後塵，江江大聲叫：「我撒謊了！其實我已經知道神花的配方了，而且，還知道怎麼讓它變得更好！」

船員手一抖，石頭「砰」的掉下去，砸到了他的腳。他卻顧不得疼痛，一把揪住江江問：「真的？」

「真的！神花一次只夠弄暈一個孩子，若有大人在場，就很難得手。但我有辦法，讓所有人一起暈，到時候你們進屋，不只孩子，錢財、首飾隨便拿。」

「吹吧，哪裡有這麼神奇的藥？」

「在小吳哥之前，誰能想到有這麼神奇的神花呢？」

船員們一怔，紛紛扭頭看向小吳哥。

小吳哥終於放下手裡的茶杯，起身。撐傘的船員連忙跟著他。他一路走到江江面前，「啐」了一口道：「所以我才不要六歲以上的……真是麻煩！」

伴隨著最後兩個字，他的右手掐住江江的脖子，把她整個人提了起來。

江江的腿瘋狂地蹬動著，眼看就要被活活掐死，一道雷突然劈落，劈中了最高的船帆，巨大的帆桿立刻斷成兩截，重重砸下，將半邊甲板砸了個大坑。不僅如此，帆布更是燃燒了起來。

小吳哥一驚，手下意識一鬆，江江掉到甲板上。

船員們全都跑過去，撲火的撲火、堵水的堵水，一時間忙作一團，再也無力管她了。

江江見機轉身就跑。小吳哥的眼角餘光看她跑了，下意識要追，但一片燃燒著的帆布被風颳過來，他就地一滾避開，身後兩個撐紅傘的船員卻被颳了個正著，發出兩聲絕望的慘叫後，「撲通」落水。

甲板的坑越來越大，海水瘋狂地沖擠進來，一幫人用木桶倒水根本來不及，眼看水位越來越高，救援無望，小吳哥當機立斷道：「分船！」

眾人一聽這話，大驚失色，尤其是甲板上的那撥人，連忙喊：「不要啊，小吳哥……」

然而，伴隨著「卡卡」的機關聲，甲板一分為二，就像是一個壯碩的巨人，硬生生地切掉了自己的兩條胳膊。

被分出去的殘破船體連同上面的人立刻被海水吞噬了。有水性好的船員試圖游泳爬上來，留在主船上的船員們不敢救，為難地看著小吳哥。

小吳哥冷冷道：「不救。」

一個浪打過來，水性好的船員瞬間被拖入海裡。

「別婆婆媽媽，快點集合，穩住主艙，收拾殘局，還有，把那丫頭給我揪出來！」

伴隨著這句話，江江開始了長達六個時辰的船上逃生。

她趁亂跑進船艙，本想躲到艙底的孩子堆裡，可跑到一半覺得不對。她從小為了學醫，一直跟她爹鬥智鬥勇，針灸要躲起來偷偷練，醫書要藏起來偷偷看，因此摸索出一套藏匿之法。這些人第一時間肯定會去搜艙底，她絕不能躲在那裡；其次應該選廚房，因為有吃有喝，能不挨餓，但這些人肯定也會想守著廚房，等她沒吃的時候自投羅網，所以廚房也是他們的排查重點；然後還剩下宿棚，那裡時刻有船員警戒望風，去不得；那麼，只剩下船尾的屋，那裡是船員們的住處。

江江想到這裡，沒有猶豫，當即提了個水桶套在頭上朝船尾跑過去。船上大亂，後方的船員沒有聽見前方指令，全忙著繼續撲火，沒有注意到她。

江江跑啊跑，途中撞到了一個男童，正是之前路上風寒被她治好的其中之一，名叫三郎，今年剛五歲。大概因為人病初癒，所以沒安排他去艙底，免得過病給別人，留在了甲板上。

三郎定定地看著她。江江連忙比了個「噓」的手勢，頂著水桶繼續跑，終於趕在被人發現前衝進了後屋。後屋一共四間，看上去一模一樣。江江一怔。就她對小吳哥的印象，此人耽於享樂，大雨天還要人替他撐傘，方便他喝茶，那麼他的住處也應該跟旁人不同，格外華麗才是……

這時，外面傳來了腳步聲。

來不及了！碰運氣吧！江江一咬牙，當即選了其中一間躲進去。屋裡跟所有男人的房間一樣，又髒又亂，充滿了濃濃的體臭味。也幸虧如此，她的腳印在溼答答、汙濁一片的地上才沒有顯得太明顯。

江江沒有躲進櫃子裡，也沒有藏到床底下——她爹找她，從來都是先搜這兩處。

她迅速找到放衣服的櫃子，先把身上的溼衣草草換了，免得滴水暴露痕跡；再找出一根褲帶，打個結往上方的橫梁上一扔，然而手臂無力，沒能扔到。

腳步聲更近了。

她繼續嘗試，扔了好幾次都沒扔上去。

一人在外面道：「三郎說了，看見那丫頭往這裡跑了！就在這裡面！」

江江一聽，氣得手抖，手越抖就越掛不上。

她聽見了踢門的聲音，一間、兩間、三間……就剩下她這間了！

「砰！」第四間房間的門也被踢開了，兩名船員衝進來，第一時間去趴床底，然後打開櫃子，再把邊邊角角都查了一遍。

「沒有。」

「我這裡也沒有。」

「走！」他們衝了出去。

江江趴在橫梁上，捂著嘴巴，提醒自己必須放緩呼吸，絕不能被發現——剛才，千鈞一髮之際，她跳到榻上再一甩，褲帶掛中橫梁，她爬了上來！

江江於此刻無比感謝她爹。若不是跟爹長年累月地鬥智鬥勇，她都想不到躲在梁上，更不會擅長攀爬。

想起爹，連日的憤怒和委屈，在這一刻統統變成了後悔和害怕。衣服雖然換了，但頭髮和鞋還是溼的，剛才急著跑，現在靜下來，就感覺到冷得刺骨。鼻子很癢很想打噴嚏，她拚命捂住，不敢讓自己發出聲音。

門外傳來凌亂的腳步聲，緊跟著一人道：「小吳哥！」

江江嚇得一抖，睜大了眼睛。

不要進來不要進來不要是這間……結果，對方偏偏就進來了。

「廢物！」

「我們把艙底、廚房，還有這裡都找過了，會不會是剛才忙亂之時掉海裡了？」一名船員道，其他人也紛紛附和。

「她一個小孩子能躲哪裡去啊，沒準已經掉下船了。」

「再找。普通人家養不出她那樣的孩子，一旦消息洩漏，很可能招來麻煩。」

「是！」

其他船員離開了，只剩下小吳哥獨自坐在榻上，手裡還拿著茶杯，不知道在想什麼。

江江覺得鼻子更癢了，隨時都會打噴嚏。怎麼辦？怎麼辦？

她急得眼眶都紅了，暗中咬了一口舌頭，舌尖立刻嘗到血腥味，這才把那股癢意勉強壓下去。然而，就在這時，小吳哥突然舉杯，看著杯中的茶。

一瞬間，江江腦海裡浮現出「杯弓蛇影」四個字，自己的影子不會是映到茶裡了吧？

她一顆心頓時揪緊。

幸好，她的好運氣再次及時趕到——

一個船員飛奔而來道：「不好了，小吳哥！糧艙著火了！」

「什麼！」小吳哥顧不得再看茶，將茶杯一放，大步衝了出去。

江江的噴嚏一下子打了出來，眼淚、鼻涕一起流下。

糧艙就在廚房旁，原本火勢沒有蔓延過來，眾人撲完火又累又渴，還要去廚房搜江江，行動間難免有點急。結果一人不慎，懷裡的火摺子從衣服裡滑落，又沒留意，就隨手關門出去了。

火摺子墜落時碰倒了一旁的油壺，綻出火花，火花遇油，瞬間燒了起來。等外頭的人聞到煙味進去一看，已經變成了熊熊大火。

船員們手忙腳亂地救火，等小吳哥到時，火是再次撲滅了，裡面的食物也燒了大半。

小吳哥看著焦黑一片的廚房，臉色非常難看。他們的船已行駛了大半天，離港口很遠了。燕國向來寬出嚴進，此船又一看就知發生了事故，必須要向官府報備。也就是說，他們無法回頭，只能加速趕到下一個接頭點才行。

「哪個傢伙幹的？」他沉聲道。

一名船員被眾人推了出來。「他！他走在最後面！」

該船員哭道：「我真的不知道，我不知道我怎麼點了火……小吳哥，這只是意外啊！」

「清點食物。」

船員哭哭啼啼地應了一聲「是」，忙不迭開始清點還剩多少吃的，最後惶恐不安地匯報道：「還、還剩一些被火烤熟的蛋和肉。大、大概夠所有人吃、吃一天。」

「所有人？把艙底的算進去了？」

該船員面色一白，連忙搖頭道：「沒、沒有。如、如果他們也要吃，那、那就一頓，還是半、半飽。」

小吳哥飛起一腳踹在他身上，把他踹得滾了好幾圈，重重撞到灶臺上。

「下個港口還要多久？」

「起碼三天。」

「那就先吃這些。不夠——吃他。」小吳哥的手，指向了灶臺旁的船員。

船員驚聲尖叫起來：「饒了我吧小吳哥！饒了我吧！」

然而沒有用，兩名船員立刻上前，手起刀落，將他了結了。

橫梁上的江江是從兩名船員的聊天聲中得知此事的。當時她趴在橫梁上已超過了兩個時辰，整個人都僵硬極了，但她不敢翻身，因為陸陸續續有人進屋，快到睡覺的時間了。

她頓覺不妙，因為睡覺意味著要平躺，要仰頭看天花板，很容易發現她！

眼看天越來越黑，回屋的人越來越多，就在這時，小吳哥進來了，道：「還想睡？」

所有休息的船員立刻蹦起來。

「連夜趕路，分批操槳，後天一早必須抵達下個港口！否則全死！」

「是！」船員們連忙跑出去幹活了。

江江這才稍稍鬆了一口氣，但緊跟著她的心又提了起來——就剩下小吳哥一個人了，他會睡覺嗎？

小吳哥在屋子裡坐著，估計是想養精蓄銳。如此過了一段時間，江江覺得自己的腿癢得不行了，很想撓一撓，於是她慢慢地、一點點地移動著手到腿上，剛抓了抓，底下的小吳哥忽然起身，嚇了她一跳，以為自己被發現了！

只見他起身把床榻上的某塊板打開了，底下有個暗格，他伸手進去從裡面摸出一個盒子。盒子打開後，裡面是幾個稀稀落落的瓶子，只占據了盒子的三分之一。

小吳哥沉吟著，想把東西揣懷裡，但最終只拿了一半，另一半裝回去放好。然後他起身走出去。

江江長出一口氣，連忙活動手腳，結果沒想到腿上一抽，立馬掉下去。幸好她腰上還纏著腰帶，掉到一半，掛在橫梁上的腰帶拉住了她，好不容易乾點兒的衣服又被冷汗浸溼了。

她掙扎著落地，解開腰帶，決定換個地方。他們終會回來睡覺的，而且已經搜過一次了，對別的地方的防備也會減少。

但一隻腳剛邁過門檻，想了想，她扭身回來，依樣畫葫蘆地打開暗格，把那個箱子掏出來。打開瓶子一看，大喜過望——這就是神花啊！她連忙把剩下幾瓶全拿了，然後放好床板，這才離開。

她決定去廚房。

廚房已經燒了，吃的都搬出去換了個地方，現在應該沒人會去那裡。

她照樣拿木桶套在頭上，一點點往外挪移，結果好巧不巧，又碰到了三郎。三郎睜大眼睛看著這個移動的木桶，還彎腰湊過來看。江江再次比了個「噓」，然後挪去了廚房，三郎好奇地跟著她。

她拚命打手勢驅趕，但是沒用。幸虧此刻所有的船員估計都在忙著划船趕路，無人看見他們。

三郎忽然道：「我餓……」

江江咬咬牙，抓著他的手一起進了廚房，問：「你知道他們把吃的挪哪裡了嗎？」

三郎搖頭。

江江想，算了，不指望這傻子。她在已被搜羅過的廚房裡再次搜尋起來，希望能夠找到些許殘渣剩飯。然而沒有，一點兒都沒剩下。

三郎又開始鬧起來。「我餓……」

「跟我講有什麼用？我也沒有。」

三郎跟了她一圈，信了她確實沒有，當即就出去了。江江心想，謝天謝地，他可算走了。她打量四下，決定再去灶洞裡摸一摸——這也是在家裡養出來的習慣，廚娘總是會用灶裡的餘火埋點兒芋頭、栗子什麼的，結果居然真的被她摸到了兩個鵝蛋，頓時歡喜得差點叫出來。

這時門外傳來吆喝聲。她一驚，索性整個人都爬進灶洞裡，用炭灰抹臉，盡量讓自己黑一點兒，從外邊能看不見。

廚房的門被「咚」的撞開了，兩個船員抓著三郎的手臂飛快地走進來。

三郎尖叫，他們就用布堵住他的嘴巴。

「聽說沒？一共就三十六個蛋，還有兩塊肉。」

「那不算艙底那些人，咱們每人能分一個半雞蛋？一口肉？」

「想得美！小吳哥把所有吃的都拿走了，然後跟大壯他們說必須划足六個時辰，才能領一個蛋。」

「那你把我扯這裡來幹麼？趕緊回屋休息啊，明早就輪到咱們了。」

「你咋這麼死心眼呢？讓他們划去唄！六個時辰，你能扛得住？」

「哥，那、那這兩天咱們吃什麼？」

其中的哥哥提起三郎的手，使了一個眼神。弟弟嫌惡地皺著臉道：「吃人？不要吧……感覺怪怪的……」

「我是你哥，你得聽我的，想活，就得這麼做！我跟了小吳哥多年，非常了解他，那些雞蛋他最多給一半，另一半都得留著，用來控制大夥不鬧事。要知道，上面的人還有口吃的，下面那撥貨可是要生扛啊！還有，下個港口三天根本到不了！」

「啊？」

「你想啊，這麼冷的天，名家灣那邊又破又窄的，內河肯定凍上了，根本進不去！只能去下下個大一點兒的紅梅灣。」

「那怎麼辦啊，哥？」

「咱們就藏這裡，沒人會再來這裡了。這小孩省著點兒吃，又不幹活的話，能扛到紅梅灣。」

「好吧，那、那就這樣吧……」

「來，你動手。」哥哥將刀遞給了弟弟。

弟弟問：「為啥我來？」

「我按著他不讓他發出聲音，你俐落點兒！」哥哥把三郎抱起來壓住。

三郎再傻，這個時候也明白了，當即拚命掙扎起來。

灶臺裡的江江下意識閉上眼睛，心中默唸：不關我的事不關我的事，我自身難保我自身難保……

弟弟持刀，哆哆嗦嗦地靠近。

「快呀！」哥哥催促。就在那時，有人拍了拍他的肩膀，他不耐煩地頂開，繼續催促道：「就這裡，一刀！」

催到一半想起不對勁，趕緊回頭，然而某物已經拍在他鼻子上，他的雙眼直了一會兒，軟軟倒下。

「哪裡啊，到底扎哪裡呀？我沒殺過人啊……」弟弟還在膽顫心驚，一隻手伸過來，在他臉上拍了拍，然後，他也倒下了。

江江只覺一顆心「咚咚咚咚」都快要跳出胸膛，幸好在家時對夥計們幹過這種下藥的事，面對大人也不畏懼，所以一擊而中！

三郎得了自由，當即張大嘴巴要哭。江江連忙也給了他一拍，他「啪」的倒下了。

看著眼前兩大一小三個人，她只覺頭疼得要命，氣得踢了三郎一腳。

「你可真是我的剋星。把我的行蹤告訴別人不說，還逼我出手救你！幸好我偷到了神花，不然他們要吃你，過來一點火、一生灶，我就死定了！」

然後她就不知道該怎麼辦了。神花是有時效的，他們大概一、兩個時辰就會醒來。廚房不能再待了，而這些人也看到了她的臉，等他們醒來，她還在船上的事就藏不住了。

這下子可怎麼辦啊？本來藏在灶洞裡，多好啊！

江江越想越氣，又踢了兩個船員一腳，然後把灶洞裡的蛋拿出來，剝開吃掉。剛吃了一口，就眼睛一直，也倒下了——她忘了，她拍過神花後，沒有洗手。

江江醒來時，頭疼得不行。但謝天謝地，她才吃了一口沾了神花的蛋，所以毒性最輕，是第一個醒來的。船員兄弟和三郎都還躺著——他們中毒比她深，至今未醒。

江江鬆了一口氣，想起身，卻發現手腳依舊痠軟，不過姑姑曾說過這種痠軟很快就會過去，她便躺著繼續琢磨該躲去哪裡的問題。

似乎哪裡都不安全了，被發現難逃一死。難道自己真的會斷送在這裡？可她還沒學好醫術，成為很厲害的大夫啊……

腦海中突有什麼東西一閃而過。

江江騰地坐起來——然後發現，自己恢復行動力了。

如果，把這條船上的船員都視作病人的話，他們的病因是什麼？想要解決的病痛又是什麼？身為大夫的她，如何對症下藥？讓自己活下去，讓這些人，也活下去？

外面很吵，不知道發生了什麼事。她爬起來，拿起木桶罩在頭上，悄悄地開門溜了出去。

遠遠的後艙那邊，有兩撥人在對峙，一撥以小吳哥為首，另一撥領頭的則是個叫大壯的。相比之下，大壯那邊人多一點兒。

雨還在下，但所有人都沒動。

小吳哥面色陰沉道：「我說了！只要後天一早能趕到名家灣，這船買賣就沒白忙！」

「那也得有命活到那裡！你讓我們划船，卻不給吃的，我們哪有力氣？」

「你們想怎樣？」

「先分吃的，再幹活！」

兩撥人大吵不止，江江聽了一會兒，果然跟那個船員哥哥抱怨的一樣，其他人也不全是傻子，都發現這是個騙局了。

就這天氣，名家灣根本沒法停靠，而要去紅梅灣起碼十天。也就是說，只有吃了艙底的孩子，才能堅持到那裡。可那些孩子都是錢，而且小吳哥應該也是有任務在身，需要跟上頭交代的，所以他極力想要保住那些孩子。船員們不幹了，逼他選擇：要兄弟，還是要孩子。更有甚者開始趁機分權，要他拿出食物。

真是好一場大戲啊。

江江躲在木桶裡，藉著桶上的縫隙看熱鬧，恨不得兩撥人趕緊打起來，可隨即又想到，打起來了就沒人划船了，大家都要死在海上，不由得又有些著急。

怎麼辦？她拚命思索著。

她從小就是個愛動腦筋的孩子，總能想到一些稀奇古怪的點子，因此這一次，她也想到了。但是，成功率只有三成。

不管了，反正都是死，拚了！

一念至此，江江轉身，拖著木桶回廚房。

廚房裡的清水沒了，但還殘留著滅火剩餘的海水，這些水不能喝，卻能潑人。江江從身上搓出兩個泥丸，其中一顆裡加了點兒神花，然後，把沒放神花的泥丸塞進哥哥嘴裡，再用海水把兄弟二人潑醒。

先醒的是哥哥，他揉著劇痛的腦袋，迷糊了一陣子。直到江江開口：「醒啦？」

哥哥一驚，繼而大怒。

這時弟弟也醒了，開口喊了一句：「哥？」

「妳……啊呸呸呸！什麼……」哥哥剛說了一個字，就發現嘴裡有什麼東西又鹹又臭又苦，但已經化了吐不出來，只好繼續罵道：「妳個臭丫頭！果然還在船上！」他當即就要爬起來去打她，但手腳發軟，一時起不來——這也是江江剛才親身體驗過的。所以她有恃無恐地蹲在弟弟身邊，然後，把加了神花的那顆泥丸當著哥哥的面，塞進弟弟口中。

弟弟一怔，「咕咚」一下吞了。

「住手！妳給他吃了什麼！」

弟弟兩眼發直，再次失去知覺。

江江悠悠道：「我說過，我會醫術。這是我精心研製的蝕骨丸，吃後每個時辰都要服食解藥，否則七竅流血、爆體而亡。」

哥哥大驚，將信將疑。但他此前也在甲板上，親耳聽過這個小孩說她會醫術，還知道神花的配方……

江江又道：「你剛才昏迷之際，其實也吃了。」

哥哥又一驚，下意識摸自己的喉嚨。

「所以，你現在是不是覺得頭暈眼花、噁心嘴臭想吐？」她每說一種，哥哥的臉就白一分。「不過你吐不出來的，死心吧。」

「妳、妳這個死丫頭！」

「我是為了救你！」江江起身，讓自己顯得高大一些——這也是她學醫時的發現，如果你站得比對方高，對方就會下意識認真聽你的話。「名家灣去不了，紅梅灣又太遠，現在船員們都在鬧，要小吳哥承諾必要時把艙底的孩子們分給大家吃了。如此，他們才肯繼續幹活。」

哥哥一怔，狐疑地盯著她問：「那跟救我有什麼關係？」

「你也很明白，小吳哥不會這麼做的。孩子沒了，雖然你們的命保住了，但他到了地方，必定會被上面的人懲罰。王姑只是少了四個孩子，就被弄死了。你們這麼多人，要划船，十天還不得吃四、五十個孩子啊，這責任，他擔不起。其實你們也擔不起。所以，就算你們吃了孩子，活著到了紅梅灣，也是死罪。」

哥哥想到以往如意門的懲罰手段，額頭的汗立刻流了下來。

「我有辦法救你們。」

「什麼辦法？」

「我覺得你腦子特別聰明，又孔武有力，還是這裡的老船員，為什麼一個手無縛雞之力的小吳哥，能壓在你頭上？你什麼都得聽他的？」

「廢話，他有神花啊！」

「我也有啊。」江江從懷中取出一個瓶子來。

哥哥看到此物，本將信將疑的心又信了幾分。

「我也能給你神花，而且還比這個更好用。所以，你想不想取代小吳哥？」江江把瓶子拿到哥哥面前搖了搖。

哥哥試探地伸出手，江江索性放到他手裡，瓶子已經空了，但裡面殘留著很淡的味道，確實就是神花；再加上剛才江江就是用神花把他拍暈的，至此，哥哥的最後一絲懷疑都煙消雲散了。

「妳想怎麼做？」

「我想幫助你幹掉小吳哥，收服其他人，所有人都不用死，還能有錢拿。」

哥哥定定地看著眼前的女童，好半天才擠出一句話：「妳是誰家的女兒？」

江江燦爛一笑。

船尾的吵鬧終於停歇了，因為大強出現了。

他把領頭鬧事的大壯拉到一旁低聲說了好一番話後，大壯面露驚色，再回來時擺了擺手道：「算了！先去名家灣，要是那裡真凍上了，進不去再說。」

小吳哥道：「這才對嘛。為沒譜的事先內訌，傷了兄弟們的感情。」

大強道：「對對對，我才打個盹的工夫，大壯你就鬧出這麼大的事，幸虧小吳哥不計較，快，給小吳哥賠罪！」說著拖著大壯走到小吳哥面前。

小吳哥微微一笑道：「自家兄弟……」剛說了四個字，大壯和大強雙雙出手，將他抓住。

其他人大驚，兩撥人當即開打，一時間，亂成一片。

大壯手中刀光閃現，二話不說就給了小吳哥一刀。

鮮血噴薄而出，四下飛濺！

「別打了！聽我說……」大強跳到箱子上喊道。

再看大壯腳下的小吳哥，匕首直入心臟，血流成河，顯見是不能活了。兩撥人慢慢地停下來，不敢置信地看著這一幕。

「你們瘋了？」

「我們沒瘋！我們是為了沽命，讓兄弟們全活命！」

小吳哥張了張嘴巴，湧出大團血沫，發不出聲音。

「看這雨，看前面的霧，靠這麼一點兒吃的，別說紅梅灣，就算名家灣能進，也得吃幾個娃才能熬到那裡！對上頭的人來說，咱們的人命值錢，還是那些娃值錢？」

大家不約而同地沉默了。

青花規矩森嚴，如意門更是手段殘酷，他們全都見識過。平日裡處決別人，還覺得自己挺厲害，但這處決一旦落到自己頭上，就變得無比可怕。

「這麼多年，這廝仗著自己會搗鼓毒藥，對我們呼來喚去，非打即罵，拚死拚活累的是咱們，好處他全自個兒吞了！這麼大雨，還要兄弟們在外給他打傘吹風受凍，一不滿意就殺人，這些年，死了多少兄弟？」

一些人聽到這裡，再看小吳哥的眼神裡就少了畏懼，多了許多憤恨。

「那也就算了，都是為了混口飯吃。可是這次，他要拖著我們所有人一起死！我們明明能活！」

「怎麼活啊？吃了那些娃，被夫人知道了，不也是一個……」聲音小了下去。

「不吃娃，也能活！」大強朗聲道：「我們返程！」

「返程？你是說回燕？」

「對。我們才出來一天，回去也一天，一天，怎麼都熬得住！」

「不行不行，官府查起來……」

「官府那邊，有人肯保咱們！」

「誰？」

「我呀！」一個聲音遠遠傳來。

眾人扭頭一看，發現瘦小的女孩從風雨中緩步而來，手裡提著一盞燈籠，走到哪裡，亮到哪裡。

地上的小吳哥本已奄奄一息，看到江江，頓時氣得掙扎起來。

江江走過來，盯著他一會兒，然後抬腳，用力朝他心口的匕首踩下去，道：「汝等賤民，也敢殺我？」

小吳哥「噗」的再次噴出大口血來，血潑了江江一身，但她半點害怕的樣子都沒有，而是用衣袖擦了擦，冷冷道：「你知道我是誰嗎？」

小吳哥瞪大眼睛。

「我姓江，名江，是復春堂的大小姐！除此外，我還有一個身分……」

「我知道！」一名船員驚呼起來。「妳是風相的兒媳！」

「什麼？什麼兒媳？」

「燕國的宰相風樂天，為他兒子訂了復春堂的千金為妻，這事所有燕人都知道！」那人越發惶恐起來，道：「完了完了，我們居然抓了他的兒媳婦……」

江江心想此人真是上道，都不用自己說就把身分抬出來了。果然，眾人看她的表情頓時變了，多了幾分敬畏。

只有小吳哥，眼睛都紅了，氣得整個人都在抖。

江江冷冷道：「只要你們送我回去，我保你們平安無事。這船孩子，你們補給完畢後還能帶走。我絕不追究。」

「真的？」眾人將信將疑道。

「你們也可以不信。那麼，就想辦法熬去紅梅灣吧。」江江說完，跳到一個箱子上坐下了，一副成竹於胸、任君選擇的模樣。

船員們琢磨起來。其中，大強沒得選擇，他們兄弟中了此女的毒藥，因此，他大聲道：「我選擇回城！」

大壯遲疑了一下，也道：「我也回城！」

是餓死在路上，還是吃孩子後被上頭懲罰，或是選擇返程，三條路擺在眼前，而結局，很明顯。

江江在風雨中，看著眼前的一幕，害怕的感覺早已消失殆盡，身體裡湧動著一股激動的、興奮的，以及充滿成就感的東西。

這便是人心啊。此地人人想活。

這便是心藥啊。她給了他們一條活路。

有了這道心藥，人們願意服藥——聽她的話返程。

有心藥者，即能控制人心。

她悟了！她悟了！

她找到了自己的道！

第二十四回 心藥

木屋中，眾人聽到這裡，反應各異。

最震驚的，自然是雲閃閃，他問：「妳當時幾歲？」

「剛滿九歲。」

「九歲，妳，就弄死了一艘青花船的老大，讓整船人跟著妳幹？」

「薛采九歲就讓整個璧國跟他幹了。我不過是一艘船，有什麼好大驚小怪的？」姬善白了他一眼。

雲閃閃一想有道理，但還是心悸。他如今十七歲，若是換了江江的處境，也完全做不到這一點啊。

秋薑則淡淡道：「妳運氣不錯。」江江能反敗為勝，運氣占了五成。若非一道雷突然劈落，若非那條船上眾人都不會武功，若非小吳哥身體虛弱，若非小吳哥讓她發現了神花所在……她早已死了。

「我的運氣，一向很好。」

風小雅忽道：「妳……為何沒回來？」按照姬善所言，江江明明帶著整艘船返燕了，但結果是她就此失蹤，並沒有回來。

「因為小吳哥弄沉了船。」姬善說到這裡嘆口氣。「我那時候還是太小，不懂人心之惡。大壯他們要殺他，我還說留著交給官府，沒準還能領賞。我不知道，原來所有青花船上都有一個自爆機關，用於走投無路時沉船銷毀證據。他明明都半死不活了，卻找到機會按下機關，拖著所有人跟他一起死。」

「船炸了？」

「炸了，大家都掉到了海裡。」

雲閃閃驚道：「那妳怎麼活下來的？那可是冬天啊，還在下雨不是嗎？」

「我說過，我是個運氣很好的人。」姬善說到這裡，眼眸中多了幾分溫柔。「我遇到了阿娘。」

時鹿鹿道：「元氏？」

姬善點點頭。

船炸開的時候，江江正趴在小吳哥的床榻上研究暗格，原來除了神花還有一些金銀珠寶什麼的。她正琢磨著這些錢財怎麼分，天旋地轉間，船身炸裂了。

江江跟著床榻一起掉下，再被巨浪一下子吸入水中，瞬間失去知覺。

等她再醒過來時，發現自己在海上漂。一條腿卡在榻板的格子裡，因此，榻板浮起來的同時把她也托了起來。說不幸吧，如此大難都不死；說運氣吧，冬夜下雨的海面，冷得身體、頭髮全結冰了。可她這會兒不覺得冷，還覺得熱。

她掙扎著試圖脫衣，脫到一半突然想起醫書中讀過，極度冰寒時，人都會產生錯覺，覺得自己很熱，因此凍死的人大多都會死前脫衣服。她一個激靈，嚇醒了一些，不敢脫了。意識卻迷迷糊糊地再次昏沉起來。

「不能睡，不能睡啊，江江，不能睡！睡過去就完蛋了！」她拚命告誡自己，可體溫流失得太快，她再次陷入昏迷。

然後她做了一個夢。

夢見了娘親。

娘親居然從湖裡走出來，朝她走過來，喚她：「揚揚……」

她睜大眼睛，心裡想著娘居然沒有死？娘回來了？

「揚揚！」娘親走過來，輕輕抱住她，像雲朵、像棉花、像冬日的陽光一樣又暖又軟又溫柔。

娘親！她哭了出來。

妳的病好了嗎？我好想妳啊，我好想好想妳啊！

娘親梳理著她的頭髮，一遍又一遍，她覺得好舒服好舒服……

江江猛地睜開眼睛，發現不是夢，她的腦袋真的枕在一個女人身上，那個女人一邊哼著歌，一邊替她梳理頭髮。

置身處是個大船艙，很多人，船身簡陋，大家都坐在地上，衣著大多儉樸，全是平民百姓。看起來是個商船，順帶捎點兒旅人。

謝天謝地，總算不再是青花了！

替她梳理頭髮的是個特別乾瘦的女人，手上有很多瘀痕和傷疤，但儀態優雅，坐得跟其他人都不一樣。她身邊還有一個小女孩，跟她差不多年紀，長得非常漂亮，正好奇地看著她。

江江眨了眨眼睛，心想這裡是哪裡？

「妳醒了？阿娘，她醒了！」女孩叫道。

女人停下手，柔聲道：「妳醒了？」

江江一臉茫然。

身旁有個婆子湊過來道：「謝天謝地，大難不死，必有後福啊！小丫頭，妳可得好好謝謝元娘子，她可是用自己的一對翡翠耳環，換來妳的命啊！」

元氏忙道：「沒什麼的。正好經過，是老天爺讓我救這孩子。這麼冷的天，王哥他們下水救她也很辛苦，給點酒錢罷了，那對耳環不值錢。」

一旁的女孩點頭道：「嗯，娘找到了我，是老天慈悲。所以娘也要慈悲，多做好事！」

「沒錯，阿善。」元氏摸了摸女孩的頭。

江江立刻聽懂了：這艘船經過時看到了漂在海上的她，元氏用自己的耳環求船夫下水把她救起來。看她和阿善的衣著，都是舊衣，不是什麼有錢人，竟如此好心……再聯想到剛才那個美好溫暖的夢，江江的眼眶不自禁地紅了起來。

「怎麼了？是餓了嗎？」元氏當即從身下取出包袱，從裡面拿出一塊硬餅，掰了一半給她，另一半給阿善。

阿善搖頭，把餅全遞到江江面前，道：「妳吃吧。妳凍了半天，肯定很餓。妳叫什麼名字？」

「我叫江江。」

「我叫姬善，善良的善。阿娘說了，做人最重要的是善良。」姬善說著朝她燦爛一笑，露出兩個可愛至極的酒渦。

那是九歲的江江，第一次見到姬善——真正的姬善時的情形。

那也是江江第一次切身體驗到何為善良。

相處久了，姬善告訴她，她爹嗜賭，把家裡的田地、老宅都輸得差不多了，就把她也輸了出去。那人是個商人，帶著她去燕國經商。元氏知道後大哭一場，收拾包裹離家出走，千里尋女，吃了很多苦終於在燕境內找到她。商人被此舉打動，就把阿善還給了元氏，還買了船票送她們回家。

難怪元氏看上去跟平民百姓不一樣，原來是大家族的夫人，可惜家道中落。但元氏把阿善教養得真好啊，總是甜甜微笑，經歷了那麼悽慘的事也一點兒都不怨恨，還對她非常好，把自己的衣服和食物都分給她。

江江本想回家，但看這對母女歸心似箭，而且人在船上也走不了，便決定先跟著她們，等到地了湊點兒盤纏再回。

就這樣，她來到了璧國，來到了汝丘。

汝丘距離京城很遠，她去找郵子，問送信去京城的江太醫家要多少錢，郵子說要一擔穀。然而她身無分文。

看著她為難的樣子，姬善便拉著她的手道：「要不妳先跟我們回家，我去找阿爺，看看能不能湊一擔穀出來。」

元氏當時面有難色，但沒有拒絕，還是帶著她一起回家了。

結果剛到家就聽到一陣吵鬧聲，房門大開，一個三十左右的男人正在翻箱倒櫃發脾氣。「都藏哪裡了？我知道你肯定有！快給我，你這個老不死的！」

一個五十開外的老者盤腿打坐，閉著眼睛，一臉平和，充耳不聞。

男人更生氣，當即就去揪老者的衣領，姬善忍不住叫著跑了過去：「放開阿爺！」

男人回頭，看到姬善吃了一驚，再看到身後的元氏，又驚又喜。「妳、妳們怎麼回來了？」

老者突然睜開眼睛，厲聲道：「跑！」

「阿爺！」

「跑……別回來……」

然而，男人手臂一伸，一把抓住元氏，道：「妳回來得好，有錢嗎？」說著去翻她的包袱，把裡面的衣服、乾糧抖了一地。

姬善害怕地躲到老者身後。老者的眼角溼潤了起來，道：「妳們還回來幹麼？快逃啊……」

男人逼問元氏：「錢在哪裡？」

「沒有。我沒帶錢走。」

「騙鬼啊？妳去燕國找丫頭，能不帶盤纏？而且妳都把她帶回來了……」說到這裡，看到了江江，他一怔。「怎麼還多了一個？這是誰？」

元氏連忙扭頭對江江道：「我這裡沒水喝，妳去別地要吧。妳爹在外頭該等急了。」

江江心知這是暗示她走，當即就要轉身離開，卻被男人一把抓住道：「編！繼續編！

外面半個人都沒有，哪裡來的她爹？小丫頭，妳是誰？」
姬善道：「別打她，阿爹，她是我和娘從海裡救回來的……」
元氏衝過去捂住她的嘴巴，然而男人立刻明白了，道：「救回來的？那就是無家可歸的？」當即將江江扛起來，要往外走。
元氏一把拖住他問：「你幹麼？」
「我欠孫胖二錢銀，把這丫頭抵給他！」
「你瘋了？她不是咱們家的人！」
男人一腳將元氏踢飛，扛著江江繼續走。姬善衝了上來，抱住男人的腿道：「阿爹，你別賣她！」
「滾開，不然連妳一起賣！」
老者憤怒地拍著長案道：「逆子！逆子啊！你乾脆連我一起賣了吧！」
「誰要？」男人嗤笑一聲，把姬善也踢飛，繼續往外走。
這時元氏又撲了過來道：「不可以！你不能這麼做！我不允許！」
「妳算什麼東西，還妳不允許——」男人話沒說完，臉上挨了一巴掌。他愣了愣，臉上突然露出凶光，一下子扔掉江江，朝元氏劈頭蓋臉地揍過去。
元氏被揍倒在地，哀號打滾。
「別打我娘，別打我娘……」姬善哭著上前抱住她，結果，被男人一腳踢中心口，整個人橫飛出去，口吐白沫。
江江一驚，連忙跑到姬善身邊，就見她的口鼻眼裡全都冒出血來。
「江、江……」

「別說話！」江江連忙幫她止血，然而血源源不斷地流出來。她想，肯定是剛才那一腳踢碎了姬善的心肺……怎麼辦、怎麼辦？這個她治不了……

姬善伸出手，顫抖地握住她，目光盈盈，像是搖搖欲滅的燭光，道：「妳、妳快……逃……」最後一個「逃」字剛說出音，燭光徹底滅去，身子一抖，沒了呼吸。

江江的眼淚一下子流了出來。

身後，元氏還在遭受虐打；身前，九歲的小女孩好不容易被找回家，卻慘死在親生父親手中……

憑什麼？憑什麼？憑什麼！

江江紅著眼，轉身一頭朝男人撞過去，男人不防，被她撞得後退了好幾步。沒等他開口，江江又撲過去抱住他的腿用力一咬，將他咬得嗷嗷叫。

「放開我，放開我！妳這個小瘋子！」

江江沒有鬆口，死死地咬著，很快就感覺到了牙齒間的血，但不夠，這點兒血不夠！元氏看到這一幕，也爬起來衝過來一口咬在男人的另一條腿上。男人倒在地上，對著二人的腦袋一通捶。

眼看元氏、江江的鼻子裡也開始流下血來時，一直坐著的老者終於動了。

他轉身解下牆上的一把劍。

然後他走過來，拔出劍，指向男人的脖子。

男人先怔了怔，然後不耐煩道：「一邊去，別添亂！怎麼著？你還能殺親生兒子？那你殺啊！殺——往這裡來——」他放開元氏和江江，拍打自己的胸膛，一副狠戾模樣。

老者的手顫抖了起來。

男人大笑道：「就知道你這老東西沒種……」

就在這時，元氏突然搶過老者的劍，一下子刺進他心口，紅著眼喊：「你踢阿善那一腳，就是這個地方吧！」

男人張大嘴巴，像蝦一樣蜷縮了起來。

元氏又用力將劍拔出，血潑到她臉上、身上，形如修羅。

一旁的江江抬起頭，定定地望著這一幕，卻覺得——這是她此生見過最美的一個人，最美的一幅畫面。

「阿善被他爹踢死了。阿娘瘋了。阿爺跟官府說，人是他殺的，官府看在姬家的面上，沒有追究，讓他出家。」姬善說到這裡，吸了吸鼻子，強行將那股淚意壓下道：「在船上時，我曾問阿娘，為什麼還要回去，回那個殘破不堪的家？她可以跟阿善就此離開，換個地方住。只要能幫我找到家人，我可以回報她們，替她們安排新的人生……」

雲閃閃的眼睛都哭紅了，啞著嗓子問：「她怎麼回答的？」

「她說，人都是要經歷事的，經歷了好事，固然值得慶幸，但經歷壞事，才能理解人生的真諦。可以怨恨、憤怒、消沉，但也可以勇敢、堅強、溫和。她選擇後者。」

姬善說這話時，看著時鹿鹿，時鹿鹿也回視著她。兩人彼此對望。

時鹿鹿的目光閃爍著，顯得心緒不寧，但最終，輕輕開口道：「選擇後者的她，最後瘋了。」

姬善苦笑道：「是的。」

時鹿鹿道：「選擇善良的阿善，死了。」

「是。」

「然後妳變成了阿善。」

「對。阿娘瘋了後有時會把我認作阿善，那時候她就會比較平靜。所以，我捨不得離開她。我想替她治病，幫助她。」

風小雅開口道：「妳一直沒有聯絡江淮。」

「對。因為我始終也沒有湊齊一擔穀。」姬善長長一嘆，繼而譏諷地笑了笑道：「我之前不知自己如此無用，竟然賺不到一擔穀。而連洞觀驗證了——是真的。」

姬達當道士後迷上了煉丹，也許只有煉丹能讓他逃避一切，忘記殺害他兒子的凶手就在身旁。而元氏，出於對他的感激和愧疚，拚命刺繡供他揮霍。她留在觀裡頂著姬善的名字，把自己活成姬善的樣子，陪伴著元氏……

最後，她還在那裡，遇到了阿十。

「我在汝丘當了一年的阿善，遇到了阿十，再送阿十離開。阿娘的身體越來越不好，我以為，也快到我離開的時候了。但我沒想到，最後會是那種離開方式……」

汝丘大水，元氏讓她逃。她遇到了姬家的人，把她帶去見崔氏，崔氏再帶她去見琅琊。

「一開始，我想求琅琊幫我找阿娘，所以答應了下來。後來……」姬善看著秋薑道：「妳說服了妳娘，她安排我去千問庵學醫，我開心極了，想著一定要珍惜機會好好學，這樣等我學成歸來，琅琊也找到阿娘後，我就可以繼續替她治病了。然而，兩年後，琅琊告訴我，阿娘早就死了……」

秋薑突然伸臂，將她摟入懷中，她的手指探入姬善的頭髮裡慢慢地梳理著——就像元氏為她梳理時那樣。

姬善怔了怔，然後緩緩地、有些僵硬卻又順從地將腦袋靠在秋薑的肩膀上。

對面的時鹿鹿看到這裡，想起自己曾經很多次幫姬善梳頭，難怪那時候她的表情會額外溫柔……

「我不難過。因為我想起阿娘說過的——遇到不好的事情時，可以怨恨、憤怒、消沉，但也可以勇敢、堅強、溫和。我，也選後者。」姬善說這句話時，再次深深地注視著時鹿鹿。

時鹿鹿的手在袖中輕輕地顫抖起來。

「我決定繼續從醫，提升醫術。我問過無眉真人，我的醫術如何？她說尚可。我問如何才能登峰造極，天下第一？她回答——踩著屍體往上爬吧。所有醫術，都自失敗中來。我只有比江晚衣失敗得更多，才可能比他爬得更高。」

風小雅凝視著秋薑肩頭的姬善，兩張有些相似的臉同時映在他眼中，就能看出很大的區別。秋薑的張揚，是假的，真實的她隱忍克制、含蓄溫柔；姬善的張揚，卻是真的，是經歷過無數次捶打後，依舊風一吹就能飛揚的黃花郎。

「從此，我開始了經常外出行醫的生活。醫死了很多人，但也治好了一些人。然後，圖壁元年的春天，我去了一趟玉京。」姬善把目光轉向風小雅。

風小雅的背挺得越發筆直了些，他和時鹿鹿都知道，馬上又要進入一個關鍵問題了——

為什麼姬善，始終不肯用江江的身分，跟他相認？

「我帶著忐忑和期待到玉京，去了復春堂，這才知道爹搬走了。而街頭巷尾都在說，宰相家的公子娶妻了。」

時鹿鹿一怔。風小雅也一怔。

「我去相府，正好看到龔小慧回府，扶她下車的幾個婆婆都是兒時接待過我的。」

雲閃閃淚汪汪地道：「妳當時肯定很難過……」

「我不難過。我腦海裡就想著一件事……」

時鹿鹿突然接話：「去給他下個毒。」

眾人聽到這裡都不禁莞爾。姬善嘆道：「知我者，阿十也。」

時鹿鹿笑了笑，這是他來到木屋後的第一個笑，很淡，卻異常難得。

姬善於是繼續道：「我想做點什麼教訓一下這個薄情郎、負心漢！然後就看到龔小慧又出來了，行色匆匆。我很好奇，跟著她的馬車，發現她去巡視商鋪了。路人告訴我，相爺清廉，而鶴公奢靡，家裡入不敷出，這才娶了個會賺錢的娘子。我聽得更生氣了，想著兒時的小哭包居然長大了這麼窩囊廢，給你下毒的興致就淡了，更別提相認。於是我就回去了。」

那時她還不知道切膚的存在，不知道風樂天和風小雅為了找她付出過什麼。她帶著遺憾和感慨回圖壁，一邊派人暗中打聽父親的下落，一邊繼續專心扮演姬忽。

「年底時，我聽到消息說你又要娶妾，差不多娶了十一個？我很同情龔小慧，從她身上看到了阿娘和琅琊的影子。這些女人都以柔弱之軀打起全家的重擔，可結果呢？我很生氣，決定……」

「再去給他下個毒！」這次接話的人變成了雲閃閃。

眾人再次笑了起來。木屋裡的氣氛終於變得輕鬆了一些。

「我再次回到玉京，上門想要找碴，結果先遇到了風伯伯。」

風小雅一怔道：「我爹見過妳？」

「對。他看到我的第一眼，就認出了我。」

風小雅震驚。圖璧元年也就是華貞三年的冬天，父親就見過江江？可父親一直一直沒有跟他說！為什麼？為什麼？

風樂天看到姬善，很驚訝，沉默了很長一段時間後，倒了一杯酒給她，柔聲道：「這些年，過得很辛苦吧？」

這句話一下子讓姬善火氣全消。

這些年，過得很辛苦吧？這句話，如慈父、如恩師、如老友、如她兒時遇到的那個風樂天，一點都沒變。

她定定地看著眼前這個眉髮都白了、顯得比真實年齡蒼老很多的男人，燕國除了燕王以外，地位最高的男人。心裡一遍遍地想——

我錯了。我錯了。傳言有虛。

我的風伯伯怎麼可能養出紈褲兒子，怎麼可能允許兒子是個廢物？怎麼可能奴役兒媳來安享晚年？他可是風樂天啊，在所有人把我的夢想當作笑話，在我爹都諷刺挖苦我，說我異想天開時，唯一認同我、鼓勵我，把醫書全送給我的風伯伯啊！

她的眼角溼潤了起來，為了掩飾這點狼狽，忙不迭地轉移話題道：「只、只有一杯酒嗎？您怎麼不喝？您不是最喜歡喝酒的嗎？我人生中喝的第一杯酒還是您倒的呢！」

風樂天笑了笑道：「戒啦。」

「什麼？我成酒鬼了，您這個老酒鬼反而戒酒了？」她不滿地道，拿了個空杯子就要替他滿上。「這麼多年沒見，您不激動、不開心？說什麼也得來一點啊，是吧……」

風樂天用手擋住杯口，眼眸深深，寫滿深意道：「我不能喝。」

她的手指碰到了他的手，手涼極了。姬善一驚，當即抓住他的手腕開始把脈。風樂天挑眉道：「喲，沒忘本？真當了大夫？」

姬善的心卻沉了下去，再然後，整個人都抖了起來。

風樂天將手從她手下抽回，眼睛彎彎，笑如彌勒，道：「看來醫術還行，一下子就發現了。」

「什麼時候開始的？」

「很多年了。救小雅的代價。」

姬善這才知道風小雅是怎麼活下來的——風樂天用自己的武功，再聯合六大高手之力，一起為他續了命。

「他不想死，他想找妳，這麼多年，他一直在找妳。」

姬善不知道自己該說什麼。

「然後，他認錯了人。」風樂天看她的眼睛裡有愧疚，更有遺憾，道：「妳早點來就好了。」

她想，其實她早來過的，她來時風小雅還沒娶十一夫人，一切本來得及糾正。但現在……

「我去找他！」她要糾正錯誤，她要消除誤會！

風樂天卻拉住她的袖子。

姬善回頭，見他臉上沒有了笑意，變得鬱色濃濃。她的心不自禁地抖了抖。

「揚揚，老夫能不能求妳一件事？」風樂天輕輕地說道。

「你爹告訴我秋薑的事，也告訴我你和她的糾葛，聽他描述完，我就知道了……」姬善轉頭看著秋薑道：「秋薑，是妳。」

是妳啊，姬家真正的大小姐。原來妳成了秋薑，成了我。

「我不能破壞妳的計畫，風伯伯也不同意，不僅如此，他知道自己活不久了。我告訴他妳的目的後，他問我，有什麼藥能撐一撐？撐著等到妳動手，好助妳一臂之力。」

秋薑眼睛一紅，整個人也抖了起來。她一直奇怪為什麼公爹會在當時就知道她的身分、她的目的，原來是姬善告訴他的。見她的那兩次，風樂天一邊咳一邊喝，她當時還覺得他真是個酒鬼；現在才知道，其實他本已戒酒了，就為了活得久一點，但為了配合她行動……

「割下他腦袋的滋味很難受吧？但我告訴妳，妳是在幫他解脫。他為了等妳，一直在服用奔月，而這種藥有多難受，妳比任何人都清楚。所以，妳可以從內疚中，走出來了。」

秋薑猛地別過頭去，不讓人看到她的臉。

姬善看向風小雅道：「我答應他對你隱瞞此事，然後就離開了。這是第二次。」

風小雅也閉上了眼睛，一直筆挺的脊背終於彎了下去。

「不久之後，我聽說秋薑被你送上陶鶴山莊，風伯伯也辭官退隱了。外人不曉，但我心知，風伯伯走了。過了一段時間，琅琊病逝。姬嬰告訴我，我隨時可以離開。於是，我第三次，回了玉京。」

風小雅睜開眼睛，緩緩道：「妳依舊沒有見我。」

「我本想上陶鶴山莊，可我爬不了山。我去了聽風集，想著怎麼見你，然後我就看見了你。你坐著滑竿出來，臉色灰敗，臉頰深陷，最重要的是——你的眼睛裡，看不到任何光。阿娘偶爾病發時，就是那種眼神；喝喝病發時，也是那種眼神……」姬善盯著風小雅，輕輕道：「你病了。」

那年的除夕，風樂天死在秋薑手上。秋薑失去記憶，被送上陶鶴山莊。

那年的風小雅只覺天地崩裂，再無光亮。

「你需要藥，但不是我。我看著你上山，等你再下來時，眼神亮了一點兒。於是我知道，你暫時不會死的。你的藥，在呢。」

風小雅看向秋薑，秋薑依舊背對著眾人、面對著牆。千情萬緒本在暗中湧動，如今，曝光在眾人面前，似乎看得更清些，又似乎離得更遠了。

「這時姬嬰派人告訴我，找到我爹了。我沒再逗留，回璧了。」

雲閃閃歡喜道：「妳找到妳爹了？」

「嗯，這些年，爹一直在到處找我，遇到一個兒子也被略的寡婦，兩人結伴同行。慢慢的，有了感情，他們成親了。朱龍帶我過去時，我看見一座小院，爹抱著兩歲大的男童滿臉笑容地在院子裡爬，給他當馬騎。我想，我可以過去，融入他們；也可以離開，假裝不曾來過。」

「我在外面站了整整一天，站得腿都麻了。這時他的妻子外出歸來，發現了我，問我：『姑娘，妳是來找外子看病嗎？』那一瞬間，我的腦袋先搖了搖，而我的腿跟著自行帶我離開了。我回到馬車上，對朱龍說走吧。朱龍問我為什麼不認？」

「是啊，為什麼啊？」雲閃閃不解地問。

姬善忽然笑了，眨了眨眼睛道：「因為——我還沒有成為天下第一的女神醫呀！」

她也有病，她的心病是父親的貶低。她憋了一口氣，而那口氣，成了一種心藥，促她奮發上進。

想要保持對醫術的野心，就不能少了這口氣。

她最終，沒有跟爹相認。

「現在，你還有問題嗎？」姬善望著風小雅道。

風小雅抿了抿脣角，最終搖頭。

姬善轉頭看向時鹿鹿道：「我卻有問題，想要問你。」

時鹿鹿輕點了下頭。

「你現在知道我最大的祕密了，也知道我所有的事情了。你還覺得，我是要殺你嗎？」

時鹿鹿一震。

姬善從秋薑身旁起身，緩緩走向他道：「你太小看我了。你也，太小看自己了。」說到最後一個字時，她伸出手，捧住了時鹿鹿的脖子，連同紗布裡面的傷口一起輕輕地攏在手中。

「我此生，經歷如此多的事、如此多的人，無比艱辛地走到今日，怎麼甘心用殺一個人，去換救一個人？」姬善眼中似有星光萬點，照著他，照亮他。「我的目的，一直是——治好你！」

治好他，而不是抹殺其中的一個他。

這很難，但是，醫術之路向來曲折。

這些年，她想治好很多很多人，有的成了，有的沒成。她踩著那些沒成之人的屍骨，一步步走到如今。時鹿鹿，也許也是腳下的一具屍骨，但在確定失敗之前，永不放棄——這，就是她的道。

「伏周曾經問我一個問題——如何才能除掉巫。這段時間，我一直在思考這個問題。」姬善看向赫奕。

赫奕臉上有種若有所思的默契表情，他道：「現在妳有答案了？」

「對。」

姬善環視著木屋裡的每一個人，他們雖然有幾個人沒有功名，但都是貴冑出身，都是天之驕子，只有她，是小戶人家的女兒，是真正的布衣。

也因此，她看到的東西，跟他們全都不一樣。

「我認同小鹿說的一句話——巫這個字，人在天地之間，通天達地，兩處相連。也就是說，巫的誕生，是為了讓人們活得更好，就像醫一樣。當人病了，替他看病；當人痛苦了，給予希望……」

「但人類的痛苦太複雜了，伴隨著仇恨、嫉妒和愛。慢慢的，巫就變了味，他們用詛咒、用毒來給一部分人希望的同時，剝奪了另一部分人的希望。再然後，恐懼取代了希望，咒怨壓過了祝福……巫，變成了現在的巫。」

赫奕露出動容之色。不得不說，姬善說到點子上了。

「你可以除掉巫神，但你不能抹殺希望。這麼多年，我所遇到的每個人都多多少少有病，有的脆弱無依，有的命運多舛，有的偏執自閉，有的絕望瘋狂……唯方人人有病！如何治病？給他們藥！什麼藥？」

赫奕喃喃道：「希望。」

「沒錯。希望，才是藥！能讓人們經歷了悲劇之後仍能選擇溫和、善良和堅強的，只有希望！」姬善盯著赫奕道：「陛下需謹記一點——除巫的目的，不是為了讓宜國的子民從今往後只聽你的，而是，要讓他們更幸福。你只有比神更能讓他們幸福，你才有可能戰勝神——此為，真正的藥。」

一時間，屋內靜靜，眾人聽了這番話，全都若有所思。

而天邊露出一道薄光，晨曦來了。

一隊銀甲少女來到了木屋外。

再然後，孟不離、焦不棄抬著滑竿出現。

於是風小雅知道，到了自己該走的時候了。

他走到榻前，看著沉睡中的茜色，想了想，問姬善：「她會好的？」

「她會。」

「那麼，她醒來後，請幫我帶一句話。」

風小雅說完了那句話，姬善挑了下眉，似笑非笑。

風小雅笑了笑道：「這句話，也是我對妳說的。」

姬善看著他，其實這還是她第二次跟他正式說話——第一次是他帶著吃吃、看看來聽神臺找她。這個在她生命中占據了很重要位置的人，能勾動她作為人所無法割捨的浮躁情緒的人，嚴格說起來，她對他其實並不了解。可在這樣近的距離裡，她看到他的眼睛，就像是看到了風樂天在對她微笑。

於是她伸出手臂，忽然上前一步，抱了抱他。

風小雅一怔，但沒掙脫。

下一刻，姬善鬆手，退後一步，擰眉道：「還真是七股內力亂撞啊……這個病例有意思，回去後你能不能幫忙記錄一下晨、午、晚時的脈搏？供我參考。」

風小雅笑得越發深了些，點點頭道：「好。」

「那就這麼說定了。你走吧。」姬善說完，半點也沒留戀地坐下為茜色換藥了。

她神色專注，動作俐落，陽光從窗外照進來，周身如沐神光。

風小雅的視線恍惚了一下，想起初見時，她在陽光下快步跑來，把風箏的線軸交到他手上時，也是這個表情，她對他說：「你知道嗎？風箏躺著也能放！」

那時候她其實就是在醫治他了，此後，來玉京三次而不見，也是治療的一種方式……

人生玄妙如此，如此羈絆之深的一個人，卻沒有跟他有更多交集；雖然沒有交集，卻一直一直在暗中幫助他……

風小雅想到這裡，深吸一口氣，轉身往外走，眼看走到了滑竿旁，突然回頭——秋薑站在窗邊看著他。

她沒有迴避他的視線，很平靜地看著他。

紅塵囂囂，伊人煌煌。

他本以為此生再沒有相見的時候。

然而，老天最終慷慨地給了他這個珍貴的機會，借姬善之口，解了秋薑的心結，也解了他的。

他鼓起勇氣，大步朝窗戶走過去。兩人隔著一道窗，兩兩相望。

然後，風小雅開口，輕輕道：「過了鬼神橋後，記得回頭。」

秋薑的睫毛顫了顫，像記憶的深海搖曳出前塵舊事，而最終付之一笑，道：「薑花開時，如你所願。」

兒時上學，談及鬼神橋。你知道那個傳說嗎？投胎之人要過橋，橋上會有聲音呼喚他，讓他回頭。他心裡最想聽什麼，那個聲音就說什麼。所以，過橋之前，都會有個智者苦口婆心地勸說——別聽，別回頭。回頭的人，最後都無法返回人間。

我跟老師說，那些回頭的人真傻，為何不等過了橋後再回頭呢？這樣，橋也過了，惦念的人也能見到。阿嬰反駁我，若那時惦念的人消失了呢？我說，那就是那個人不對了。他為何不等等我？等我過了橋，再續前緣？

所以，永遠前行——這是我的道。

我必須往前走，完成我的事情。到時候如果你還活著，我就去見你。

風小雅得了承諾，心滿意足地上了滑竿離開了。他的背依舊挺得筆直，脣邊有笑，眼底有光。

秋薑站在窗邊，一直一直望著他的背影，眼眸深深，充滿不捨。

姬善走過來，站到她身旁道：「這劑心藥不錯。那傻子估計又能挺很多年。」

「別告訴他。」

「妳和風伯伯都挺自以為是啊。但也許有時候，隱瞞不是保護，病人也有選擇治，還是不治的權利啊。」

秋薑回眸，溫柔地叫她：「阿善。」

姬善整個人一抖。

「做人，最重要的是，善良啊。」秋薑輕輕一笑道。

於是姬善就再也說不出任何話來。

她愣了半天，冷哼一聲：「是我多嘴多管閒事了！」剛要轉身走，被秋薑拉住了。

「我也要走了。」

「快滾吧。」

「也許是最後一次見面。」

「怎麼？又想問我有什麼心願，再玩一次煽情嗎？」

秋薑笑，她確實是個特別愛笑的人。「妳上次想再見我一面，我滿足妳了。現在，妳滿足我一個心願吧。」

姬善睨著她道：「總覺得妳有點不懷好意呢。」

「阿善，做人最重要的……」

「行了行了，行！說吧，什麼心願？」

「如果有一天我召喚妳，無論如何，請來見我。」

「妳直說妳還想再見我一面不就行了？」

秋薑伸出手，輕輕地拉住了她道：「我還想再見妳一面。所以，請一定要滿足我。」

姬善看著她的手，再從胳膊一路往上，看到她的臉。在姬善眼中，秋薑身體的每個部位都在叫囂著「救我救我救我」，但心病還有心藥，而有些病，是心藥亦難醫的。

「阿忽。」她忽然上前一步，像抱風小雅那樣緊緊地抱住了秋薑，道：「一定有機會的。一定。」

這是十歲的江江，第一次與九歲的姬忽見面時說的話。

嚴格算來，她比姬忽大，所以雖然比她矮小，但可算是她的姊姊。

這麼多年，江江變成了姬忽，姬忽又變成了江江。她們彼此是對方的影子，在世界的兩端，過著本該屬於對方的生活。

她替她圓了母女情、姊弟情，甚至夫妻情。

她也替她還了一段姻緣、一份因果。

如今，她們又一起為一件事奔走、交會、攜手。

像命運的共同體。因為太沉重，一人難以獨扛，所以上天創造了她和她，兩個人一起分擔。

姬善緊緊地抱住秋薑，遲遲沒有鬆開，感受到懷中人的虛弱和堅強，生出一萬種不捨來，她道：「我覺得妳很好，阿嬰也很好。但有時候，你們可以不用這麼好的。作為人，我們先是個人。家會亡，國會破，歷史不因一人而成，亦不因一人而敗。對自己好一點兒。」

秋薑反手拍了拍她的肩，然後衝她嫣然一笑道：「妳說的這些我都知道，但妳知道嗎？」

姬善揚眉。

「我，喜歡國啊。」

姬善一怔。

「可能因為我在燕、璧、程都生活過很長時間，每個國家我都很喜歡。如妳所言，作為人，我們先是個人。頭髮、皮膚、骨血構成了我的身體，但國和家才構成了我的靈魂。它告訴我，一個人，應該做點什麼事。身體要有靈魂才完整，我與家國不可分割。我，真心地喜歡甚至熱愛它們，願意為之，付上餘生。」

姬善發現自己不知道該說什麼了，說什麼都是多餘的。於是她眨了眨眼睛，眨掉那點兒快要泛出來的淚光，「哼」了一聲道：「妳不喜歡宜嗎？」

秋薑哈哈一笑道：「等你們真的除了巫，再喜歡不遲。」

「那妳就等著吧，到時候妳再來，沒準就捨不得走了。」

「我期待那一天。」

第二十五回　破魔

秋薑走了，跟馬覆和雲閃閃一起走了。這次，他們是真的要帶頤殊回程了。

雲閃閃臨行前，突然掉頭跑到時鹿鹿面前，道：「我能不能問問你，我一直想問問你——你是怎麼做到的？」

「什麼？」

「你衝我一眨眼睛，我就迷糊了，順著你的話說了。為什麼？」雲閃閃一臉好奇地問。

「巫術中的催眠術，用聲音將內力推進你耳中，令你有一瞬的失控。」

「這麼神奇，那你豈非天下無敵？」

「三類人不可用：一，武功比我高者；二，毫無武功者；三，意志堅定者。」

雲閃閃的臉立刻垮了下去，道：「也就是說我武功低、腦子笨唄？」

「放心吧，他再沒機會用了。」姬善走過來，如是道。

「為什麼？」

姬善笑吟吟地看著時鹿鹿道：「因為蠱王沒了。只有蠱王在身，才能施展巫術。」

時鹿鹿面無表情地看著她。

雲閃閃這才鬆了一大口氣，道：「那蠱王是我幹掉的，我還挺厲害！」

「是呀，金槍之名，名不虛傳。」

雲閃閃的眼睛一下子亮了，衝姬善露出一個大大的笑容後，轉身腳步輕快地走了。

時鹿鹿看著他的背影，淡淡道：「見人撒藥？」

「你把讚美視為心藥？也對，確實算藥。不過你忘了？小時候我每天都讚美你。」

時鹿鹿怔了怔，垂下眼眸道：「妳讚美的是阿十，不是我。」

他是那個一出生就被種下蠱蟲從而不會哭泣的嬰兒。

是那個兩歲起就被鐵鍊拴在家中拚命填飯且備受羞辱的孩子。

是那個六歲起為了習武頭破血流也不敢停下的孩子。

是那個十二歲時被逼回到聽神臺卻看見一具骷髏自稱是他母親的孩子。

是被封印了十二年的一段記憶。

是從小男扮女裝見不得人的私生子。

是瀆神的孽種，皇族的醜聞。

即使後來遇到了姬善，她也從不曾讚美過他。她對他說的最多的一句話是——與我無關。

姬善注視著他，忽然上前用手拈起他的唇角，往上一拉，拉出微笑的表情來，對他道：「我知道。所以，從今天開始，我會一直一直讚美你。我要讓你知道，遇到好人，是種什麼感覺——而你，其實已經遇見了。伏周知道，所以，他雖然安靜，卻是快樂的。」

順著姬善的視線，時鹿鹿扭頭，看見赫奕站在院中，負手望著天邊的朝陽。

鎬鎬鑠鑠，赫奕章灼，若日明之麗天。

永寧八年十二月底，姬善和赫奕帶著時鹿鹿、茜色返回宜國，路上跟吃吃、喝喝、走走、看看會合。

次年正月初一，璧姜沉魚登基，改國號梨。

據說赫奕之前還是去見了姜沉魚一面。薛采沒有再阻止。因為塵埃落定，赫奕欠了他一份大恩，就算有想要阻撓的心思，也都使不出來了。

他跟姜沉魚告別，有了一個三年之約。

回國後，赫奕立刻開始仿效燕王開設科舉，開啟民智，廣建醫館，實施「以醫替巫」之策，正式將巫醫分離。再然後，巫神的信徒們發現大司巫變了，很多神諭也都被證實沒有應驗。

比如，胡九仙根本沒有死，突然有一天，他大搖大擺地帶著隨從走出胡宅，從第一條街溜躂到最後一條街，巡視他的商鋪。第二天，消息飛到全國各地，宜人們都聽說了，原來胡九仙沒有死，茜色也不是凶手。

再比如，聽神臺的巫女們全沒了，據說全死了，死因眾說紛紜，有說觸怒巫神被賜死的，有說是發現了巫神的恐怖祕密而潛逃的，還有說是被大司巫處死了……

最後，大司巫向宜王辭官，聲稱自己再也聽不到神諭了，已經喪失了神力。宜王挽留了三次，含淚同意。

大司巫一走，巫族立刻潰散。巫神再沒有出現，就算有巫女聲稱聽到了神諭，但隨著越來越多的巫言被證實了不準，漸漸的，人們就不怎麼相信了。

他們有了新的希望，那就是醫館。

在鶴城最大的醫館裡，有一男一女兩個大夫，醫術都很高。尤其是身邊跟著四朵金花的那個女大夫，特別擅長治療疑難雜症。一時間，慕名者眾。

有了病，去請醫，而不是巫，逐漸成為共識。

時間一晃即過，再然後，到了永寧九年的十月初一。

時鹿鹿從睡夢中醒來時，覺得有點不對勁，渾身乏力，意識迷糊，還有點透不過氣來。

他茫然地睜開眼睛，看到頭頂的橫梁上有蛛網。

他生性愛潔，怎會允許房間裡有這種東西？再然後，就看到了更多不對勁的地方。屋頂不是木的，是稻草；牆壁不是石砌的，是黃泥；身上的被子不是錦緞，是粗麻……伴隨著一件件的粗鄙之物映入眼簾，記憶中的某個畫面慢慢浮現、重疊……

時鹿鹿的臉色一下子變了，當即掙扎起來想要下床，響起了一陣「叮噹」聲。

這是鐵物摩擦的聲音。

也是對他來說惡夢般的聲音。

他抬起右手，看見上面的鐵鍊——跟兒時一模一樣的鐵鍊子。手上、腳上都有，另一端，牢牢地釘死在石床下。

時鹿鹿一震，環視四周——沒錯，是他在晚塘的那個「家」。他為什麼會回來這裡？他昨晚睡下時明明還在鶴城，為什麼一醒來就又回來了晚塘？他是在做夢嗎？這是夢嗎？

然後他聽見了腳步聲。

晨曦透過門縫，把一個胖胖的女人的倒影拖到地上。

他的汗毛一下子豎起來。一瞬間，明知不可能，卻又認定了來人是胖嬸，就是那個胖嬸！

他抬起一隻手咬在手臂上，不疼，一點兒也不疼，果然是夢。可這個夢，比什麼都要可怕。

他想吼叫著讓她不許進來，可發不出聲音。這個夢境裡，他分明是成年人的軀體，卻依舊像兒時一樣廢物，沒力氣，動不了，還連話都不會說。

影子越來越近了。

他坐在床上不知道該怎麼辦。

沒有人會來救他。就像兒時沒有人會發現屋子裡還有個他一樣。沒有人在乎他，沒有人記得他。唯一的身邊人還虐待他……

他渾身戰慄，汗如雨下。

再然後，胖嬸終於進來了，提著籃子，身材肥碩，一張奇怪的臉。他看著這張臉，總覺得哪裡不太對勁，但腦袋昏沉沉的，想不出究竟是什麼地方不對勁。然後他發現自己已經不記得兒時的胖嬸的臉了。她和他的母親一樣，都模糊成一個輪廓。

胖嬸放下籃子，朝他走過來。

他下意識往角落裡縮，靠著牆，讓粗麻被子裹住自己，把頭也包上，彷彿如此就能安全一些。

然後，他聽到了長長的嘆息聲。

「鹿鹿。」一隻手伸過來，落在他頭上，隔著被子，輕輕地揉了揉。

他渾身僵硬，瑟瑟發抖。

「鹿鹿，我不叫胖嬸，我不記得自己原來的名字了。我三歲就被賣進如意門，她們安排我學釀酒、學木工、學雜活。再然後，安排我來宜國當小商販。你娘跟我一起來宜國，路上還救過我。她生得美，我非常羨慕，她卻告訴我沒什麼可羨慕的，美貌很多時候帶來的只有不幸。」

「後來，她去了巫神殿，又進了聽神臺，用她的美貌，征服了宜王，有了你。可即便如此，我也依然羨慕她。羨慕她被人真心地愛過，哪怕只是很短的一段時間。我受她託付照顧你，帶你藏在晚塘。在你兩歲之前，其實，我是真的把你當自己兒子養的。」

他躲在被中，靜靜地聽著，一言不發。

「然後，隔壁的婆婆給我安排相親，我哪是能相親的人呢？我不敢。可那真的是個很好的男人，很好很好，又忠厚，又老實，還一點都不嫌棄你，說要跟我一起照顧你。那陣子我開心極了，我想，雖然我又胖又醜，可是，居然也會得到一個人真心的愛啊……」

手依舊很溫柔地、一下一下地撫摸著他的頭。

他下意識咬住了被子。

「可如意夫人發現了。她讓人殺了那個男人，並且給我兩條路選：一，殺了你；二，虐待你，把你養成廢物，以報復阿月的背叛。我怎麼能殺你呢？你是我含辛茹苦地養到兩歲的啊，你第一個會說的詞，是『嬸嬸』，而不是娘啊！」

他拚命地咬著被子，咬到嘴裡都滲出血來。

「我只能選後者。我把你用鐵鍊拴起來，我把你養得很胖，我每天罵你……這樣，那些監視我的人就會回去稟報給夫人知曉，我確實在虐待你。可是，夜深人靜時，替你蓋被的人是我，端屎端尿幫你洗澡的人是我，讓你活著的人，也是我啊……我只是個無知婦人，只想著別讓你餓著凍著就行，我想不出更好的保護你的辦法啊……」對方突然一把抱住他的頭，緊緊摟在懷中道：「對不起，鹿鹿。對不起……」

粗麻摩擦著他的臉，他想著好疼啊，為什麼會這麼疼？然後，他的眼淚流了下來，濡溼了粗麻。再然後，粗麻就變軟了，不再那麼疼了。

不知過了多久，胖嬸鬆開了他，然後就聽到「匡匡」的聲響，他手上忽然一鬆，鍊子，被砸斷了。

心裡有什麼東西，也似被砸斷了一般。

時鹿鹿呼吸一滯，抬起手，被子掀起的縫隙帶來了光，半截鐵鍊在他手上晃蕩，一閃一閃，異常刺眼，又異常明亮。

等他終於把被子徹底掀開時，胖嬸正好轉身離開，肥碩的身軀步履蹣跚，她走向光，再然後，被光吞噬……

時鹿鹿猛地醒來，發現剛才的一切果然是夢。

他還躺在醫館的房間裡，鼻息間全是各式各樣的藥味。柔軟的錦被、白色的磚牆、高闊的屋宇，床榻旁的花插裡擺上一簇新的鮮花。一切都與夢境截然不同。

敲門聲響了起來，緊跟著，姬善的腦袋探進來，道：「壽星公，還賴床？」

他恍惚間想起，今天是十月初一，他的生日。

姬善手裡提了個籃子，籃子裡赫然擺著兩個紅雞蛋。

「生日，就要吃紅雞蛋啊。」

似乎有個聲音如此對他說。

分明眼前才是現實，卻給了他身陷夢境的錯覺。

姬善走到榻旁，拿出一個紅雞蛋敲碎，開始剝殼，道：「快起來刷牙洗臉，不然不請你吃。」

於是時鹿鹿下榻去梳洗，梳洗之時，他抬起右手，右手手腕光滑，並沒有留下什麼鐵鍊的痕跡。

等他刷牙洗臉完時，兩個雞蛋都剝好了。姬善邀他對坐，開始了對他日行一善的讚美。「今天是阿十的生日，雖然他都二十八很老了，但是他還是個少年，因為他真正在人間活的日子，加起來才十六年。十六歲的少年，風華正茂，羨煞我了！給……」

時鹿鹿看著遞到面前的白嫩光滑的雞蛋，再看向雞蛋後方同樣白嫩光滑的臉龐。

「難道還要我餵？行，我餵。」姬善很好說話地湊過來，把雞蛋餵到他嘴邊。時鹿鹿終於張口，輕輕咬了一口。

「好吃嗎？我跟你講，煮雞蛋也是一門學問呢！我小時候弄了個大鍋，六十個雞蛋同時開煮，水沸後數數，每數十下就取一個蛋出來，再排列在一起，最後得出結論，數到三百六十下時的那個雞蛋最好吃！」姬善說得正在興頭上，時鹿鹿忽然抓住她的手，湊過來。

姬善一怔，笑容僵在臉上，但她沒有後退。

於是，時鹿鹿一點點地靠近。

眼看他就要吻到她時，姬善閉上了眼睛。

然而，想像中的吻並沒有出現，他的嘴唇滑過她的臉落到了她耳旁，輕輕地說了六個字。「胖嬸，叫我，阿十。」

姬善一下子睜開眼睛。

時鹿鹿側過頭，在很近的距離裡注視著，大大的黑眼睛，這一刻，像極了小鹿——靈秀美好得能讓人心都碎了。

剛才他的那個夢境，是假的。

是姬善和赫奕的一次精心設計。他們在附近蓋了個草屋，徹底還原了晚塘的農舍，再趁他入睡時用迷藥將他迷暈。蠱王沒了，他的戒心也大大降低了。

姬善從鄰居口中問出胖嬸的特徵後，找了個很像的伶人打扮成胖嬸，讓她去演一齣賠罪的戲。安撫他的傷痛，陳述胖嬸的苦衷，再砍掉那根象徵惡夢的鐵鍊。

這是一種她絞盡腦汁想出的治療方法，此前背著他在好幾個人身上試過，全有收穫。

卻因為一個暱稱的錯誤，露出馬腳，被他洞察。

「對不起……」姬善只能道歉。「今天你生日，我只想，送你一份比較、不太一樣的禮物……對不起……」

「不一樣的禮物……」時鹿鹿目光微斂，落在她唇上，道：「我想要的禮物，妳真不知？」

「你不會又想說是——我吧？」姬善的眉毛皺了起來。

時鹿鹿深深地看著她。

姬善遲疑了一會兒，露出豁出去的表情，一揮手凜然道：「行！反正你秀色可餐，我也不吃虧。來吧！」

她跪坐在他面前，抓住他的雙肩，準備好好地吻一吻他。反正之前都那麼激烈地親過了，面對此人，有什麼好矜持的。

然而，眼看她的嘴唇就要與他貼合時，一根食指點在了她的眉心上，再上移來到她的神庭穴。

姬善先下意識一抖，然後意識到什麼，一驚，不敢置信地看著眼前之人。

那人微微抬睫，用眼尾看她，眸中是熟悉的冰霜。

「不會吧……」她的心開始跳得很快，嗓子乾啞，第一時間想要撤離，卻被對方抓住手臂，拽了回去。

「妳是誰？」那人一個字一個字吐得又慢又沉。

她卻莫名地窘迫起來，窘迫之外還有很多自己都察覺不到的嬌嗔。「不行不行，明明說好了得我問你的，怎麼變成你問我了！你是誰？」

對方似笑了笑，但他的笑意素來很淺，就像羽毛落到湖心上的輕輕一點，讓人又酥又麻。

「小、可、愛。」

姬善睜大眼睛，萬萬沒想到，自作自受。自己當初定的暗語，分明是為了調戲他，可誰知這三個字從伏周口中說出，會這麼……這麼的……要命！

她再次想要逃走，卻被他抓得很緊。「不是要送我禮物嗎？」

「不行不行，我以為你是鹿鹿……等等，鹿鹿呢？」

「不見了。」

「真的假的？」

伏周垂頭沉思了一會兒，道：「確實不見了。大概是心結徹底解開了，安息了。」

姬善不敢置信。

她設想過無數次時鹿鹿離開的情形，就像當年她設想再見阿十時的情形一樣，無不是天崩地裂、柳暗花明、曲折離奇、苦盡甘來，誰知竟會如此輕描淡寫？

就像是花插裡的花，一個轉身的呼吸間，就被風吹走了。

伏周凝視著她，忽又道：「還有——其實胖嬸，確實叫我鹿鹿。」

姬善一怔道：「你！」

「阿十是妳替我起的，只有妳如此叫我。」伏周說著，勾動唇角，笑得明顯了一點兒。

姬善目瞪口呆，定定地看著眼前之人，道：「我就知道……我就知道！我就知道！」

她就知道這傢伙出來了只會氣死她啊！

果然，她好生氣、好想跺腳、好想哀號啊……

可她剛要發脾氣，伏周伸手一勾，拈住她的下巴，吻掉了她的哀號聲。

永寧九年，悅帝扶醫館，興科舉，平庶獄，黜貪墨。巫言多不中，民始懈，再有病疾，始尋醫問藥。三年後，宜有醫而無巫也。

——《來宜・悅帝傳》

永寧十一年的春天，北國的燕子來宜的同時，一封信也跨越千山來到了姬善手中。拆開後，裡面沒有字，只有一朵乾了的薑花。

姬善立刻動身啟程，吃吃、喝喝、走走、看看都想跟著去，但她拒絕道：「我要快馬加鞭搶速度，帶著妳們會變慢。下次吧。」

走走知道自己的情況，只好道：「那妳也不能一個人去，我們不放心。」

「對，我們不放心啊！」

這時伏周走了進來，問：「需要我陪妳一起嗎？」

「不用了。我去去就回。你留在這裡，繼續好好磨練醫術。你的針法已經被我完全超越了，這樣下去可不行啊。」

伏周似笑非笑地看著她。其他四人一看，擠眉弄眼了一番後出去了。房中只剩下他們兩個人。

眼看姬善收拾完包袱要走，伏周突然拉住她的手。

「幹麼？捨不得我？」

「神諭……」

姬善一怔。

伏周抱住她，很認真地看著她道：「伏周會陪姬善同去，因為，若不去，姬善會捨不得。」

姬善氣樂了。「呸！」

「好吧，是我也想去程，我沒去過程國。」

被他那雙小鹿般的眼睛溼漉漉地一看，姬善就不由自主地心軟了，心軟之餘卻又牙癢道：「行吧，帶你一起去！真是的，你怕什麼？你的蠱王解了，我的情蠱還在呢，這輩子都要跟你拴在一起，逃不了的……」

伏周的目光閃了閃，忽低聲道：「怕妳又成為別人。」

姬善一顫。

「別再扮演別人了，揚揚。」伏周抓起她的一綹頭髮，神色凝重道：「我不想成為第二個風小雅。」

姬善想，她哪裡捨得呢。

風小雅於我而言只是個用來反抗爹爹的藉口，而你，是我的阿十啊。

我的阿十，我終於終於，找到你，並治好你了。

而最值得慶幸的是，在成為很厲害很厲害的神醫這條路上，你也能與我繼續走下去啊……

但這些話，我才不告訴你呢。哼。

姬善笑了起來。

人在局中，一顰一笑，終於有了煙火氣息。

姬善跟伏周抵達程國的皇都蘆灣時，春光正濃，重建後的蘆灣花團錦簇，風景秀美。

她不禁嘖嘖稱奇道：「人說禍兮福之所倚，誠不我欺。若無當年水漫蘆灣，何來如今新春光景？」

「多謝美譽。」一個聲音笑著接話。

姬善側身，就看見了頤非——當年頤非還是百言堂的花子時，她曾暗中見過他，因此一下子就認了出來。但他跟當年也不一樣了。當年的花子便如此間春光，花團錦簇；可如今一襲青衣，很是素淡，臉上那股輕浮的笑意也蕩然無存。三年磨礪，讓他變得沉穩了許多，隱隱有了王者的氣度。

「請……」頤非請她進屋。

伏周朝她點點頭，和頤非一起留在外面。姬善便獨自一人，伸手推開門，走了進去。

屋子布置得很素雅，但很整潔，裡面的一切有點眼熟，姬善愣了愣，才想起來——這是姬忽兒時的閨房。

秋薑一直住到九歲，再然後，換她住。看這些陳設物，不是復刻，而是原件。是誰替秋薑弄來的？外面那個頤非嗎？

說也奇怪，頤非一直沒有稱帝。秋薑把頤殊送回後，頤殊依舊是程國名義上的女王，但因為蘆灣一事民怨沸騰，因此對外宣稱女王病重，朝中事務一概由三司協宰相商議處理。頤非徹底把自己藏在了暗處。

就這樣，過去了三年。

姬善想，秋薑挺能撐的，竟比她想像的撐得久了許多。

而當她繞過屏風，終於看到秋薑時，眼眶無法遏制地一熱。

秋薑穿著一件淡綠色的羅衫，坐在書案旁，手裡拿著一卷書。當她抬頭，回眸，露出笑容朝她看來時，整個房間都似跟著亮了起來。

姬善想：這樣才對。秋薑坐在這扇屏風後，這座書案前，這樣才對。她才是真正的姬忽啊。

但偏偏，這裡不是朝夕巷，不是真正的她的房間。

有什麼被圓滿了，又有什麼還空缺著，讓人看著眼前一幕，心中生出感慨萬千來。

秋薑朝她招手道：「妳猜我在幹什麼？」

姬善走過去，看了她手裡拿著的書，臉立刻綠了。

秋薑笑咪咪道：「《女醫黃花郎》——我跟自己說，一定要把它看完。」

「呵呵。」姬善回了她一個無情的冷笑，道：「來吧，交代遺言吧。」

秋薑又笑道：「誰說我是交代遺言的？」

「總不會是讓我來陪妳讀書的吧？」

秋薑合上書，在手心裡敲了敲，微笑道：「還真的挺期待的。不過，下輩子吧。」

姬善咬住下唇，心裡很想發點兒脾氣什麼的，彷彿只要這樣做了，就能驅散壓在心頭的陰影。這麼多年，見識過那麼多生離死別，作為大夫，她本該更心平氣和。

可當對象換作這個人，眼前的這個人後，她發現自己完全無法再保持鎮定。

於是，她粗聲粗氣地又催了一遍道：「那妳到底找我來幹麼？」

「這些天，我在思考一個問題：我這輩子，有沒有沒有了的心願。」
「當然有啊。」
「是什麼？」
「等在鬼神橋那頭的傻子唄。」
秋薑「噗哧」一笑，笑著笑著，眼眶卻紅了。
姬善跺腳道：「說吧說吧，妳想我做什麼？我統統都答應妳！」
「妳說，我可以對自己好一點兒的，是吧？所以……」秋薑遲疑著，深吸一口氣，像是鼓起了勇氣般輕輕道：「我想自私一回。我希望妳能繼續醫治風小雅，別讓他……忘了我。」
姬善沉聲道：「他不會忘記妳的。」
「人死燈滅。死了灰飛煙滅，就不會再記得誰了。」
「妳是這麼認為的？」
「嗯，我不信鬼神，不信有輪迴，更不信能在另一個世界相聚什麼。我希望，我希望他能活著。哪怕痛苦地活著，也活著。因為只有活著，你們才能幫我……」秋薑伸出瘦骨嶙峋的手，顫顫地握住了她的。「這麼多好看的書，替我看啊；那麼多好吃的東西，替我吃啊；還有酒，我好喜歡酒，可我不能喝，你們要多多替我喝啊；這麼難得的太平盛世啊……替我，守下去啊。」
姬善想，她無法呼吸了。
一個姬嬰，一個姬忽，怎麼都這樣，都這樣啊……
當年薛采被叫到姬嬰面前時，就是這種無法呼吸的感覺吧？

可姬忽比他還要過分，太過分了，真過分啊……

她的眼淚流了下來。

「君王在革新，士族在反省，百姓在奮鬥，能人異士層出不窮，涓涓細流已成浩瀚江海，復興火種已經熊熊燃燒……我真的，好喜歡好喜歡現在的唯方啊……」秋薑偏了偏腦袋，湊過來，輕輕吻在姬善眉心的圖騰上，道：「揚揚，替我繼續喜歡這個世界吧。」

姬善走出房間的時候，伏周迎了上去，雖然她面色如常，非常平靜，但他知她頗深，一眼看出異常，道：「哭了？」

「唉。」姬善嘆了口氣。

「當妳心情不好的時候，就去——看一個比妳心情更不好的人吧。」

姬善一怔，伏周的眼尾掃向了遠處的頤非。

姬善想，對啊，這可真是個好辦法！以及，伏周果然是個賤人。

她朝頤非走過去，咳嗽了一下。頤非原本望著天空發呆，聞聲回頭，不待她說，先笑了道：「妳答應她了？」

「我能不答應嗎？」

頤非道：「也是。她吃準了妳會答應她，也吃準了我會答應她。」

「你答應她什麼了？」

「應該跟妳答應的一樣。」

兩人對視，然後同時嘆了口氣，道：「真狡猾。」

「嗯，兄妹兩個，都是看著老實，其實可壞了。」

「我們上了賊船。」

「是啊。」兩人又齊齊嘆氣道。

「但天真美，對不對？」

「是啊，真美啊……」

藍天湛湛，白雲悠悠。

花朝月夕，山長水闊。

這麼美、這麼美的，唯方大地。

有所思

・走走、看看、吃吃、喝喝

天下無不散的宴席。

吃吃終於實現了夢想，出嫁了。

三人將穿上嫁衣的她送到門前。

吃吃回身抱了抱喝喝，道：「我會常回來看妳們的！」

喝喝盯著她身上的嫁衣，眼神有點呆滯，但值得慶幸的是，沒有發病。

看看道：「快滾吧。等會兒萬一她發病了，妳帶著鬧心走，多不合適。」

吃吃又去抱她道：「看姊，我捨不得妳！」

「那妳別嫁了！」

吃吃立刻鬆了手道：「不行，人各有志，不能勉強的。我走啦！走姊、看姊、喝喝，替我好好陪伴善姊啊！」

「自己跟她說去，她在外面等著妳呢。」

吃吃嘻嘻一笑，開開心心地走了。

看看眼中滿是哀愁，道：「腦子不好，眼光也不好，居然嫁給朱龍。」

走走道：「朱爺挺好的啊。」

「可她不是一向喜歡文弱美男子嗎？」

「這個……人們喜歡的，跟最終嫁的，往往會不一樣。說起來，我有一件事特別好奇，能不能問問妳？」

「妳問，但我不一定答。」

走走問：「妳跟姬大小姐有仇？為何不太喜歡她的樣子？」

看看的眼眸閃了閃，忽然嘲弄地一笑道：「有意思。為何我一定要喜歡她？世界參差，有喜歡，也有不喜歡。她又不是金子，為何會人人喜歡？」

走走點了點頭道：「有道理。」

看看咬了下唇，還是說了：「我不喜歡大小姐。任何大小姐，我都不喜歡。善姊因為不是真正的大小姐，我才喜歡她的。」

「為什麼？」

「因為——我本也是個大小姐。人們對於失去的東西，總會耿耿於懷的。」看看走到窗邊，望著外面的藍天白雲，幽幽道：「哥哥不知道，爹的官職是因為觸及了姬家的利益而丟的，我們與姬家有仇。但是後來，我跟著善姊，來到了姬家，看到了現在的姬家，便又覺得，天道輪迴，果然誠不我欺。」

走走想了想，掏出一個盒子遞給她。

「什麼？」

「姬大小姐讓大小姐帶回來的，說是賠妳的。」

看看打開盒子，裡面是一個新的靉靆。

・姬忽

姜沉魚坐在書案後，有點不受控制地緊張。

今天，她要以梨王的身分，見一個人，一個很重要的人。

這個人，將決定她是否能成功退位，實現薛采的遺願。

更鼓聲響起，羅公公的聲音準時從外傳來：「陛下，她來了。」

「快宣！」

宮門開啟，一個人走進來。

她的腳步輕快飛揚，果然和傳說中的一樣張狂。

姜沉魚望著眼前這位傳說中神龍見首不見尾的人物，緩緩道：「妳……就是姬善？」

來人嫣然一笑道：「是呀。」

・茜色

茜色道：「風小雅讓妳帶什麼話給我？」

姬善道：「他說妳是個無恥之徒，冒充我去騙婚，不要臉。」

茜色道：「聽說他給咱倆的話是一樣的。妳確定要這樣咒自己？」

姬善道：「若妳所需，若我活著，儘管來找我。」

茜色道：「是這句啊……可惜，我所需的，他辦不到。」

姬善道：「是呀，妳想嫁給宜王嘛，趁早死心吧。」

茜色道：「誰說我需要這個？」

姬善道：「不然哩？」

茜色道：「不告訴妳。」

姬善道：「呵呵。」

・**赫奕**

永寧十四年的某一天，赫奕沒有上朝。茜色推開寢宮門走進去，發現裡面沒有人。枕上壓了一封厚厚的信，封面上寫著「致小鹿」。

茜色把信送到伏周手中，伏周拆開來，從裡面拉出長長的折頁，全是空白的，直到最後一頁，才寫了三個字：我溜啦！

茜色看到這三個字，皺了皺眉，二話不說地轉身離開。

姬善道：「她肯定很傷心。」

第二天，她們去找小公子夜尚時，就看見茜色站在夜尚身後，一如她站在赫奕身後一樣。

姬善嘆服道：「不愧是逐鹿人。」

・**太妃**

「太妃，您覺得呢？」大臣們的聲音遲疑響起，驚醒了姬善的好夢。

「什麼？」

「這是陛下的功課，其中關於君之所畏，陛下寫畏天地、畏民心。老臣們商量了一番，覺得，應該加個畏史筆。太妃覺得呢？」

「哦……我不懂啊。」

幾個大臣彼此面面相覷。

「這種事，以後問姜大人吧。啊？」

「這……您可是天下第一……」才女二字，最終吞進了肚子裡。

新野從書案前抬頭，注視著簾子後的姬善。姬善伸了個懶腰，打了個哈欠道：「啊，都一個時辰了？怎麼做了這麼久的功課？萬一眼睛像看看了怎麼辦？走走走，小陛下，跟本宮一起玩耍去……」

新野把書立起來，冷冷道：「不要。朕要讀書，太妃自己去吧。」

姬善一怔，居然有小孩不愛玩！她當即掀簾而出，一把將新野拉起來，拖出去道：「不行！你必須要玩！必須保證每天玩足兩個時辰！」

「太妃！太妃……陛下！陛下……」一幫大臣面面相覷，最後一人道：「去找姜相吧。」

此舉立刻得到了大家的響應。

然而結局是姜仲聞言微微一笑，道：「我可不敢管太妃的事啊！」

大臣們都很憂慮，覺得陛下要被教廢了。

・小鹿

姬善回到端則宮時，看到花瓶裡多了一束黃花郎，頓時大喜轉身喚道：「阿十？」

「嗯。」伏周從屏風後走出來。

「你來了！什麼時候來的？」姬善朝他跑過去，撲入他懷中。

伏周接住她道：「幫夜尚送賀禮給赫奕。他的兒子滿週歲了。」

「什麼？這就有兒子了？兒子還滿週歲了？也是，他都快三十六了，都能當爺爺的年紀了。嘖嘖。」

伏周的表情有些怪。

姬善注意到了，連忙改口：「啊哈，我說他老，不是說你。你可是小鹿，要減掉十二歲，嗯，才二十四，風華正茂啊……」

伏周放在她腰上的手上移，來到她的臉——姬善心中一抖，面色頓變——因為，他用的是指背。

修長的指背蹭劃著她的臉，來到耳朵，再從耳朵一路往下……

姬善一把抓住這隻不安分的手，緊張道：「小鹿？」

伏周挑了下眉毛。

姬善的呼吸繃緊了，道：「你是誰？」

伏周眼中閃過一抹笑意。姬善一怔，鬆了口氣，繼而大怒道：「你居然敢假扮他！」

「不是妳說我是小鹿嗎？我要讓妳如意。」

「我……」姬善心中啐了一口。賤人！果然是個賤人。

伏周忽然將她抱了起來，往裡屋走去，道：「不過妳說得對。三十五、六了，確實該要個孩子了……」

「什麼？等等！我覺得……」

「名字我都想好了，時善善，如何？」

如何？

・情蠱

姬善又一次灰頭土臉地從密室裡出來，衝伏周搖了搖頭。「又失敗了。」還是沒法取出體內的情蠱。

伏周安慰她：「沒關係，還有時間。」

「你當然沒關係。不能說謊對我來說，有多要命……」姬善非常不滿這點。

伏周眸光一閃，笑了。

姬善想：果真賤人。要跟這個賤人綁一輩子，真是……好有意思啊！

她背過身，眸光微閃，也笑了起來。

・時善善

「後來呢？」

「後來，後來大家都活著，活得很開心。」街邊，有幾個小孩一邊捅蟻穴一邊聊天。

「他騙人的！」

「我沒騙人！我看的《四國譜外傳》裡就是這麼寫的！」

「那是野史，是假的！真正的歷史是，首先璧國發生了瘟疫，然後……」說話的孩子沒說完，就被另一個女孩子捂了嘴。

「停！我不要聽！我不要聽悲劇！總之，故事講到這裡就可以了。大家都活著，活著一起享受著美好的生活呢！」

女孩子說著把男孩一推，拍拍手回家了。

「爹，娘？人呢？又出診去了？」女孩子搖了搖頭，只好自己淘米煮飯。她從小在醫館長大，阿爹、阿娘都忙得腳不著地，因此，雖然才六歲，就已學會了自己照顧自己。

做好飯，她捧著出去，跟街坊鄰居的小夥伴們一起吃。

大家彼此吃對方碗裡的菜，你夾我一口，我夾你一口。

打打鬧鬧，嘻嘻哈哈。

沒有大人告誡他們不能在外逗留，否則會被拍花子拍走。他們一群人，全都理想遠大。小白想考文狀元當大官，小胖要考武狀元當將軍，小明想去求魯館學藝，小紅想學醫。他們全都開開心心。

「妳呢？時善善？妳長大後想當什麼？」大家轉頭問她。

她驕傲地一仰頭，道：「我娘說了，當什麼都可以，總之做人，最重要的就是……」

「善良。」所有人異口同聲。

新平二年，宜王禪位其姪——宜人暱稱「小公子」的賢王——夜尚。

梨晏五年，薛相病逝，不久姜氏亦薨。

新平二年冬，程頤非稱帝。

唯方大地，迎來了四位君王的新時代——

【全書完】

後記

終於、終於寫完了！

二〇〇八年開始寫這個故事，待打出「全書完」時，竟已是二〇二一年了！十三年啊朋友們！十三年！人生有幾個十三年呢？對我來說，這十三年裡，我養了貓、結了婚、有了女兒、送一隻貓離開、送父母離開，人生也快步入中年。

《圖璧》是我裁剪的一件素衣，《式燕》是我為它繡上的花紋，《歸程》是裡撐，《來宜》是罩紗。而我終於完成了這份禮物，捧到少女們面前，以博卿歡。

謝謝你們一直等到現在。

謝謝生活和時間允許我重拾夢想。

謝謝書中所有的角色，陪伴我一路走來。你們都是我的老朋友啊。沒能給你們安排更好的結局，對不起啊。

但在書裡，你們不死，永遠長生。

《四國譜》已齊，唯方正來宜。

你們永遠的十四闕

於最合宜的盛夏

禍國 來宜 下

作　　者／十四闕
執 行 長／陳君平
榮譽發行人／黃鎮隆
協　　理／洪琇菁
總 編 輯／呂尚燁
執行編輯／陳昭燕
美術監製／沙雲佩
美術編輯／陳聖義
國際版權／黃令歡、梁名儀
企劃宣傳／楊玉如、施語宸、洪國瑋
文字校對／朱瑩倫、施亞蒨
內文排版／謝青秀

國家圖書館出版品預行編目資料

禍國：來宜 / 十四闕作 . -- 1 版 . -- 臺北市：城邦文化事業股份有限公司尖端出版：英屬蓋曼群島商家庭傳媒股份有限公司城邦分公司尖端出版發行 , 2022.04
冊；　公分
ISBN 978-626-316-712-4（下冊：平裝）

857.7　　111002694

出版／城邦文化事業股份有限公司　尖端出版
台北市 104 中山區民生東路二段 141 號 10 樓
電話：（02）2500-7600　傳真：（02）2500-2683
讀者服務信箱：7novels@mail2.spp.com.tw
發行／英屬蓋曼群島商家庭傳媒股份有限公司城邦分公司　尖端出版
台北市 104 中山區民生東路二段 141 號 10 樓
電話：（02）2500-7600　傳真：（02）2500-1979
劃撥專線：（03）312-4212
戶名：英屬蓋曼群島商家庭傳媒（股）公司城邦分公司
劃撥帳號：50003021
※ 劃撥金額未滿 500 元，請加付掛號郵資 50 元
法律顧問／王子文律師　元禾法律事務所　台北市羅斯福路三段三十七號十五樓

台灣地區總經銷／中彰投以北（含宜花東）　楨彥有限公司
電話：（02）8919-3369　傳真：（02）8914-5524
雲嘉以南　威信圖書有限公司
（嘉義公司）電話：（05）233-3852　傳真：（05）233-3863
（高雄公司）電話：（07）373-0079　傳真：（07）373-0087
馬新地區總經銷／城邦（馬新）出版集團 Cite（M）Sdn Bhd
電話：603-9057-8822　傳真：603-9057-6622
E-mail：cite@cite.com.my
香港地區總經銷／城邦（香港）出版集團 Cite（H.K.）Publishing Group Limited
電話：852-2508-6231　傳真：852-2578-9337
E-mail：hkcite@biznetvigator.com

版　次／ 2022 年 4 月 1 版 1 刷　Printed in Taiwan